dang ai
yi
cang sang

当爱已沧桑

▲ 谢挺 著 ▼

花山文艺出版社

图书在版编目（CIP）数据

当爱已沧桑 / 谢挺著. —石家庄:花山文艺出版社,
2018.3
　ISBN 978-7-5511-3845-1

　Ⅰ．①当… Ⅱ．①谢… Ⅲ．①散文集－中国－当
代 Ⅳ．①I267

　中国版本图书馆CIP数据核字(2018)第041418号

书　　名：**当爱已沧桑**

著　　者：谢　挺

责任编辑：梁东方　韩　松

责任校对：李　伟

美术编辑：胡彤亮

出版发行：花山文艺出版社（邮政编码：050061）
　　　　　（河北省石家庄市友谊北大街330号）

销售热线：0311-88643221/29/31/32/26

传　　真：0311-88643225

印　　刷：三河市华东印刷有限公司

经　　销：新华书店

开　　本：650×940　1/16

印　　张：21

字　　数：200千字

版　　次：2018年4月第1版
　　　　　2018年4月第1次印刷

书　　号：ISBN 978-7-5511-3845-1

定　　价：46.00元

目录

目录

误读记（下）

误读记

（上）

1992 年的上海

1992 年，也就是我 26 岁的时候，才第一次到了上海。我自问与上海颇有些渊源，也是这个原因，这个迟来的相会，也让我心生不少喟叹。

早年，我父亲住在上海，他至少在上海工作过五年，他是那种解放后随着部队改天换地的农民子弟，属于翻身做主的新人类。他先在北京航校学习，再被派往上海。父亲的单位即在徐家汇，后来因为支援三线，才随厂离开。父亲虽然不是上海人，但总归在上海待过，因为他支援三线的举动，也让我错失了上海。这个缘故，也让我谈及上海时心里总有些抹不掉的遗憾，"到底没能做成上海人"。如果硬要打比方，我倒觉得这很像一桩中途变卦的婚姻，再次碰到那个人，那种差一点的遗憾还是会弄得心里怅然。

可能一地一俗吧，刚踏上上海的地面，我就觉得上海到处充满了惊讶，尤其在一个长久的期待之后，所有谜底都要揭开的时候，我觉得突如其来的意外尤其多。比如车站上散着一些老人，见到有人出站，尤其是他们眼中的"乡下人"，就主动上来招呼，打听去哪儿，他可以告诉你怎么去，坐什么车，末了才说只要一块钱。操这一行的好像都是中老年，不慌不忙，十分"笃定"的样子。这之前我还从未领教过问路要钱，又是上海这样一个城市，觉得实在不该，心里也不免愤愤然，但偏偏老头的温吞吞的样子又让你发不了火，甚至觉得这是再正常不过的。

惊讶一个随着一个：离开上海站前我先去了趟厕所，才发觉，在上海拉屎屙尿待遇不同。因为解小手是不要钱的，可以堂而皇之地进入，只有解大手才收费，这种区别对待也是我闻所未闻。从前在家听父亲说的上海，在影视中看到的上海，包括我想象的上海都不是这么回事儿，现实好像很愿意给我上这么一课，过去的经验，那些个道听途说就像一把随手捡来的破雨伞，被真实的雨水一浇才知是不顶事的。

我的旅途从车站开始，先去徐家汇看老同学，顺便找一找父亲的老单位。据说火车站到徐家汇这路车也是全上海最热闹繁忙的公交线，运载的主要就是来往于两个车站的外地人。这一点也从一位上海妹嘴里得到了证实，她刚一踏上车踏板就无法再动弹，于是佯装伸头，再对旁边的男友说，全部是乡下人！她说的上海话，说完也没有人反驳，因为她的话是说给男友听的，没有人愿意跳出来当乡下人。当然女孩可能也不知道她身边还有一个人是听懂她的话的，而且他差一点也成了他们中的一员。

售票员的举动也向我证实了整个上海其实都对这些"乡下人"不堪重负。刚好一个外地人买了票，他想问清去某地如何换车，姑且当他是山东人吧，这位山东老兄刚吃了上海的小笼包子，还跟老板另讨了一瓣大蒜，这时候大蒜味全都扑向那位娇弱的售票员。看起来真有些可怜，售票员拧着身子，惜乎又没有多少地方供她闪躲，于是鼻孔里哼出一记怪声，一只手臂再前伸，做出把山东人推开的样子，另一手则拿着票夹，像防毒面具那样挡在脸上。山东人被激怒了，你这什么态度吗？

无缘无故被人这样对待是会有些委屈的。

什么态度，侬勿要过来啦！汽车进站了，售票员乘机把头伸到窗外狠狠地吸气，一面用手里的票夹敲着车身，当心啊当心啊！这又是针对车下那些顾自的行人。

其实我并不想写一篇檄文，因为外地人对上海人的不满已经众所周知，无须我再添油加醋，其实我想传递的也并非只是不满、厌恶、憎恨这些负面的东西，事实上我在上海时感触最多的还不是这些，甚至这之前，也就是我即将进入上海时还怀揣着不少防备，但偌大的上海还是鲸吞了它们，或者它们犹如盐溶于水。我想说的是倘若过去的成见非常牢固，那么我们得到的纠正同样非常有力，这里我想说的是，上海的确太大了，套用一句北京人的话，林子大了什么样的鸟都有。上海是丰富的。

有两个惊奇，都发生在南京路上。第一个肯定不少人已经感同身受了，那就是外滩上那些巨硕的洋楼，它的花岗岩基座面对着各式行人，上面有地方还长着青苔，这时候你恰好抬头看一眼大门上那个"1901"的字样，真的，我忽然间心里就充满了敬意。还一个同样在南京路遇到的，一个公共电话边，一个衣着朴素，却整洁体面的老太太守着两部电话，我在那儿打过五六个电话，每次都要问她，多少钱？

"两毛！"老太太一动不动，脸上漠无表情，每次都从嘴里蹦出这两个字，但你感到的是凛然不可侵犯，而不是别的！我又一次感动了，因为那一年，1992年，我的老家打电话还是遵循着看人收费的原则，高兴了三毛，不高兴了五毛，外地的可能六毛。但一个上海老太太却只收了我两毛钱，而且对任何人她都只收两毛钱。我至今还记得她那快而爽的语调，不犹豫，不拖泥带水，这两个字有一种不经过大脑的机械，但也是这个让我触动。也许真是城市大了，自然就会有它不为外界所动的规则，这个城市里潜伏的更多的规则比我的想象要多，也许过去，我和很多人一样厌恶的都只是上海人，甚至只是那些不在上海的上海人，而不是包含着那些规则的上海。

当然，上海这个国际大都市也一定有她的挑剔，比如像那位售票员不喜欢有口气的外地人，上海也许也不喜欢某种她不喜欢的人，对这些人她做着最大限度的容忍，而后再毫不留恋地送出去。那些供旅客行走的道路，南京路、淮海路，不正像一条条管道或者索道？沿着这些管道索道，全国各地的客人们都由火车站送到外滩，他们齐刷刷地汇集在东方明珠前，才发现这就是属于他们的那部分上海，更多的，对不起，这已经是底线了。

其实，1992 年去上海对我来说还有个目的，我很想在这个父亲曾经居住过的城市驻扎下去，扎根下去，可惜我发现我没有父亲那样的运气，我恰好就是上海所不喜欢的那一类人，所以，无论我如何拼命地努力，充其量还是在车站、外滩，以及连接它们的那些管道中间穿行，那些从黄浦江上吹来的风真的寒冷，而且给你的感觉是毫无遮拦……真正的上海，那个上海人的上海一直客气地和我保持着距离。终于，有一天在外滩，一个中年妇女向我兜售黄带时，我打定主意离开。

来时我坐的是火车，走时我在十六浦码头坐船。

需要说明的是上船前，我在外滩照了张相，那个位置我印象中曾有过我父母的一张合影。

走的时候是一个下午，没有人送，也没有人知道，当然也就没有人挽留，整个上海那一刻都在忙她自己的事，所以轮船启动时，我可以不受干扰地看着阳光下的外滩。就在那些巨大的高楼像一幅巨型的画卷为我徐徐展开时，我脑子里忽然冒出一个念头：我这辈子可能都不会再来了，哪怕只是作为一位客人，我都不会再来了。

　　这不是个负气的想法，只是一种感觉，它却奇怪地让我体会到了感伤，但我面前的上海依然无动于衷，是的，上海是不会对任何人感伤的，因为任何人对它来说，其实都是滞留期不同的客人。

当香烟遇到美女

香烟如果也有性别的话，它应当是雄性的，这是我从前的看法。有一次在一位朋友的小说中劈头读到这样一句话："香烟是我最好的朋友，妻子还会有背叛你的时候，香烟却不会，永远不会……"不知你的感想如何，我是深以为然的，因此在我看来，女人是与香烟距离得最远的人，尤其那些美女们。

在我成长的那个年代，还没有禁烟、戒烟的说法，烟卷也更多地夹在男人的指肚上，七八个人席地而坐，烟雾缭绕之际侃侃而谈。吸烟的女人多见于银幕，且多为女特务一类，妖冶而空虚，面庞模糊、神秘，长长的烟灰因为可能随时地塌落而显得峭拔，因此这类负面形象很难说不是以一种诱惑根植于我的脑海。而当时生活中吸烟的女性，无非菜市上那几个靠卖葱蒜度日的老妪，因为阅尽沧桑而有恃无恐，叼纸烟的嘴角不时蹦出一两句凶悍的骂声，这样烟卷又被丰富的口水濡湿，显得极其肮脏而龌龊。这样的形象当然可以忽略不计的，如果有正视听的必要，你也可以说这是"吃"烟，而非吸烟。

后来因为出差的缘故，认识了几位英豪式的女士，虽不尽为美女，却有一共同点，就是都会吸烟。吸烟当然是一种个人嗜好，但如果不是你家卧室，这类嗜好拿将出来，大概是会有一种公共地点见到亵衣的突兀，仿佛看到了不该看到的东西，尤其是在很少见女性吸烟的年代，惊讶之后心脏方向大概还会有几缕蛛丝似的悸动飘过去。香烟这时候就开始变成一件极高明的道具，散出去再收回来，一来二去就有了最初的熟稔。记得我和那几位女士都是这样相识的。

当然并不能因此说女烟民们就没有防范，就是完全敞开的，或者男人对着吸烟的女人就一定会想入非非，也许面对那几缕烟雾，男人无法盛载的爱心才更容易勾起，尤其纤纤素指上的纸烟让美人更显幽怨，更显神秘，更显满腹心事，也更显脆弱。写到这儿，我甚至相信香烟似乎更应当具备某种阴性的品质，内敛而含蓄，既然它能唤起某种怜惜，某种柔情，也许当年某著名的西国品牌不以牛仔而是以斯特里普这样的形象作为代言，没准产品会更畅销，禁烟运动也不会来得这么早……

记得佛教传说中说烟草原本就是魔女的化身，当年与佛祖斗法失败，即发愿要让世人沉迷于己而不可自拔，于是死后便从魔女的子宫长出了烟草，此外就是罂粟，一种更易沉溺的凄艳的植物……

又想起一则小故事，记得有一次我的一个同事告诉我（一回头率极高的美女），她来上班途中遇到一个小老板似的人物，车上原本空位很多，这个人却一头扎到她旁边的座位上。小老板大概想同她搭讪却又无从说起，这么紧张了一会儿就从上衣口袋摸出一叠钱来，边数边偷窥我们这位同事的反应。同事为一个男人的失态而得意，为自己的青春美貌而得意，大呼好玩。我却想，所幸的是你不抽烟，否则的话，他定会给你递烟点火。

抽烟的美女是要比那些不抽烟的美女机会更多。

不过，同事既然不抽烟，这样的旷世名言我也不打算告诉她了。

关于海誓山盟的三个片断

一

海誓山盟发生的年代不可考据。但有一点可以肯定，这个东西伴随爱情而生，作为爱情的衍生物，副产品被带到了人世，有爱情的那天它就产生了，或者说爱情只要在这个世上存在一天，海誓山盟就不会断绝。爱情本是虚幻物，而海誓山盟就是空虚的证明。

不知道为什么爱情浓炽之时会让人说出这些空虚的话，生理原因抑或心理需求，没有这方面的研究报道，也许有只是没看到。第一个说海枯石烂者一定是个天才，就像第一个吃螃蟹者被称作勇士。他（或她）一定是真正被感动了，被对手，也被自己，愿此景长存、此情长久，又也许只是出于自卑，对自己的怀疑，于是抢先要自己保证，断掉自己的退路。不知道这第一个的结局，他们是否兑现抑或爽约？不得而知。

后来者一定认为有趣，有心效仿，有的却不得不效仿，否则爱情就没有达到极限，就不痛快、不彻底，都是记忆惹的祸，书本惹的祸，也因此这世上死掉的人成山垒海，没有结局的海誓山盟却比活着的人还多。

二

最先想到的是杜十娘，杜十娘啊杜十娘，多少王公显贵、奇珍异宝都没有买到你的真心，却有朝一日被李甲诱骗回乡，结果却落得个怒沉百宝箱，再香殁钱塘江，一缕幽魂直追她的誓言去了。

可以肯定，李甲有一张油嘴，轻浮的誓言比他吐口唾沫还要来得容易。也可以肯定，杜十娘对爱情抱有幻想，否则一个见多识广的窑姐，为何会被轻易地打动？

古人是不是更浪漫，更需要海誓山盟的佐证？青山做证，大海做证，蓝天做证。抑或过了这个村就没这个店，见个面尚且不易，如果不来个私定终身，不发个与天同大的誓愿又如何能镇住这轻狂而矫情的人生？多情自古伤离别，多情是真的，离别也是真的。

三

今人虽是从古人而来，但古人的毛病并没有减少，只是少了诚信，梁生抱柱的事发生在今天的机会肯定低于零，这也许是今人的进步。现在的人自然是智慧了，知道办不到的事不要勉强，自然该说的话还是要说，于是事先君子协定，床上的话和床下毫不相干。或者说那句最著名的，不求天长地久，只求曾经拥有。先把天长地久打消掉再谈别的，是很理智，很聪明的，但也给了那些玩家们更多的甜头。

当然今人的做法也无可厚非，办不到的事就不要去说，没有影子的事不要去承诺，可惜的是爱情就是这么个好大喜功的玩意儿，没有了动不动的承诺，没有了不可为而为之的信念，再美满的情感也会藏有缺憾，再幸福的牵手也会令人惆怅的，毕竟我们已经有这么多的先例了，那可一直是我们的情感发展的标尺，是我们的试金石。

也许有一天我们不得不这么相互提醒；说一个吧，就说一个吧，比起梁山伯你是如何爱我的，说一个吧，反正我又不要你负责任！

发明家之夜

　　我读大学那年刚好十八岁，和很多应届生一样，我们都差不多在这个年纪第一次出远门。对于那个流动性相对较小的年代，我们大抵都是用这种方式进入外面的世界，顺带开了眼界。比如我要去的昆明，有人说那真是个好地方，人们都是骑着大象上街买菜的……对这个说法，事后回想当时竟能深信不疑，讲的人和听的人大概都未仔细想过，这么个大家伙，家家户户需要多大一个"象"圈？以致事后，我佩服的不是自己的天真，而是当时的世道还有足够的纯良，可以容忍这样超级的"神话"。

　　学校照例是开眼界的好场所，以我今天的立场，对当年的教学虽然一直抱有微词，但我还是以为读大学是件必须经历的事，因为很多感受和体会并非书本中能得来，却可以从校园中得来，尽管学习并不用心，又时常逃课去翠湖喂海鸥，到圆通山赏樱花，除开专业知识，其余各种信息的摄入，我猜这世上大概不会再有一个场合会有类似的随意和散漫，吃完午饭，去草坪上晒晒暖冬的太阳，想想"人为什么要吃饭？"这样的命题也是自然的，于是乎一些微妙的情感在内里萌芽也在所难免。

记得有一次我听到这样一个故事，有位数学家（当时数学家是盛产，托陈景润的福，他太难看了，所以只能在小黑屋里研究数学），也可能是位乡里的中学教师，他见学生们解数学题，像三角函数这类题目时非常费劲，尤其使用数学用表，还会因为看错行而导致错误，于是乎老师发愿要为学生们发明一种计算"表"。

请原谅，因为时间关系我已经想不起这位数学天才的发明是"器"还是"表"，或者别的什么。在一个资讯严重匮乏的年代里，这位老师也不清楚他自己的发明会给这个社会，包括他的家庭都带来些什么，他只知道这个发明如果成功，会很方便，会很实用，至少比起当时是这样，于是老师废寝忘食的发明就此开始……

老师用了十多年时间，这十多年他一直处在一种极秘密的状态，解决了他的数学模式中能遇到的一切问题，就在他兴致勃勃带着自己的发明，一种新型的计算"表"来到省城准备进一步接受考验时，他第一次在别人手里看到了一个恰巧也叫计算器的东西，它这么小，却这么精致，不是算盘，不是计算尺，以及一切他考虑在内的对手。所有问题都可以在按键上一按而出，几乎到了有问必答，有求必应的程度，而且可以是小数点后 9 位甚至更多的延续。我猜想，老师当时应当惊呆了，他于是不断地用各种他曾遇到过的难题，以期难倒他手里这个来自日本，据说叫 CASIO 的小东西。很不幸，他的对手是个机器，毫无感情可言，它不会对十年甚至更长的光阴说抱歉的。

这个故事是真实的，老师的结果以及他如何度过心理难关不得而知。也许这不重要，毕竟任何一个难关都会被逾越，无论是人为的逾越还是光阴的逾越，我们也会将这个故事像老师的姓名一样淡忘。只是，很偶尔的一次机会我刚好听到了这件事，某种程度上我将它视作封闭时代的一曲挽歌，我将教师的无效劳动归之于视野狭窄，我告诫自己以后不要犯类似的错误。但我却仍然不能释怀，我想起另一种解释，茨威格在《象棋的故事》中曾这么说，"一个人如果越无知，某种程度上他就越接近于无限"。或许，老师手握 CASIO 的时候，也是他从茫茫无限中回到我们这个有限的世界的时候，可惜的是我尚不能用这种价值观来安慰别人，进而安慰自己，况且还有什么比看着青春付之东流更令人悲怆，更让人痛心？没有一个发明家愿意自己的作品仅只是别人的一次重复，一次不成功，甚至低级的效仿。

有人说人类的发明其实就是越来越将自己外化，人类的文明也就是逐步外化的过程，比如我们打猎时，嫌动物死得不够快，我们发明了刀，最后是枪；吃饭时夹不到远处的菜，于是就有了筷子和汤勺；我们想看到远方，就有了望远镜，想去外地就有了汽车代步，想去月亮就有了登月飞船……把这些梦想一一落实的发明家一定是充实的，而让大家群起而效仿，成为引领时尚的发明家则更加幸福，因为这也意味他的努力得到更多人的承认和追捧。

写到这儿，我又想起两个人，同样是在学校，临近毕业的一个欢送会上，朋友向我隆重地推荐了两个醉醺醺的人物。据说是两个天才，他们在两种物理学意义上永动机模型外又提出了第三种永动机！了不起吧？而且没有人能驳得了他们！这位叫彭彬的朋友也许早已忘记了她当年言之凿凿的兴奋了，她或许不清楚，她一句没有人驳得了他们，也将我对天才的敬畏延续至今，弄得我对生活中各式各样的平淡都绝不原宥，那些空白将陆续由各式各样的天才来填补，可惜我自己不具备这样的能力，于是培养、准备了许多种类似的景仰虚席以待。

那两个醉醺醺的人直到我离开都这么安静地枕在桌上安睡，全然不理会周围的嘈杂，这自然是过人之处，可惜他们也无法听到来自我的赞美。

从前面的交代我们已经清楚，发明家其实很可能都是在做同一件事，比如我们很爱听"某某在我们南宋时就发明出来，比西方人至少早五百年……"，这固然说明发明有早晚，但同时也说明我们的处境其实还是相同的，需要也是相同的，尤其现在我们这个世界的关系如此紧密，如果有必要，美国的卫星甚至可以看到你夹在指肚上的是什么牌子的烟，那么想成为一个成功的发明家自然也会有许多相似的条件，笔者就有一位发明家朋友，据说手握七八项专利，其中最可能变成钱的就是如何给行进中的汽车挂窗帘。可惜这家伙最近不安分，穷极无聊，对写小说发生了兴趣。

还是拿爱老做例子。发明家们的前辈，老资格发明家，美国人，爱迪生先生，一生有三四百种发明专利，就算时间淘洗，我们的电灯还是要拜托他老人家的灵光闪现。爱老一生却有无数个这样的灵光闪现，爱老孑然一身，别人在花前月下谈情说爱的时候，奶娃娃的时候，他却只想到了发明，其中发明电灯应当也是最让他自己受益匪浅的，不是有一句话：

"开灯，开灯，你们怎么把灯关上了？"

这是他临终时的遗言吧？

"没有你，我拿什么来打发这漫漫长夜？"

这句话也应当算在他的头上！

看辣妹，拔钉子

　　贵阳当然是个偏僻之地，但这种偏僻更多的倒未必是地理学上的因素造成的，因为地理上比贵阳偏僻的省会还有许多，却为国人耳熟能详，唯独贵阳，因为"乏善可陈"而被冷落乃至忽略，外地人爱犯的一个错误是把贵州省贵阳市唤成"贵阳省贵州市"，把巴黎说成是美国的首都可能不能原谅，犯前面的错误却不会，而贵阳人听到这些，除了苦笑外，大概还有义务客气一下，就像这种无知是自己造成的，贵阳的确是有些尴尬的。

　　不过，好在来往的外地人大多对这个城市印象不坏，对好面子的贵阳人来说也算是个迟到的补偿。因为有名也罢，无名也罢，日子还是要平实地过下去。说起过日子，贵阳人倒会有几分得色，这里有全国最好的小吃，最好的天气，最靓的美女！"我不喜欢的，找个人，天，要坐两个小时车"，这是说北京，"两个男的，搬张椅子在那儿吵两个小时"，这是在说成都，"丑，女生脸黑黢黢的，还长些红点点……"这又说到了昆明。当然，这也可以理解成一种遭受冷落的过激反应，实话说，贵阳人的得意有些盲目，负气而没有底气。

比起周边这些城市，贵阳开埠的时间短得可怜，再往早说可能只是一个商户和书生们过往的驿站，缺少历史感是普遍的，也因此少了些教养，多了些蛮横，所以贵阳人最容易给人留下的印象就是粗野，但那是天然的东西。20世纪七八十年代，举国除了沿海在开窍，其余地方尚处于发蒙状态，贵阳人更是沿用好狠斗勇的方式来发泄自己旺盛的精力，那时候街上打群架是家常便饭，原因可能只是一句话，一个词语招来了不快，有的仅仅是因为不顺眼，往往三言两语即拔刀相向，我记得那时候很多同学都是带着刀子去上学的，书包里除了书本还有菜刀或者短刀……不久前偶尔看到一份资料，说的是"公车上书"的年代，四百位向朝廷上书的举子中，贵州籍的就占到了九十二名，决定刺杀袁世凯的秘密会议，参加的七人中有四位贵阳人！足见贵阳，乃至贵州人的敢作敢当有着极深的渊源，其血性延绵至今也没有断绝。

如果这个话题让你觉得不适，那么那些沾染着天地灵气的姑娘们必定会让你目不暇接，很多朋友告诉我，他对贵阳念念不忘的就是贵阳是小吃和美女。贵阳是个出美女的地方，女人年轻大都不差吧，再添点野气，足以让人心跳加速了。也有个外地朋友这么婉转地说过一句话，可能比较公道，现抄录如下：

"你们贵阳姑娘就是穿得太大胆啦！"

这是位女性朋友的观点，站在男性的对立面，可作为补充。她说得没错，早在国内还被一片灰蓝覆盖的时候，贵阳姑娘们就开始袒露她们的天性，用花枝招展的服饰和皮肤美化着市容，那时候贵阳人对新潮的热情甚至超过了沿海，直逼香港，有人因为当时的混乱和新潮联想到20世纪50年代的香港，故也把贵阳叫作"小香港"，我不知道这个绰号是从哪里来的，如果是贵阳人这么叫，那么我还得佩服他们天真的野心。

　　不过，我可以保证的是贵阳人肯定是在上海受白眼最少的人，如果把上海作为一个衡量是否新潮的标尺的话，我相信上海人很可能会选择贵阳人同他们一起，都是非"乡下人"的代表，至少从服装上他们会这么选择，我有几位朋友都有过因为身穿梦特娇一类的名牌而备受上海人礼遇的经过，从好面子的角度说，贵阳人和上海人又是相通的，他们都知道服饰的好处。当然并不是所有的人都买得起名牌，所幸的是也有方法，当年旧货在内地倾销，一个重要、很可能最大的市场就在贵阳，那时候不用旧货来武装自己的贵阳人极少，这一点也可以看出贵阳人的达观，他们对旧货、洋垃圾的态度与孔子对动物肉的态度不谋而合，关键的是你要看到好的那一面。

　　当然这都是 20 世纪的事情了，贵阳也同许多城市一样进入了现代化，现代化就是消灭过去，因此等这些历史消失时，她也得到了她想要的平庸，而且毫不后悔。记得从前贵阳男孩们都很爱做一种游戏，比如美女在成都称作"粉子"，在贵阳则称为"钉子"，与美女们调情自然被形象成"拔钉子"。其实也就是三两结群在街头等候，一有长相可喜的"钉子"露面即上去搭讪。良家"钉子"当然不苟言笑，如果面露喜色，这帮轻狂少年就来劲了，如果有来言去语，就更让他们欢喜若狂了。当然也有中计的，"钉子"中也有些厉害的角色，经历多了，就故意引这帮狂徒们说话，再把他们引到哥哥弟弟们出没的地方，然后高喊，狂徒们知道上当，便哗的一声作鸟兽散，于是"钉子"冲着他们的背影做着鄙夷的表情……这些当然也被进化掉了，现在的人都更愿意上网，这可是全国人民都在做的事情。

　　自然贵阳再如何进化都还是个小城市，它最醒目的特征还是那股子浓烈的市民气，可能会有几个小资或者暴发户诞生，但别的，比如白领可能也极少，"贵族"大概在国内也是罕见。所以有一对夫妻，我一直以为就是贵阳的代表，或者说他们就是贵阳：

他们一个姓李，一个姓陈，李姓丈夫与陈姓妻子结婚十余年了，依然恩爱无比，两人上街也是携手并肩，其状羡煞旁人，甚至据说他们一个七八岁的孩子也因为害怕破坏他们的夫妻感情而长期寄养在奶奶家里。就是这么一对夫妻，有一天却在女的头上看到了块青瘀，一了解才知是女的犯了作风，红杏出墙了，然后东窗事发。小李怒揍小陈一顿，接着又揍当事人一顿，讨一笔"磨损"费，然后小李就用这笔钱给小陈打了一对金耳环，又给自己打了只银戒指，然后依然是笑脸迎人，携手并肩，依然是恩爱无比的样子，虽然小陈额头的青瘀与金耳环同样的刺眼，但热闹的日子仍旧要热闹地过下去……

和贵阳人聊天，除了本地的风土人情，他们很可能也会聊一些他们骄傲的事情，比如他们会告诉你，宁静，知道吧，那个大眼妹，我们贵阳的，还有李雪健、张国立都是从我们这儿出去的，噢，还有姜文也在贵阳待过……

如果有些文化，这份名单中可能会加上钱理群、瞿小松的名字。这时候贵阳人面露得色，尽管他们知道这些人如果还在贵阳，很可能什么都不是，但还是忍不住要骄傲一下。

人生识字忧患始

这是苏东坡的诗，某一天看到竟意外地感触，一下子许多往事都纷至沓来。以我的经历，感觉与诗的内容是对得上的，当然，苏轼的"忧患"更为广义，而我的则具体，具体到识字本身，也许时代更迭，忧患的版本也要升级。

我识字的过程是我父亲帮着记忆的，我自己没什么印象，难为他不时地提醒，我才对第一次写字有了个模糊的轮廓。

据说发生在我三岁时，父亲单位的一位军代表来家里，用一包糖豆作诱饵，让我在墙上写"毛主席万岁"。按父亲的说法，我做到了，奖品，也就是那包糖豆，自然拿到。这个故事后来一直在我们家传讲，是所有来客必听的保留节目（可能当时真不容易），即使后来我弟妹先后来到人世，这个故事还是会不时地提起，原因很简单，老百姓都希望自己的孩子聪明伶俐，而且所有的孩子都有不走样的伶俐。

虽然写字的现场被我"错"过去，但我们家红砖墙上"毛主席万岁"那几个字，一直到我读小学，甚至，我们家刷白石灰前，那排证据都一直保留着。字是描出来的，尤其最后那个岁字，写得很费劲，大概创作的心思早已被糖豆占据了，只有个囫囵的模样。但无论怎样，它都该是我的骄傲了。

不知道是不是这个原因，从此我养成了到处写字的习惯。母亲是老师，粉笔总是容易得到的，于是所有的墙壁、地板都成了"创作"现场，我也成天撅着屁股在那儿写啊画啊，直到有一天，我母亲终于虎着脸威胁道：看到隔壁家的大儿子了吧？他为什么没有红领巾，也不是红小兵？他就是乱写乱画，在厕所里写毛主席万岁，结果被人打个叉，保卫科一查，字是他写的，红小兵也当不成了！

还有这等事？！我是最崇拜红小兵的，这个故事可能让我稍稍收敛，在外面，"创作"的心情明显受到抑制，最多画小人而不写字。我得承认，我的性情中的确有许多顽劣的东西，有一天找出一本初中时的生物课本，上面画的小人大概比插图还多，所以我感叹，有些难关天生就是为我设计的，以我的个性也很难把它们绕过去。

时间到了小学二年级，有一回坐在后座的同学忽然问我，你能不能一口气写出刘牛马？

这有何难。于是我抓笔就写，标准的方块字，一口气：刘牛马！写完我平静地看着他，按家长教导的，丝毫没有得色。第二天，数学老师却把我叫了去，因为这几个字我是写在数学本子上的。而数学老师恰好姓刘。

直到今天我都不清楚，这位同学要我写这三个字的用心，但如果一个七八岁的孩子有多么深的用心，是不是太可怕？因为这我一直没想过寻找答案，我宁愿它是没有答案的。

数学老师异常愤怒，她要我解释，什么叫刘牛马？我自然解释不了，只得实话说是某某让写的，于是这位同学也被请到办公室，但他矢口否认，并向毛主席保证从未让我写过这几个字。这就难办了，没人能为这件事负责任，刘老师显得更加生气，还好，我记得当时写字时，我的同桌也在旁边认真看着。于是我说某某看到的。

于是某某又被喊来，但这个上海小姑娘早已经吓蒙了，一问三不知，只剩下摇头。

这件事怎么处理的，忘记了，大概是各打五十大板。我母亲，那位同学的母亲都是学校的老师，刘老师或许也只能这样。下不为例！我记住了这句话，以我当时的智力，这算得上这世间最慑人的一句教训，好在没有再出过类似的事。

不过，很久后，直到我读大学，才从父母那儿知道一个秘密，类似的事还是有过，只是我不知道罢了：我上小学三年级时，班主任李老师曾拿着我画的一个图案去找保卫科。那是一个什么图案，中间一个圆，周围是一圈锯齿形。李老师说这是国民党党徽，是现行反革命！还好，保卫科长还算理智，没把一个小孩的"创作"太当回事，这件事才这么糊弄过去。

后来，李老师举家迁往海南，临行前在单位的欢送会上，她痛哭流涕地向我母亲道歉，说自己对母亲不好，全是某某人授意的，敬请原谅！"文革"时，我父母被他们单位的人整得死去活来。起因是父亲当年血气方刚，曾揭露一位领导的夫人长期"泡"病假。领导便授意他的喽啰们一定要关照，喽啰们又授意他们的喽啰们要关照，于是就在那个封闭的小工厂里形成一张整治的天罗地网。关键是我们这些孩子辈的也没能逃脱，也在关照之列。上面的事不过我们家遇到成百上千件怪事中的一桩罢了。

我记录它一方面是感叹父母亲的韧性，另一方面则想提提这位李老师，毕竟这么多年了，她是唯一向我们道过歉的人。某种意义上，我对这种坦然也是充满敬意，它应当属于良知的一部分。

李老师说得一口标准的普通话，记得后来我赴京，初识的朋友都会惊讶我口音的纯正。这当然和李老师当过我四年的语文老师有关系。愿她老人家安享晚年，幸福、健康！

我 的 祖 父

　　我没见过我的祖父。也不可能，因为我出生前，我父母结婚前，甚至他们认识以前，祖父就已经过世。他的照片留下的仅有两张，看情形，还应当是那种货郎送货下乡的方式留下的，因为背景墙是个童话般的宫殿，祖父母端坐在一张条凳上，背后站着姑妈，前面是一个穿得像棉球的孩子，我的一个表哥。因此我断定，拍这张照片时，天气应当很寒冷。

　　小时候，我对这张照片的好感反而来自祖父母身后那座童话般的宫殿，我有些呆性，认为凡是能看到的都一定真实存在。因此我认定那座宫殿是个极美的去处，祖父母即使不住在里面，也应当离此不远，丝毫没注意那是幅画，是靠在一棵香樟树上的背景。

　　懂事后，我才开始正视这张照片，并发现不喜的原因，可能是祖父的眼神过于犀利了，他右手又用力挂着一根长烟杆，那烟杆甚至比他前面我的表兄还高。祖父穿着一件长衫，一头直立的白发，仿佛正冲着谁较劲。照相的瞬间也许他只是愣神，但至少那时候，表情是难于修改的，而拍照的过程也无法重复，于是祖父不得不给我留下一个愤怒的样子。以致从小我对这个形象一直就有些畏惧，相册总是急急地翻过去，虽然我知道他已经死了，但还是怕那种凝固的怒容。

祖父的事迹大多是父亲零敲碎打地告诉我的。因为不刻意，所以也难得有体系。比如从前老家的百姓吃盐都是要到过境广东去挑的，且每过一两年就要去一次，挑盐的工具称为皮篓，大概是竹篓外蒙了一层动物皮，所以不惧雨水。南下挑盐要会集乡里至少十数名壮劳力，因为那个年代，沿路并不太平，树林里常伏有劫道的土匪，于是这数十名壮汉总会把钱汇集到我祖父身上，而他们再前后左右簇拥。父亲说他也是偶尔有一回听说，祖父他们遇到最危险的一次，那些劫盗的人明显比他们多，眼见着一场械斗在所难免，结果，很意外，这些人竟没有动粗，而是奇迹般目送他们走远了。祖父一直不解，可能他们拧成一股绳的心气吧，一种无形的整齐划一的力势把几个山大王给镇住了。

挑盐是个苦活，去时轻松，回来时每人肩上都有百十斤的挑子，再走几百里山路……这种事大概又延续了十来年，直到后来郴州有盐店才结束。

这个故事至少说明祖父在当地有极好的口碑，很有人望，否则也难以寄托。我猜有两个原因。

一是祖父是极孝顺且顾家的，在乡里很有名气。听我父亲说，他的爷爷，也就是我曾祖过世很早，祖父的几个弟弟，只有十多岁，都是他一手拉扯大的。后来几个弟弟成年后，听别人挑唆，要求分家，且把最好的房子选走，他也无话可说。赡养母亲的事，也责无旁贷地落到他的身上。

说到我这位曾祖母其实是位极有寿缘的人，一直活到96岁，以当时的条件，算极高的岁数了。曾祖母有个钵，终年放在火边，里面总有一些不及吃就熬溶的肥肉，又称为"烂肉"，能享受这种待遇的，自然是家中最受敬重的老人。据说，她饭前总会朝虚空点三下筷子，仿佛敬礼，父亲小时候见过，所以记得，只是不明白意义罢了。

还有个原因，是因为我祖父有一手绝活，他能替人看病，且基本每看必好，到了药到病除的程度。但他只看两种病，一是毒蛇咬伤，二是黄疸病。

前者我听父亲讲过一个地主的故事。从前的地主也很辛苦，也要很早就去山上砍柴。结果打柴时他的大脚趾就被蛇咬了一口，这个地主是邻村的，看不起我祖父，送到祖父家里，又闹着要去资兴县（现在已经是市了）。祖父说，你去嘛，咬你的是竹叶青，半路你就要死。结果，地主走了不久，因为害怕又返了回来，祖父忙上山采药（也许药必须是新鲜的）。后来，地主的性命是保住了，但他的脚指，因为耽误太久而没能留住。

此外，祖父还是治黄疸病的高手，黄疸病大概也就是现在所谓的肝炎，但祖父总是要患者先答应他三样事，否则不治。半年内不吃肉，不房事，不喝酒，常常有人受不了最后一条而复发。我猜祖父倒未必真正懂医术，他手里可能有几个方子，因为农村缺医少药，所以悬壶济世，并起到立竿见影的疗效。可惜父亲也不清楚这几个方子的下落，祖父有没有传下来就不知道了。

祖父看病从来都是义务的，从不收人钱，属于义诊，这自然给他结下极好的人缘和口碑，受他恩惠的，逢年过节总会想起，因此总有人提着一缕新宰好的猪肉，并一些野味上门致谢。有些人常年走动，就改口以兄弟姊妹相称。因此，父亲说从他记事起家里就会来不少从没听说的叔叔婶婶，大爹大妈。后来回想，这应当是祖父的善因缘。

和祖父的缘分结得最奇特的要属万寿山的一名道士。听说他们曾击掌相约，如果谁走在前面，一位一定要为另一位守灵。结果祖父先走的，道士如约而至，他替祖父做了场法事，又守了七天灵，等祖父的棺木入土后，众人再找他时，那位传奇的道人已杳无踪迹。

写到这儿，我忽然记得母亲做的一个梦，母亲说祖父在梦里来过我们家，对她说，老大（也就是我），怎么不成家？还没等她答，祖父就一摆手，叹口气说，算了，管他！然后跺脚离开。

这梦有些蹊跷的，我没见过祖父，母亲也没见过，但这并不妨碍他操心我的终身大事，而且在别人的梦里来去自如。

父亲养蚕

印象中，父亲好像从没做过什么无目的的事，这是他们那代人的特点。比如，他总是晚饭后出去买菜，因为便宜；而选择认识的最长寿的老人的锻炼法进行模仿，大概可以占些寿缘。有一天，他老人家却带回家几只蚕。

我家旁边是省展览馆，每年夏天，来自江浙的商人会把他们仓库，乃至全国都没卖出去的丝绸存货倒腾过来，开个什么博览会，并一再应广大市民"要求"不断地延期。这里面有丝绸的衣服、面料，还有一些新名堂，比如蚕丝被。卖蚕丝被的人通常会在被子旁边养一堆蚕，仿佛它们是信物，可以证明那些被子真实的出处。那年到了闭馆，一通忙碌下来，卖蚕丝被的就把这些信物送给了父亲。

我想说的是父亲接手这些蚕，肯定不是为了做蚕丝被，事后证明蚕丝被也根本不可能用这种方法制成。父亲大概想起小时候的事，想重温蚕宝宝们如何吐丝结茧的。于是，父亲多了一件事，隔几天他都要到郊区的植物区去一次，在那里采摘新鲜桑叶，除了当天蚕宝宝的食量，余下的就用袋子封存在冰箱里。

　　我自己小时也有过养蚕的经历，虽然不记得结果是不是抽丝，还是蚕宝宝根本就在之前已经饿死。但我对蚕还是很有好感，比如以前玩过的，生在梧桐树上，裹在叶子里的虫子，我们叫皮老虎的，与蚕宝宝差不多，只因为通体透黑，就无法赢得好感，最痛快的莫过于把皮老虎的家，那层树叶加丝结的茧用力撕开。所以蚕是天然让人欢喜的东西，类似于熊猫，没有攻击性，人们才以宝宝唤之。

　　这几只蚕自打进了我们家就开始疯狂地进食，父亲所做的工作，也是为它们翻身，打扫卫生，换新鲜的桑叶，然后他停下来，眼睛直勾勾地盯着，看那些蚕宝宝如何把面前一大片桑叶吃下去。父亲这么一看就是十几分钟，甚至更久，而且这么盯着盯着我就发现父亲的眼睛变柔软了，温和了，这种咬噬、吞咽的动作，让父亲发现了某种温情？抑或低等动物身上某种类似奇迹的东西让他着迷，当然这一切与生物学没关系。

　　很快，蚕宝宝就开始吐丝，结蛹，之后化成蛾子，交配，产卵。这一段生命流程我没太多印象，只记得那些虫卵产在几张信纸上，如散乱的芝麻，被父亲装进一只盒子里。

　　秋天冬天包括春天都很快地过去，接下来的日子我才知道，属于桑蚕的又一个轮回开始了。很快我们就被这种小生命的生殖力吓了一跳，当然最初还没有，父亲用一支毛笔，小心地把孵化出的小蚕虫扫到一起，虽然密密麻麻，看得人心里奇怪地发痒，但它们的规模还不足以惊人，可能惊人的还是数量，几天后它们的身体就长大一倍，同时身体的颜色也由原来的灰黑变成浅灰，接着，又开始隐隐地有些透明，如玉的感觉，父亲才觉得有些吃不消，从前他只需一周跑一次植物园，现在要两三次。或许这时候父亲才觉得有必要把手里的蚕宝宝统计一下。

　　有一天下班回家，父亲在门口迎住我，然后问，你知道有多少吗？三千多！

什么？我还以为钱之类的东西。

那些蚕！我今天又给它们找了个盒子，再长两天，又得再分一些……

我建议父亲送一些出去，但问遍熟悉的人，好像都没人愿意接手。还是我的主意，找报社的朋友。结果，他们意外地感兴趣，马上派记者过来。

这个重要的时刻我是亲自见证的，父亲从来没跟媒体打过交道，但那天他表现得异常老练。老人家为什么养蚕啊？老人家，接手的人需要什么条件啊？父亲还是拿着那支开花的毛笔细细地把小蚕虫从叶子里扫出来。反正，要爱护，一定不能拿去喂鸡或者钓鱼！

第二天，报纸上发了父亲的照片，很沉着、细致的样子，头发胡子全白了。接着电视台打电话，要给父亲做专题，他拒绝了，他不想一出门就让人说他就是那个养蚕的老头。

要蚕的人陆续出现。有两天，父亲一直在接电话，不是说地址，就是询问对方要蚕的目的，有没有桑叶？包括我也接了不下十个电话。有一个退休老师，大概有父亲同样的性情，也想养蚕忆旧，还专门为父亲提来一株桑树苗，父亲很高兴，将树苗种在院子里。当然，到产桑叶的年龄还要很多年。

也有一些人，没找到桑叶就来要蚕宝宝，通常这种人父亲会把他们打发走。还有一个甚至说，喂蚕吃莴笋叶也可以，而且吃莴笋叶的蚕吐的丝是金黄色的。屁，父亲用莴笋叶一试，那些蚕根本不予理睬。

有一个老师带了几个学生上门。意外的是，父亲也没有给他们。那个老师很讨厌，根本就不好好管学生，还想挑大个的……

我哭笑不得，几天忙碌下来，我想父亲大概已经忘记他的初衷了，他的烦恼起了变化，他的心态也在不知不觉中有了不同。

我叹了口气，开玩笑说，像您老人家这样，如果当个领导还不把人折磨死？……父亲没听见，他依旧在数那些蚕宝宝，几天下来，蚕宝宝送出去一半，难说他是不是有些不舍，最后，父亲给自己留了两百条蚕宝宝，帮它们成蛹，结茧，变蛾，最后完成一生的行程……

父亲一生都没有做过领导职务，所以难说，在分送蚕宝宝这件事情上，他是不是体会到一种政治家的乐趣？

写写画画

启功老先生在他的口述史中说自己少年时曾以画名，但叔父的一句画好了不要写字的交代，却让他发誓要把字写好，于是渐渐书法成了主项，而盖过了其他。别人也以为他能书而不能画了。

本人小时恰好也有类似的经历，少时也以画名。虽然这"画"不可同日而语，名却是真名，父亲单位，那个小工厂里，再缩小点，那个学校里，大致知道，有个叫谢挺的小孩是能写善画的。天赋这种东西多半都是别人发现，自己才顺带着以为然，我常常废纸上三笔两笔勾勒，就能显出一个人形，且这个形别人都能够认出，并啧啧赞叹：像，真像！民间对绘画的理解大抵不出这个范畴。

因为"像"，家里来的客人首先都要经历我的折磨，眼睛挑剔地逼视，平时可不敢这么放肆，这种无遮拦令他们不安，而且无论愿不愿意，末尾这些大人们还得附和一句，老大聪明！读小学时我的"图画"是经常拿来展览的，我眼睛很准确，所以画得像，不仅像，我还有种本事，把各色人物像金字塔那样堆积起来，并在最上面那位手里装上一本书。这中间大概需要些想象力的，如果没有，别的孩子偏偏做不到，包括美术老师的孩子，他和我同班，却只能画一些很平面的东西。他母亲感叹起来，话音里那种痛惜我至今都还有印象。

我曾经以一只茶壶上的猛虎下山图，给家里临了一张大的。母亲很喜欢，认为这只老虎活灵活现，是"杰作"。但我这点本事，母亲却没享受到，记得有一回，她评职称，因为有市里的评比小组，母亲着实看重，也很紧张，她让我替她把课文做成四幅图，其实很简单的，就是一条狗和一只落地的小麻雀的对话。前三幅因为有一本动物速写而很快完成，最后一幅我却再也找不到样子。尽管周边的农村有很多类似的狗，我却从未想过到那里想办法，我告诉母亲画不了，就撂了挑子，之后无论她如何劝诱，我都不为所动。以致母亲过世后，每每想起这件事，我都有些伤心，母亲求我的事回想起来真不多的。最后这组画还是由父亲仓促完工的，父亲不善画，最明显的别人一望即知不是一个人的手笔。

中学我进了一所很好的学校。但初中部学业不算重，我还能接触到绘画，比如，我到离家不远的一家砖瓦厂（里面也烧制碗盏杯具），认识了一位绘画工人。这是家劳改农场，我也不清楚他是如何进去的，但那个年代，好坏尚在混沌，所以父母也不阻拦我去那里学画。我通常一个星期去一次，把上次照书临的人像送给他看（抱歉，又忘了他的名字）。记得有回他非常高兴，因为我画人不仅比例全对，用笔也很清晰有层次。于是这幅画就在他宿舍里传阅开了，大概这间屋子里很少有小孩来，大家都很高兴，有个胖胖的人还奖我一个大苹果。

这段学画的经历不算长，因为也没正式拜师，再加上不是很用心，断断续续地走动，不知什么时候起就断了联系。但如果我还有一点正规的绘画常识，大概就是从这位老师这里得来的。

初中每周都有一堂美术课，教美术（后面好像也教音乐）的肖老师很喜欢我，不时让我参加一些绘画比赛之类的小活动。虽然我自己也爱画画，但老师的爱惜也是动力，这段时间我花在画的时间很多，只是苦于无良师指点，基本还是在像不像上做文章。有一回肖老师把我叫去，给了我五块钱，说我的画获得了市里中学生绘画奖，而且画正在黔灵山展览。这当然是天大的喜讯，星期天我专门上了趟黔灵山，可惜没在那些悬挂的作品中找到自己的。这件事我一直不解，究竟有没有获过奖？会不会只是肖老师的鼓励，还是市里忘记了给我证书？反正那五块钱拿得有些狐疑，加上肖老师很早就退了休，所以事情多半成疑案了。

接下来我参加了一次全国的中学生绘画比赛，学校把我送去培训。到了才知道山外有山，每个人都好像画得比我好。我的画画的是名古代仕女，名为桃花扇，题材就够古怪的，好像就我选这个门类。但修改时，不知是对自己要求过高，还是这类东西本来就不讨好，反正李香君是越画越丑，我的信心也在她变丑的过程一点点渐无……

现在回想，也许画才我还是有的，只可惜没有遇到高人，且不说元白先生周围那些不世出的奇才，可以提高他的眼界，指点技艺，即使一般的画家我生活中都没有出现过，所以我到最后还是一派天然状态。那时候父亲大概还有让我学美术的想法，但这点热情也很快被他的朋友同事浇灭了，画画有什么标准？两棵白菜，还不是谁关系好，谁就画得好！父亲想想也是，我们这种没什么背景的平头百姓，拿什么证明自己更好？还是走高考这根独木桥踏实。

我无所谓，反正自己数理化都不错，就像一头粗食的动物，吃什么都可以。

后来画画对我来说就只剩下消遣，偷偷给老师画一张漫画，给同学画那些穿盔甲的杨家将，包括成年后给自己的小说画的一幅插图。有回同学会，一位同学还说我曾教他画过竹子，用墨水涂一小块，然后用手指快速一搓，就是一片竹叶，主干部分也类似处理，然后再用笔尖勾竹节，这便是我高中时最爱画的蓝竹图。

我大学毕业那年，父亲很希望我去他的单位，找到厂长，介绍我从小就喜欢写写画画的，可以在宣传部门派上用场。派不派得上用场我不知道，但一个"写写画画"还是让我有些败胃口，这话听起来怎么这么轻佻？于是我心里暗暗地希望这件事不要成功，后来果然就没有成功，也算是天遂人愿了。

广 场 记

　　广场不知道什么时候易的名，从前的"春雷"变成现在的"人民"，而后者是几乎所有城市广场共有的名字。如果从独特性来说，我倒喜欢怒气冲冲的"春雷"，甚过泛泛的"人民"。况且广场上旧物所剩无几，除了那尊毛主席挥手像，我真想不出还有什么东西是从前遗留下来的，所以，真还叫"春雷"倒显得牵强。

　　我中学六年都在一中度过的，熟悉的人当然知道这意味着什么，整整六年我都围绕着广场生活，每天上学放学，当然我们在另一侧，另一侧算不算入广场不得而知。不过当时够破落的，一大排锈迹斑斑的钢管，再过去是一排无顶的厕所（应当是为广场集会服务的），再过去才是一中的校园。后来钢管和厕所变身为文化宫，再后来才是现在光秃秃的样子。另一侧则有一片小树林，晚上是恋人，当然也是抢劫者的天堂。

　　白天的小树林宁静而安详，走过小树林，过不远的朝阳桥，走到邮电大楼右侧的小吃店，能用六分钱二两粮票吃到一碗素粉，如果再加六分钱，就能吃到牛肉粉。牛肉当然是薄薄的两片，铺在米粉上，且因刀工好，上面的牛筋就有一种老玉般温润剔透的印象。当然，吃牛肉粉的机会总是不多的。有一回，不知道花了几毛钱，买了一个菠萝，回教室不现实，因为实在无心与人分享，就坐在小树林旁的河沿，用嘴把菠萝皮啃去，再详详细细地吃里面的肉。我不记得这是不是我头一回吃菠萝，反正过后整张脸都辣得通红，下午上课老师问什么也说不出话，因为整个口腔、舌头都是麻的。

中午的时间也多半在小树林里消磨。林子里有两个小画书摊，用两块大木板，做成可开合的夹子，里面再钉出格子，拉上皮筋，画书就插在皮筋上。这差不多是所有书摊的样式。虽然看一本小画书并不贵，也就两三分钱，但六年下来我不知花了多少，自然相应的，我也消磨了无数个难挨又昏昏欲睡的正午。另外，有些书，比如《红楼梦》，我曾到父亲单位的图书室借阅，拿到家里，父亲却如临大敌，忙缴去自己研读，晚上听到父母讨论袭人，内容不清楚，腔调却是诱人的，他们不清楚我还没睡，还竖着耳朵，结果只能够看小人书。现在依稀记得那套书很长，有很多本。从风格来看，不全出自一个人。而且一个书摊不可能有几套，因此难免想看下集时，发现正在别人手里，原来喜欢《红楼梦》的大有人在，不过，我这个年龄的似乎没有。因此，每次兴冲冲啃着个馒头奔往书摊，总能听到守书摊的老太婆和她儿子说，看《红楼梦》的来啦！

有一回和同学聊起书摊，他说书摊总是靠在灯塔的脚上。这样，我才想起，原来广场这边还有个，不是，是一对庞然大物，一对灯塔，一座在粮油公司，一座就在小树林。每逢节日，塔顶的探照灯可以把广场照得如同白昼。因为那时候高大建筑并不多，我总惊怖它的高大，平时又老在它的下方走动，所以又老是把它忽略掉。

同学说，他曾经攀爬上去，我顿时肃然起敬，因为这件事是我想过而从未办到的。

同学说，他在塔上喊了几嗓子，最后下来前还撒了泡尿！我不好吭声，不知道他那泡童子尿会不会在半空就被太阳蒸发了，只好希望那天在塔下看书的人中没有我。

那一对灯塔不知道是哪年拆掉的，建它拆它都不容易，都应当是惊心动魄的大事情。

牙的闲话

　　小时候换牙的经历已经记不得了。因此，一直到成人，对牙齿的关切好像都不多，虽然每天都会刷牙，都会咀嚼，照镜子，但这中间有多少注意是分给牙齿的？好像还是有一回，听人说，人的牙齿有 28、30、32 颗不同，人的品格越高贵，牙齿就越繁密。谁不希望自己高贵呢，于是拿了面镜子掰开嘴细数，数来数去都只有 27！现在，这第 27 颗牙也要去了。

　　今年，家人的牙齿好像都遇到了问题，父亲咬硬物时，一颗门牙崩裂；随即妹妹闹起了虫牙……于是都有了整齐划一的觉悟，原来牙齿问题竟这么重要，一是因为它贵，二是不能够再生。贵是医院决定的，一颗牙动辄成百上千，医保卡肯定不够了；而不能再生，总有些令人惋惜，道理也是懂的，类似于人总是要死的，可事到临头才发觉，道理是道理，行动是行动，于是就有了对钱财和牙齿两种不能挽留的遗憾。当然，钱财总是小事，牙齿是真不能再生了。

　　我自己可能还要多一份惭愧。因为比起父亲，他毕竟八十岁了，老人家的一颗牙是最近才掉的，而我却是壮年，九斤老太如果在世又该说一代不如一代了。况且父亲那颗牙的根还在，总可以修补，而我的，因为整体松动，只能眼巴巴看着它脱落。

这个过程差不多又持续了一年，这期间虽然除了祈求，每天还多一次刷牙漱口，但牙齿还是毫不客气地继续松动，且越摇越厉害。终于，在一次早餐后，它一声不吭地落下来，难为的是它尽忠职守，坚持到早餐结束。我把它吐在手心，看上去很像一条死透的虫子，有些脏，但对它的感情绝不是一片指甲，一把头发可比拟的，好像它曾经和我出生入死，分担着整个生命，是我的一部分，而现在，它先我一步去了。

嘴里于是多了一个空洞，舌头倒是活动开了，可迎面来个黑洞对他人总是种刺激。于是想，要好好填补一下这个空缺，这里面应当还有种补偿心理的。义齿有多种，比如种植牙，比如烤瓷牙，于是想装最好的，仿真度最高的，但一看价格至少一万元以上，且可能还有排异反应。烤瓷的似乎也有不同的规格。当然，这是我在网上了解的，是一种想当然的预演。事实上，到医院人家根本就没给我看，一听刚掉的，就让我两个星期后再来。

这两个星期，掉牙的事也就无法成为秘密，和人面对面，只说两句话，别人就注意到了，你怎么门牙掉了？是啊是啊，只得抱歉地解释，可能什么什么原因，总之不小心，没照顾好。少了颗门牙，因为漏风，有些齿音就发不出来，当面还能看口型，打电话就有些无奈，不知情地会说，你把嘴里的东西咽下去好不好？或者，你能不能从床上爬起来？冤枉啊。

好容易两个星期过去了，到医院做了模型，取牙的时间又要延后一周，但这是意料中的，况且两星期都等了，还在乎这七天？其实一星期不到，主治医生就来电话通知取牙了。自然放下手里的一切，头一件事就是跑医院。新牙取来，没怎么看清，医生就让躺下，然后张嘴，只听咔地一下，新牙齿就填了进去，咬合几下，除了有点不适，竟严丝合缝！我一高兴，几乎拔腿走人。

医生忙叫住我，又教了拆卸清洗的方法，这才知道这牙其实也是过渡的，要装永久的还得过三个月。这时候我心里全是那种失而复得的欢喜，自然顾不上问是不是一定要那个永久的，或者，那个永久的究竟又能管多久？我只是一个劲地点头，好容易出了门，我开始忍不住冲着每一个迎面走来的人咧开嘴，没问题的，我已经反复看过镜子了，新牙齿和那些老牙混在一起的，几乎一模一样，没人能看出这是颗义齿。

当然，新牙还是会有问题，比如我在街上遇到朋友遛狗，从前我都是冲着那条宠物狗吹口哨，它再冲着我摇尾巴。这一次，我却发觉我怎么也吹不出口哨了，怎么掉了颗牙，连口哨都没法吹了？

洗 牙 记

我的牙齿很有特点。当年，父亲常常依靠它来"破案"，他在上班前留给妹妹的一块苹果总会不见了少许，于是断定是我干的，有牙印为据！因为只有我的门牙这么宽，这么稀，是牙齿泄露了我的秘密。

今年，这颗门牙终于出了问题。

我猜想是年初红枣吃多了的缘故，当时年关打折，家里买了很多北方红枣，我查了一下医书，红枣味甘性温，补中益气，养血安神，貌似有百利而无一害，于是当成点心，放在书桌上，想起来就往嘴里送一粒，偏偏它不利于牙齿。

成语里有囫囵吞枣的说法，原意就是从枣子的属性不利于牙齿来的。我猜是其中的高含量的糖分易于滋生细菌而导致龋齿，古人没有牙刷难于清洗，今人有牙刷却没能好好清洗，于是口腔疾患大增，最初是吃饭时狠狠地咬了自己一下，下门牙咬了上门牙，相当于大水冲了龙王庙。平时咬的都是别物，浑然不觉，这次伤的"自己人"，才知道牙齿的咬合力有多大。我自己一只手捂着嘴难受了半天，一只眼睛里还被带出一颗泪，才把这股疼痛让过去。我以为这是偶然的，偶一为之。谁料这种"自残"却频率越来越高，且间隙越来越短，我吃东西变得异常小心，但还是有忘情的时候，那时候多半就会咬自己。

但牙齿还是松动了，舌头最清楚，一触即晃，且明显往下掉一截，再被下牙，它从前的伙伴用力一抵，于是，它只能朝前像某个吸血鬼那样"撩"起来。但我还是想把它保住，如何才能把它保住？从小到大我对付牙病的经验并不多，仅仅小时候，还是换牙前，有次害了虫牙，痛得真哭，母亲只得半夜跑到医务室替我找来麻药，好像是浸在棉花里，最后塞到疼的位置。但那毕竟是过去，此后三十年它们相安无事，且母亲也于几年前仓促离世了。这么一想，也有些难过，牙齿竟然是不能再生的，早知道就应当爱护了，但这三十余年，我多半只有早上才刷牙，晚上总是懒，有时早晚都不刷牙，实在有愧它们的忠实……

发现牙齿松动后，我在一种怜惜且补偿的心境中，每天早晚各刷一次牙，最后刷门牙时尤其细致，但这好像没有任何改善。朋友建议去洗牙，把牙结石洗掉，这是他的经验，但这个经验会不会是个案？在我看来，这种方法未必就能保住可怜的门牙。这个过程很长，我一直在犹豫，在反复，在论证，口腔医院离我家不过十分钟，我站在门诊大厅时离牙齿出现问题已经过了快一年。医生的态度都异常好，他们的口吻都一致，同情、安慰。"早该来了！""这颗三级松动，肯定保不住，这一颗也松了，二级松动！""保不住了，你这牙周都是问题，牙齿从没洗过吧，要洗一洗！"最后都归结到"洗"！洗牙，一个"洗"真有如此奇效？

等我到洗牙室，仰躺在牙椅上，多少有些豁出去的意思，反正他们没让拔牙就是万幸，心里仿佛逃过一劫，但愿这一"洗"，便能把所有的烦恼一"洗"了之。洗牙师是位大姐，口罩戴着，看不出年龄，她详细地给我解释，为什么洗牙才能保住牙齿，"因为牙结石会把牙龈顶开，牙齿没保护，当然要松动了……"

原来这样！我不能说话，忙不迭地点头，一面有点抱歉，因为自己一口烂牙就这么朝别人咧着，另外，眼睛也在不停地流泪，大概嘴咧久了都会这样，好容易电钻声停了，我起来吐口水，以为的血水竟然是黑色的，嘴里的沙子怎么吐都吐不干净。

这次洗牙总共洗了三十分钟，因为是第一次，洗牙师大姐说，以后就好了，快了，但我这种情况最好半年就洗一次！

我满怀庆幸，甚至有种感恩的想法，不要说半年一次了，能保住这颗牙，明天让我再来，我都洗！

酒桌上的谅解

当年云大的地球物理可能是生源最广的一个专业，几乎大半个中国都有我们的人，分配时自然撒豆一样，各奔东西，二十年过去，很多人杳无音信，要把这些人组织起来，首先寻找出来，恐怕都有点难度，要有些捏沙成团的本事的。

不过，要捏沙成团并非我们一个班，前面据说81级、82级、83级都已经聚会过了，而且效果非常好，为了不断这种连续性，让后面的85级、86级无话好说，那些教过我们的老师无话可说，84级就有义务把这个二十周年聚会搞成功！

这种紧迫感首先是从前在班里有点头面，现在仍然很有头面的几个同学感觉到，托他们的福，我们远在天边，沉寂多年的老同学依次被挖掘出来。不出所料，很多同学都改了行，做起了生意，当了老板，从前并不起眼，成绩只能说一般的同学，却坚持了下来，成了硕士博士，留了洋。最大的惊奇还是在分在云南某县的一同学，他原本学的是气象，却分到了地震局，于是敬酒时，气象和地物两个专业的同学都会把他拉上，大家都觉得这个错误错得很有趣。

到昆明的当天晚上，我们就把从前的老师都请过来聚餐。同学其实到的不算多，大概到了一半，但也是从海南、河北、深圳飞过来，看得出组织者很满意，老师也很满意。白建华同学频频起来举杯，在各张桌子间穿行，感谢老师感谢同学，因为他是班长。这时我才想起，本人好像也是做过一年的班长，且是大班班长，两个专业的班长！只是我好像一向没什么官运，当过几次"领导"结果都免不了中途下课。我看到白同学跳上跳下，大家也很配合，心想谢某曾经也是班长这个事实大概也没几个人记得了，毕竟二十年了，与二十年相比，这点记忆大概和某年的一场雨水差不多。但二十年为什么就要相会，难道真如歌里所唱，"再过二十年我们来相会？"

有意思的是，我们桌上还坐着教高等数学的自老师，和他面对面多少有点冤家路窄的意思。当年他教我们时，班里同学都认为他教得不好，只会背书，口音也重，便联名要求系里换人，最终没换成，有同学便把这件事报告给自老师，并告之是谢某的主意（其实真与我无关）。于是自老师说了，别人都可以及格，只有谢某不能及格。后来，果然就没能及格……这应当是第二个学期，谢某的班长被免掉了。

我看自老师恍惚的眼神，这些学生他应当已无印象，据说后来自老师被调去成教部教电大生，终于与年轻的应届生远离，这件事在他那儿大概也属遗忘之列，事实上不仅他老得厉害，就是我们这些后辈，也都有四十二三的年纪，不是发了福，就是脸上多了皱纹。我和同学挨着向自老师敬酒，自老师问，你叫什么？！我报上名字，他一脸茫然，果然没有印象。

是啊，一切都会过去的，我心里为什么还要装着这些疙瘩呢？别人都早已忘掉了，我当然更要放下。我再次找自老师碰杯、敬酒，祝他健康长寿，并冲他哈哈一乐。自老师大概不明白我为什么要二次敬酒，并冲他打哈哈。我不解释，自己明白就够了。

那天去的人中还有教力学的张钧老师，我的试卷他曾批了 90 分，全班第一，这是那四年里我得过的最高的一个分数了。他跳舞非常棒，也很热衷，尤其善旋转，解释离心力往往要拿跳舞做例子，但看着我，他说不记得了。随后怕这句话不够真诚，赶忙说自己七十多了，学生又太多，实在要原谅的……我在想一些细节。可随即发觉没什么细节是特别的，我大概也不是那种能唤起张老师记忆的好学生。

其实，那天我们在酒店依次报到时，就有很多的"失忆"的情形发生，起初大家也没在意，后来发觉这是个极有趣的场面，便拿来作为游戏，难为后来的人，他是谁？还有她呢？被提问的搜肠刮肚，却一点消息也没有，只好一脸痛苦地抱歉，最后经提示，才恍然大悟……当然，同学中也有变化小的，望之和学校时并无两样，但这总是凤毛麟角，有几个人能对岁月的召唤无动于衷？

那天让我高兴的是还化解了一个误会。2002 年我到昆明，当时一家报纸给我做了个采访，并配一篇小文《一千个来昆的理由》。里面提到了班主任胡老师，我本想赞他混得好，但听说这张报纸被人拿到系里传阅，着实给他带来些麻烦。所幸那天胡毅力老师也到场，我可以亲自道歉并予以说明。胡老师大度的原谅。真要谢谢他！

其实，到这儿，我方看出同学聚会的好处，别人的感受如何，我不知道，虽然一开始我也犹豫，有些不以为然，但终于抱着一起开心的念头前往昆明，终于也换来了好报。至少从前遗留的一些疙瘩、芥蒂，终于有机会澄清，也终于有机会谅解别人，请别人谅解，这也成为我此行的主题，一旦有了这个题旨，我即不再看轻此次云南之行，而是感觉收获巨大。

吃完饭，我们又到楼上 KTV 唱卡拉 OK。从前在学校时，我唱歌很有点名气，这一点同学们还依稀记得，但我三十岁后几乎不再唱歌，会的也还是从前那些老歌，尤其当我们那些老师拿起话筒时，才让人惭愧，听听，竟然是《菊花台》《千里之外》，还有一首我竟没听过，问了才知是《狼爱上羊》。

我使劲鼓掌，愿在场的每个人都保有一颗年轻的心！

和李教授谈教育

　　临毕业时我们才被告知，我们大学四年的成绩还是有个累加的，累加之后就会产生一个排名，这样，顺理成章地给每个人的大学生涯定了位。这是个突然冒出来的东西，某种程度上和《水浒传》里的那块刻着三十六天罡、七十二地煞名字的石碑差不多，天然又现成，让人无话好说，结局也与中学的你争我夺是另一番景象了。

　　排名这东西对靠后的人没什么意义的，但前几位还是看到了好处，不仅和分配直接挂钩，还有保送研究生的可能，第一名更是分到武汉的国家级地球物理研究所。

　　我们班的第一名姓李，四川乐山人，是个家境苦寒的农村孩子。我对李同学印象不深，因为记忆中他好像没什么特殊之处，也没出过什么令人叫绝的风头，装束也四年如一日，从头到尾，一直都是绿军装加解放鞋，但那个年头，尤其有对越自卫反击战的背景，这种穿着也无可厚非。

　　李同学当时享受着班里最高的助学金，每个月有 25 元钱，靠着它李同学把大学四年硬生生念完了。25 元是个什么概念？ 1984 年到 1987 年大概够李同学每顿在学生食堂打一个菜，到 1988 年就不行了，记得 1988 年我跟家里要的生活费已经陡增，有几个月超过了一百，而李同学还是 25 元。学生那个年龄段大多不安分，我们通常会到教师食堂打个小炒，即使不打小炒，也会点上一荤一素两个菜，李同学却顿顿一个菜，而且往往是白菜。这样一位同学得了第一名，尽管不是民选，还是让我们觉得实至名归，分到研究所也理所当然，说到底这一切都是他自己挣来的。

2008 年我们毕业二十周年聚会，李同学也从武汉赶来，样子看上去变化不大，很朴素，唯一能说得上的改变大概是话明显增多，原来李同学已是教授，大概在他的学科领域很有发言权。不过，我们闲聊两句，发觉他在很多方面都很有发言权。

比如他说，现在的学生，最好的都已和我们最差的学生比不了，那时候我们的作业题最简单的，他们都觉得难！

这个我信，虽然没机会接触现在的大学生，但听听录取的比例，已经够吓人一跳。我们那时是十几人取一，是万众一心过独木桥的盛况，现在十个里面有六七个会变成大学生！本应当皆大欢喜的，但还是时有舞弊案的传闻，这样的录取率可想生源质量了。

最后我们得出结论，就当中国十二年义务教育提前到来吧！说完我们都哈哈大笑。

其实，李同学还是有件事让我记忆犹新的。1987 年我们地物小班曾随云南省地震局赴滇西参加滇深 87 工程，相当于给地震局打了一段工，忙完一个夏天，我们每人都分到三四百元不等。结果这笔钱哪去了？我不清楚，多半与朋友在小摊上吃掉了。班里的同学多半如此。而这个李同学，却让我出乎意料，有一天我去他们宿舍，远远就听到一段激烈的迪斯科音乐，进门才发现是李同学在听音乐，他低头看着磁带，旁边是一台新崭崭的台式录音机，一问才知是他新买回来的，三百多块钱。我一愣，假装听音乐，其实心里感叹得要命，以李同学的处境，他应当把钱存起来才更合理。但他没这样做，而是和我们一样"花"掉了，只是此花和彼花不能等同。

李同学同我们一样肯定爱钱的，但他显然没被金钱束缚住，钱挣来不就是花的吗？李同学的金钱观意外的健康。

其实，生在我们那个时候，贫富相差不大，也是幸事，至少我们不会因为物质逼迫而心理变形，但这个想法肯定不究竟，因为人的心理变形，需要多大的刺激方能导致，我们并不知道，有人既然可以因为五块钱杀人，那么在任何条件下发生变异都有可能，调整的关键还在于自己。

记得前不久，高考填报志愿，有朋友和我谈他孩子的处境，十分担心，那是个忧心忡忡的父亲。我谈到我们班李同学的故事，并有以下一段发言：

"什么是大学？你也别把大学看得太高了，一定要怎么样，其实它就是个平台，一伙同龄人住在一起！你不是担心你儿子在社会上学坏吗？是啊，他现在进社会，面对的都是成年人，各种各样的坏心眼儿，斗又斗不过，只能学坏，现在有了这么个平台，都差不多的年纪，他不欺负别人就谢天谢地了，等他再坏一点，也该进社会了，正好应付坏人，你说是不是这样？"

我要声明的是，这是谬论，是胡言乱语，但朋友却深以为然。

三位先行的同学

我们二十年同学会，一行人被拉到抚仙湖过了一夜。那地方据说被昆明人称作黄金海岸，我听了咋舌。我一向佩服昆明人的想象力，言之凿凿如板上钉钉，尽管这个海岸离真正的大海有十万八千里，但弄点沙子铺在湖边，照样是不错的"海滩"，我头一次打沙滩排球，竟然就是在这人造海滩上。

吃过饭，有一半的同学都因二十年的同学情谊，和过量的酒精弄得不省人事，被人或抬或背送进了房间。剩下的一小部分，则遗留在了"海滩"，大家席沙而坐，在暗夜中交流往事。此时月牙如钩，众多的银点在万顷碧波上跳跃，很配合我们此时的思绪，各位同学也是少有的放下了家事，恍惚间还真有一种回到旧时的错觉。

错觉被打破是因为过来一个卖孔明灯的小女孩，手里拿着最后剩余的三盏灯，一定要我们买，而且价格是规定好的，不许少！因为时间特殊，同学们都大度地包容了这小小的霸道，用她规定的价格买下了这三盏灯。

放灯时有人提议把灯送给安同学、周同学和申同学。自然不会有人反对，二十年后我们能聚在一起，唯有他们做不到了，连打个慰问或者抱歉电话都做不到！原因很简单，三位同学都永远地定格在过去的岁月里，安同学、周同学走得早，在我们记忆中还是青春十足的模样，申同学则是最近的事，我们也无法还原他步入中年的形象。

安同学的走是出惨剧，也是个意外，毕业后他分配到西北一个边远的地震观测站，有一天累极，在等炉火上来的过程中，被阴险的煤气夺去了生命。

周同学则是因为出差时所患的一场大病，因为是恶疾，丈夫赶到时周同学已经被火化，可以多说一句的是，周同学的丈夫也是我们同班，二十年聚会，他也有幸到场。让人不解的是，他俩在读书时并没有恋爱的迹象，彼此话也不多，能走到一起，只因为同分到大理的地震基准台。缘分这种东西似乎很难说清，聚合与离散都是这么不可解，让活着的人空余叹息。

第二天下午发生了一件事，因为周同学的室友来得较多，加之她生前为人极好，又加之周同学刚好葬在昆明。于是众室友便想在离开前，一同到她的坟上祭奠。结果却出了意外，原来她丈夫找不到她的坟了。自己老婆的坟都找不到，带着一群同学在坟山上跑了一大圈，同行者都累得要死，气得要命，也就愈发觉得这件事不可以原谅，大概都朝这位丈夫发了脾气。周同学的丈夫或许也觉得无趣，只得中途告退，但空跑一趟还是让那些好心的同学心情恶劣。

那天，与我们共聚最后的晚餐的人中还有申同学的遗孀，以及他7岁的孩子。前面说过申同学是我们班走的第三人，走时不到四十岁。据说他从事的职业有辐射的危险，且有很高的劳保，现在来看竟是真的。我抱着他的孩子，忽然有些难过，我告诉小申，知道吧？我就住在你爸爸的上铺，是他教会我围棋的……

其实抽烟也是申同学教的。申同学是个聪明人，只可惜读错了

专业，家里又不许他重读，只好留在地物系混日子，他原本是 83
级，留了一级，便到了我们班，分到我们宿舍，就睡在我的下铺。

那时，申同学上午几乎从不起床，他也从不上课，晚上总要点
支蜡烛读闲书，烟自然是不离手的。我不喜欢烟味，时常被烟臭熏
醒，向他一抱怨，申同学就递上一支纸烟，回数一多，我便干脆抽
了起来。我抽烟的确是想抵挡那股子烟臭，但上瘾后，一抽就是十
几年。到我见到申同学的孩子，我戒烟也有五年了。

申同学家就在昆明，每逢周末回家，再回来就给我们学他才看
过的唐老鸭，因为学得像，一度我们还叫他老鸭子，或者申老鸭。
他预言我将来会有个油肚，会是个胖子，这些现在都已经应验了。

这次参加聚会的同学每人为申同学的孩子捐了五百元。这应当
是临时的动议，班长白建华同学拎着个纸箱，挨个逼着掏钱。看得
出有些人没有心理准备，有些勉强，但毕竟捐了钱，做了好事，于
是我头一次对白同学包括他的武断的做法心存敬意。

想起校友马加爵

　　两年前的同学会，闲聊中自然聊到了马加爵。云南大学百年校史，在册的学生老师有名望者成百上千，但数来数去，就"显达"而言，没哪个能超得过马加爵！可能这个原因，我忽然起兴要到他的宿舍去看看，最后忍了又忍，才没把这煞风景的念头说出来。

　　其实我们都想不起马加爵杀室友是哪一年的事了，但作为常识，那间宿舍应当作为凶宅一直空闲着。我们在校时，女生宿舍也曾经出过一件命案，那是生物系的一位女同学，因担心考试成绩而绝望自杀，她的方式是把自己挂在窗台上，结果，她的考试及格了，不仅她及格了，班里所有同学都及格了……

　　那间宿舍记得就一直空置着，直到我们毕业后，头一次返校，我才发觉那间宿舍亮了灯。这说明，第一，这房间已经有人住；第二，住的人不知道以前这里有人自杀，或许知道了也无所谓……

　　但马加爵的宿舍可能不一样，马加爵当年杀室友的案子震惊全国，很少有人不知道，包括他被通缉，在海南归案，再到最后审理，枪决……印象中，那是第一起影响这么大的校园恶性事情。包括我，作为他的校友，也不时被朋友拿来打趣，"他和马加爵是同学！"于是说笑一阵，但归根结底，与全国的爱憎分明的善良人一样，我对马加爵也是恨之入骨的，期望快速破案，将凶手绳之以法的愿望不亚于任何人，记得他在海南落网时，我很快意地向父亲宣布这个消息，但之后感触却发生了变化。

这件事在我印象中延续了很久，也许是事情后续报道的复杂性所致，也可能它比我想象的还要悲伤。比如我们知道了，马加爵在宿舍里屡屡受同学的歧视、排挤，哪怕一个蹩脚笑话也会引来讥讽，于是他去练健美，有了行凶的体魄；再比如，他的父亲，事后到几位遇难者的家里，给他们的亲友下跪，致歉。感觉这是个知书达理的人家，本应过得更好的，在哪里就走岔了？再比如，行刑那天，马加爵校友对警察说，囚服是他有生以来第一件新衣服……

的确让人心酸，这孩子并不比我们知道的那些穷凶极恶的罪犯更坏，甚至比起他们，他更单纯，没有那么复杂的动机与目的，但最后他们的处境是一样的，一样地做了恶，一样地被惩罚。或许是一念之差吧，多少个前途光明的人都被这一念之差所左右，并倒在光明前途的路上……

我和同学开玩笑，某某当时最可能变成马加爵！的确，马加爵完全可能出现在我们宿舍，或者我们自己就变成一个马加爵。因为在那个年纪，那个时空里同样也有痛苦、仇恨、嫉妒以及种种难以消化下咽的不平，这种因素太值得造就马加爵了，只是，真实的马加爵要在我们毕业很多年后才会诞生。我们没有同学的因缘，没有同室的因缘，是幸事！但这并不妨碍我对过往所有的伤害，做个林林总总的抱歉。

愿这个世界不再有伤害，不再有马加爵。

只好叫他苏老师

现在回想，他应当是一个值得我牢记的人物，因为无论做文做人我都曾从他身上汲取过养分，但世事通常荒唐，我们对一些无关紧要的东西刻骨铭心，倒是这类"恩人"，偏偏成了飞雪踏泥鸿，忘了名字不说，连姓氏也杳无可寻，以致毕业二十年回校参加同学会，想去问讯一下都无从问起。因为当年他教过我们《当代苏联文学》，所以这里姑且称他苏老师。

我们进大学第二年学校开始实行学分制，学分制到底是什么其实到现在我也说不太清楚，但有一点，我知道学分制前到别的系蹭课叫白听，现在，不仅不白听，还可以算成绩。我对文科一向有些兴趣，便乘着这股东风，选了几门自己还算感兴趣也好玩好混的科目，比如书法，一个学分，小说原理，一点五个学分，再就是当代苏联文学，一点五个学分。说起来，我对苏联文学，甚至整个文学宫殿、城堡或曰王国的建立还是有赖于后者，当时并不知道自己会走文学这条路，否则怎么说都该多花些力气。

苏老师不是中文系的，他来自外语系，据说是中苏断交前，到苏联的最后一批留学生。教我们时他大概四五十岁，至少看上去如此，大概他还有江浙的背景，所以动作望之轻快、儒雅。我印象中苏老师一直穿一套灰蓝色的西服，这在 20 世纪 80 年代以军装、夹克为主旋律的人群中并不多见，而能把西服穿得那么妥帖的，又似乎现在也不多见，所以感觉中对他的印象一直不是亲近，而是有些敬畏。

当时报当代苏联文学的人很多，有一二百，所以学校把课排在阶梯教室，这也是学校最大的一间教室，大概所有人都觉得这门课会很好混，没想到还意外的好玩。苏老师的第一堂课就很出彩，我记得他说俄罗斯人最喜欢黑头发，我们去那儿肯定都是俊男美女。又说起他的导师，一位俄罗斯人，他们面对面地聊天时，才剃干净的脸颊上，胡须就"嗖嗖"地冒出来。

当然除了异国情调，我们领略最多的还是作为文学大国的苏联在各个时期的著名作家及其作品，比如肖洛霍夫，比如艾特玛托夫《一日长于百年》《我的包着红头巾的小白杨》，比如写战争作品出名的三"夫"（《活着，就不能忘记》《方尖碑》等），再比如又是导演又是作家的舒克申，这些作家及作品的名字直到今天我都可以信手拈出。我是真正花了些时间和工夫去阅读的，并且不是只读内容提要，这也导致当代苏联文学可能是我头脑中脉络最清晰的文学史，这自然要归功于"当代苏联文学"，归功于苏老师，归功于彼时一种属于少年心性的热情。

有一天，讲到苏联卫国战争，苏老师提到了西蒙诺夫。这位诗人就要上战场了，临行前夜，他心潮澎湃，难以入眠，于是给自己心仪的偶像，当时的电影明星瓦热娃写了一首情诗《等着我吧》，谁料诗歌发表后立即成了战场上最鼓舞人心的诗篇。战争结束后，电影明星瓦热娃也嫁给了西蒙诺夫。

接着苏老师给我们朗诵这首著名的情诗：

　　等着我吧，我会平安归来／只需你苦苦等待／等到那愁煞人的阴雨，勾起你的忧伤满怀／等到那大雪纷飞／等到那酷暑难挨／等到别人不再把亲人盼望／等到那遥远的他乡不再有家书传来／等到一切等待的人心灰意懒，都已倦怠……

　　最后一句，不是我从书里摘抄的，而是它一直在我的记忆里盘旋着。苏老师此时一个箭步跨到讲台上，手朝前一挥，然后大声地喊："只因为你善于苦苦地等待！"

　　我们都吃了一惊，然后拼命地鼓掌，敲桌子跺地板，这堂课就这么在欢腾的声浪中结束。苏老师的确让我们振奋，他像一个明星一样唤起了我们内心潜在的热情，同时他也为我们树立一个标尺，一个好老师、优秀的教师的标尺，他不一定是车工、钳工，他可以用更温和，也是更积极的方式来塑造学生的品格。

　　一学期课很快结束，临考前却出了个小故障，因为苏老师颇有些旧式学者的风度，一开始就放言，他的课不仅不用打考勤，功课上也不会为难我们。考试前他就把大概的考题通告给我们，那天他一进教室，把皮包往讲台上一丢，就戏言下面有没有坐着教务处的人？结果是，虽然没有教务处的，这一二百号学生中却有人把这件事报告到教务处。消息传来，苏老师自然被动，我们也群情激奋，恨不能将这个叛徒揪出，撕成碎片！好在争议声中，所有人都顺利过关。我印象中，这也是当代苏联文学唯一一次全校性的大课，反正苏老师没有再开过类似的课程。

　　这之后，苏老师就在外文系带他的学生，那种小班，不过二三十来个人。据说苏老师会给每个学生起一个俄罗斯名字：莎莎，伊娃，阿廖沙……我不止一次看到阿廖沙们簇拥着他们的苏老师在校园里穿行，很远都能听到他们的笑声，看到的人很自然地停下来向他们行注目礼。那时候，我总是异常羡慕，因为我相信做苏老师的学生就应当这么幸福。

老虎进城

一个冬日的凌晨，一只孟加拉虎在越过最后一片丛林后，踏着一片薄雾，悄悄地出现在昆明的街头。

或许对这只孟加拉虎来说，眼前的改变都来得非常突然，为什么树林越来越少，又为什么那些钢筋水泥的洞穴中会传出各式各样的鼾声？它能感到危险正在迫近，却又无法克制自己的好奇，渐渐，回头也成了一种奢望，一种不可能……

这不是小说，也不是童话，而是真实事件中的一个刺激的画面：

1987 年冬天的一个凌晨，当几乎所有的春城人都还处在睡梦之中，他们不知道，一只孟加拉虎造访了他们的城市。也可能它饿了，也可能只是迷了路，城市对它这样的外来者来说形成了一个巨大的陷阱和迷宫。总之，作为一个不速之客，它出现在一个不该出现的地方，错误的时间与方式。老虎可能满腹委屈，甚至绝望，因为即使它此次出行满怀善意，也注定了这是一次悲剧之旅。

第一个与老虎狭路相逢的是一个下晚班的工人，他骑着车摇摇晃晃地在回家的路上。白天拥挤的街道，此时却显得空阔无边。晚班工人精疲力竭，他不时闭着眼睛，由着身下的单车引领着自己，他在梦想一张床或者一碗热汤面，但目前的情形来看，他更需要一张床，好把自己摆上去，至于热汤面，就让它在梦里解决吧。

他睁开一只眼睛，便看到那只老虎，老虎浑身金黄，它的花纹和他后面在派出所形容的一样，有一种美轮美奂的韵律。它从他面前跑过去时，他甚至想，今天我运气好，梦到了老虎。但只是过去十秒钟，他就彻底惊醒。这不是梦！他刚才真的和一只老虎擦肩而过！甚至他回过头，还有瞥见那条俏丽左右摇摆的尾巴……夜班工人听到自己的上下牙床开始打架，还有一种瘫软的感觉，他挣扎着让自己站立，他想马上把看到的一切告诉别人。

选择派出所显然是一种失策。那位年轻的公安警惕地看着夜班工人，夜班工人已经说了三四遍，并反问你不相信咯？他的确不信。他起初觉得吵醒自己的是个疯子，但之后他决定这个人是个酒鬼。酒鬼虽然语无伦次，但他们多少有些逻辑，还有些酒鬼的确可以撒一夜的酒疯。最后，夜班工人被赶了出去，并被善意地警告，以后不管再怎么高兴，也不要喝这么多的酒！

第二个来报案的是个送奶工。大姐说她在送奶的途中，遇到了老虎，咩咩，不仅个子那么大，还在她脸上抓了一爪。难怪大姐来时脸上血肉模糊的。小公安这次不好说大姐少喝点酒，因为一个大姐喝成酒疯子毕竟少见。那时候也十分单纯，没有摇头丸这类东西，所以小公安这次决定把老大姐当成一个梦游者。梦游的人在外面摔了一跤，说自己遇到了老虎。

第三位报案者现身时，他才不这么看待。等到第四位、第五位受害者出现时，年轻的公安人员已经确定老虎进城的事实。只是他也疑惑，怎么才能把这个消息传出来？

第四位受害者是个晨练者，也是整个老虎事件时受到伤害最大的一个，他是晨练时发现老虎的，他也不相信自己看到了老虎，接着不相信那就是老虎。青天白日的，所以他平静地走过去探个究竟。老虎一口便咬下了他的左手。

8点钟，昆明城已经进入紧急状态，一队军人迅速开进，老虎最后被赶进北站附近的一个大杂院。这时候，就在人虎对峙过程中，另一队人马被派往动物园，他们是去取麻醉枪的，的确出于"虎"道的考虑，没有比麻醉枪更好的解决办法了。他们很快找到了园长，却遗憾地被告知，麻醉枪在一位饲养员手里，而饲养员去了大理。那时候不仅交通不便，人们还意外地发现通信也不方便，他们没有电话，无法联系，无法把老虎进城这么重大的事情传播出去。于是悲剧就要发生……

越来越多的人知道昆明来了一只老虎，他们都拥进大杂院，要求看老虎，当然他们要看的其实是马戏团里的那种老虎，那种老虎训练有术，可以跳圈，转圈，在地上打滚，再大胆一些还可以和它握手。即便不是马戏团，人们印象的老虎也该是动物园里的，那种慵懒无神、对玻璃外的游客无动于衷的老虎。可这一只，却是在野外生活的正经老虎，浑身洋溢着愤怒，也难怪它的皮毛那么光鲜，就像绸缎一样。况且它还是主动来游玩的，于是好客的昆明人不住地靠上前，他们不顾反对，都想亲近一下这只和他们一样热爱春城的老虎。于是，他们看到老虎被激怒了，它开始咆哮，千钧一发之即，一个战士开了枪，老虎倒下了，它终于没能等到麻醉枪的到来……

那一天，所有的昆明人都在议论老虎，议论那张五彩斑斓，却遗憾有着枪眼的皮毛，据说它将制成标本，被博物馆永久收藏。他们争论谁是最先看到老虎的昆明人，也争论谁是他们中最倒霉的一个。

现在，我想说的是那只虎，那只最终没能走出昆明的老虎。它在身体倒下的一刹那，并没有倒下去，甚至它看着人们把那具漂亮的身体抬开，都没有紧紧尾随。它仍然是只老虎，一只失去身体的老虎，一只老虎的灵魂！

这只老虎的灵魂，十几年后还行走在昆明的街头。它踏遍了昆明所有的大街小巷，都没成功地走出去，于是它感叹这座城市真是太大了，就像一座迷宫。十多年过去，老虎仍会在昆明人梦境里出现。梦到它的人都说它非常大，非常逼真，而且最重要的，它非常安详。

香格里拉

记忆如果有终极的话，我愿意它是最大的背景：连绵，看不见起伏的草场，油绿色地朝前延伸，不知道有多宽有多阔。坡底是个放羊姑娘，你已经找不到她，因为远而小，那几只缓慢移动的绵羊起初一直让你以为是几块裸露的石头，放羊姑娘唱着歌，听不懂的藏族民歌悠远而清亮，在电视晚会上你可能不喜欢，但在这儿却是唯一的，只能这么唱着。草场有边界，是一排山峦，茂密的森林，再往后推过去就是让你永远都瞠目结舌的雪山。

这便是中甸，我的中甸，从前或者现在的香格里拉。但它袒露在我面前的时候不是，它只是一座无名小城。那是一段无心插柳的旅程，一段还属于少年的旅程，一个从前、将来都注定声名大噪的地方，单单以一段无名的时刻接纳了我。所以心情也是最寂寥的，因为它的寂寥而寂寥，没有刻意的准备和逢迎，一切的发生都是这么不经心，无所谓，碰撞是最单纯的碰撞，因此无论去的地方是多或者少，那里都将注定成为我永远魂牵梦萦的地方，一个世界上最美丽的地方。

　　也因此，我很怀疑将来与黄山、庐山的会面，我将为它们准备怎么一种心态，怎样一份狂喜？每一处风景都有来历，都曾被指证或者命名。当然，背地里我还会为它们预备一份失望，一份不过如此的沮丧。但至少中甸不会这样，因为它的美丽是最自然的美丽，也因为欣赏这份美丽的人还是个毫无心机的人。

　　那是在我大学时代发生的一幕，我正在读一个无聊的专业，暑期替地震局打一个无聊的短工。那天午夜零时，应当在新疆，遥远的戈壁滩上进行我们国家最后一次地下核试验，地震波驶来，爬进我们的仪器里。但这些都不重要了，对于我记忆中的1987年来说它们并不是华彩的部分，那一年其实早已经被我惆怅的青春所铺满，也只有那个空灵的草场上是自由驰骋、放牧青春的好地方。

　　去小学校喝酥油茶吃青稞面应该就是这一天，那个藏族老师是否还会记得那天下午几个年轻人走了几公里路去她家里讨水喝？结果喝完水，又喝起了酥油茶，吃起青稞面。老师的孩子曾被班禅摸过顶，老师的爱人是个军人吧，或者是一名随路而走的筑路工人，原谅我记不得了。学生已经放学，那只有两间房的小学校只有老师一个人，一块砾石地便是操场。黄昏时，老师到学校门口送我们，她就一直在那儿站着，站成一个像雕塑般的暗影。

　　想起中甸还因为忘不了他，实际上中甸和他应当是一个概念，中甸如果抽象到最后一点那么就应当是他——姚建，我的一个学长，也是一个错误。在学校时我就听说过这个人，因为1982年时他办了一个交谊舞会，因为流氓罪被学校开除的。这件事至少在我读书时已经变得像个笑话，而且时间越久它还会变成一个大笑话，但最初它不是，它还被当事人懊悔和痛苦的眼泪浸泡着。姚建应当是自我放逐的，没有人要求他去那个苦寒之地，没有人告诉他用这种方式来救赎自己。人们提到他只是惋惜，为他的聪明和生不逢时。

　　看到我时他非常惊讶，因为这之前没有任何学校的人来看过他。

我是第一个，他甚至激动且兴奋地把我介绍给其他老师。也许一下子他就回到了那个校园的年代，我把属于校园的那部分信息传递给他。都久违了，我的和你的校园。而此时他已经成了整个中甸最好的物理老师，已经有学生到他从前的学校里就读。他是开朗的，活泼的，这与传说中一致，尽管略为有些伤感，也是因为喝酒的缘故。后来我离开的时候，我的学长已经睡在床上醉得不省人事。我们没有告别。姚建的名声也许不完全来自他的教学，有一次他去爬雪山，把一只鞋丢在了垭口，剩下的路他只能光着脚走回来，这个消息第二天迅速地传遍了整个中甸小城。

　　我曾经在一篇文章里形容中甸的天空"就像一顶巨大的倒扣的铁锅"，真没有想象力，但又真像。那个漆黑的夜晚，几乎只有我一个人走在街上，尽管已经夜里九点，天却不能黑尽，甚至还涂抹着落日的最后一道余晖，星星点点顺着天空那一道弧线排列，在离天空最近的高原上，星星各自闪烁，不胜枚举。这也许就是高原的奇观吧，中甸的奇观。接着，我听到一阵风铃声，清亮而固执地迎面而来……

与蝴蝶相遇

蝴蝶的历史应当长于人的历史，这一点毋庸置疑，但蝴蝶的形象却因为有了人的出现才变得完整。如果我指的是它的精神气质，你就可以接受了，这方面的内涵也只能人，这种自以为是的动物才能够做到。

当年大作家庄周偶然做了一个变蝴蝶的梦，因为是庄周的文章，所以这个梦迤逦流传的同时也将蝴蝶的品质大大地提升，虽然它的寓意仅仅只是揭示非人非蝶，或者"我是谁"这样一个玄妙的命题，但人变蝶还是在蝶变人这个追问中，还是隐藏着蝴蝶与人互置的可能性，换句话说，人未见得比蝴蝶更高明，人也不应以变蝶而可耻。后一句话可以作为一个铺垫，作为蝴蝶世界真正兴盛的前期预备，因为不久一个蝴蝶文化的高潮就要到来。

蝴蝶文化的世俗化自然和梁祝化蝶这个妇孺皆知的传说有关系，现在已经很难查清它具体成形的时期了，似乎南北朝前梁山伯与祝英台还是两个不相连的概念，这自然是不重要的，传说的目的不在于提供史实，它只计效果而不管过程，所以年深月久后，为官清廉的梁山伯与祝英台女侠这两个不同年代的人物能够在同一个时空中共结连理，并且结局浪漫，化蝶重生。因此在梁祝故事中其实包含了两重创作，前者是关公战秦琼，后者则是人鬼情未了，也许与前一个虚构相比，后者的不负责走得更远，人是蝶的前生，蝶成为人的后世，很难说这其中是进化了还是退化了。也许同所有的谣言一样，传说也同样的不可靠，它们的区别也仅在于美的或者丑的。

这个故事当然也可以看成是对蝴蝶形象的二度提升，蝴蝶凭借着两个人物而获得了一种前所未有的品质。在我看来，这更像是一个人性化过程，它们变得具体而微，有了名称，反而寓意深远，在庄周的世界里人与蝶可以互变，到了这里，人却可以为了不现实的理想去化蝶，也就是说，人在无路可走的时候还是能找到出路的，至少他们可以去化蝶……应当感谢我们的祖先，他们没让梁山伯与祝英台变成两头大肥猪，当然也要感谢蝴蝶，因为它们的存在我们可以不用去寻找蛾子、蟑螂这样的替代品，使我们对爱情还能保持美好的想象。

蝴蝶的价值提升延续了千年，但这种"提升"我不知道对蝴蝶世界来说是福祉还是灾难，也许两者都有可能，人们可能因为蝴蝶的美丽而大肆捕捉，并制成标本，也可能因为那个传说而任其遨游于荒野。我手边就有这么一册蝴蝶标本，一位去云南远游的朋友买来送给我的，但并不是作为礼物，而是她对这堆蝴蝶的尸体无法处置，于是送给像我这样对蝴蝶无动于衷的人。于是我猜测她的动机，在她的心目中那些对蝴蝶可能从来就没有死去，即便是尸体，但它们仍然有着某种升扬的力量，买它或者送它都与此相关。蝴蝶当然是不知道的，它们的飞翔中还驮负着这么大的一个命题，这么大的理想，它们只是想不停地飞，自由地飞，也许正是这种无知无觉的状态又恰好暗合了我们的理想，使我们愿意靠近，又不得不逃离。

昆明小吃

云南最有名的小吃，当属过桥米线。正义路有一家老国营店，我常去光顾，倒不是因为味道特殊，过桥米线的精髓就是那碗汤，而且要用鹅汤，其余不过是原材料，影响不到口味。去那儿是因为不远就是新华书店，学生逛书店当然是正经事，逛完书店，肚子一开叫，转弯就可以吃过桥米线了。

记不得当时的价格了，不是三块就是五块，肯定不便宜，当时我读书，每月生活费就区区四十元，因此过桥米线是奢侈品，不能随便"过"的，这个"常"也是每月一次或两月一次。

我对过桥米线感觉一般，谈不上喜欢。总体来说，云南的食品都有些重于形式，有点形式大于内容。比如汽锅鸡，还有这个过桥米线，总给人一种煞有介事的印象，不过几片鱼，几片肉，但里面或许有些自主的乐趣吧，反正你得亲自把材料倒进汤碗，总得搅一搅，拌一拌，再等一等，反正我觉得是这种互动让过桥米线更出名。于是有一次就出了事，就在我把肉片、生菜倒进汤碗，也就是等待的那段时间，我忽然听到旁边一桌人说话，竟然是贵阳话，于是我一高兴，就冲着他们说，你们贵阳的啊？我也是嘞！好像是一家人，听我这么一插嘴，干脆一齐低头吃饭，连话也不说了。贵阳人就这么警觉。

我自讨没趣，于是想也不想，抬起面前的那只大汤碗就喝了一大口。都是真的，看上去没有热气，平静而温和，但汤一入口，我就知道糟了，立马嘴里像吞入几十枚乱蓬蓬的钢针，我又不可能吐出来，周围全是人，只好硬生生咽下去。那天整个口腔、食道都是大大小小的燎泡，吃东西就像砂纸揉搓。于是知道，吃过桥米线还有认不认真的态度问题，心不在焉肯定是不行的，搞不好会出人命。

和过桥米线类似的还有小锅米线，或者饵丝，主料、辅料、作料都放入一口带把的小锅里，煮沸煮透，两者都会放韭菜。在云南，饮食中的韭菜好像地位特殊，可以和葱蒜并列，成为一种香料。这种小锅粉，当然冬天吃最好，因为烫而入味，唯一不好就是不能即入口，当然味道也不是太容易控制，随时都在变化，各个不同。与之操作方法相近的就是腾冲饵丝了。

当然要说省时还是饵块粑，也是学校宿舍大门口最常见到的，应当也是腾冲方向传过来的。米白色的饼状，切成丝就是饵丝，走汤水一路；不切丝则架在铁网上直接在炭火上烤，等饵块粑像气球一样起泡，老板会按你的要求刷上一层郫县豆瓣，或者豆面酱，一咸一甜。多数时候我都会一样要一张，因为两种口味都很诱人，难于取舍。这种食物好处是省时，通常炭炉上都有几张烤着，只需刷酱就可以立马交钱走人。毛病出在那把刷子上，有一次我注意到，这种刷子和那些刷油漆的竟一模一样，于是再没有光顾。

还有一种是只有早点时才会有的，当时在圆通街有一家小吃店，卖油条、豆浆，外加一种叫豆稀的食品。豆稀大概只有本地人能欣赏，因为有股怪味，且呈绿色，近似于浓痰，我猜和北京的豆汁儿有些相像。如果用油条蘸着吃，味道极好，竟注意不到怪味，这也是我从昆明人的吃法上观察出来的，我一仿效，竟也爱不释手，最长的时间是一口气吃了一个月。接下来因为要放假回家，才不得不停下来。

当然，学校周围的餐饮也不光早餐，有些是专门应付那些爱吃夜宵的学生。其实，当时学校食堂都供应夜宵，但多半是肉末面或米线，而且稍晚就会没有，因此与其在几个食堂来回跑，不如在大门口踏踏实实找个小吃摊。喝点土酒，再吃一些来自开远的烤豆腐。这种烤豆腐倒没什么稀奇，只是计数的方式，颇有些古风：摊主一边不停地用筷子在炭火上给豆腐翻身，一边等你挑中一块豆腐时，往你面前的小碟内丢入一粒苞谷。这样等酒喝完，面前的苞谷粒也是蔚为大观，自然一点争议都不会有。

为了方便囊中羞涩的学生，我印象中圆通街整整一条街，除了现金，学校食堂的饭菜票也是可以流通的，卖食物的小摊贩自不必说，即便录像厅、电影院也畅通无阻。所以一到晚上，我们要穿过这么多诱惑与方便，去教室、图书馆上自习还真不容易。

云　漂

　　我印象中，有段时间那些在北京谋生的外地人都被称为"北漂"。起初"北漂"有特定的含义，主要指圆明园画家村的画家和依附画家生活的诗人，后来才成为所有外地赴京务工者的总称。

　　按这个逻辑，在上海的外地人可以称作"沪漂"，在广州的称为"穗漂"，在昆明的称为"昆漂"，乃至推而广之为"云漂"，这里我想单说"云漂"，因为有段时间我小住昆明，从状态来说，跟"云漂"很接近。

　　我好像在很多场合夸赞过昆明，除了众所周知的气候、民族风情，我更极力推崇云南人的快乐的内省和自足，安于现状的淡泊和笃定，这是我在别处没有体会到的，加之有在那里求学的经历。我对云南的向往就像一个迫不及待的情人一样赤裸。2002 年终于又逮住一个机会，在昆明小住半年。当然我是有目的的，我想再给自己找个单位，然后调过去。

　　自然，这很难。我也不露声色，一边改手里的稿子，一边和朋友穿梭于各种聚会，间或还和朋友约场球。我正过着有生以来最自在的一段日子，工作的事也不强求，我想机会如果出现，它自己就会冒出来。

很快我就见到几个文友。陈家桥是第二天午饭就遇到的。过去我听说过，算先锋作家中比较年轻的，已经写了十部长篇，听得我直咂舌。陈家桥的经历可能更独特，他是安徽人，读书时与一位云南同学恋爱，毕业后就跟来昆明。他有点像美国作家托马斯沃尔夫，是个精力旺盛到极点的写作者，家里已容不下他的创作，每日他就开着车，到翠湖或师大边找一个茶吧酒吧，包一个房间开始写作。且他一律手写，铅笔、A4 纸，完成后也不修改，找一个复印店打出来。他的稿子我见过，常常不连贯，丢字错字。作家当然优势永远是新鲜的创作，但他无疑也和托马斯一样需要一位好编辑。

我和陈家桥很投缘。常约三五好友一起玩牌，他能带来美女，有些是他刚刚认识的大学生，所以很受欢迎。女学生大概容易崇拜作家的，尤其有一辆白车的作家。当然陈家桥经济状况好，布饭的机会不少都被他认领了。

另外一个外地作家是朱零，也是"云漂"之一。他是个混沌的人，我意思，在我见过的诗人中，朱零是最安分的，很少听到他发言。常常末了，才发现有这么一个沉默的大胡子存在。后来他离开昆明去了北京，又由云漂变成了北漂。

还有一位漂漂，名头就大了，但我不想提他的名字。这位仁兄不知啥时候已经在昆明了，他的评论家、读者，用现在的话就是粉丝很多，所以也时常去大学开讲座。我们第一次见面就是去师大听他的一个讲座。

这位仁兄，本来也玩不到一起，除了面冷，傲慢，话也说得鲁直，近乎无礼。吃饭的途中，我因为和他坐一车，客气地代《山花》约稿，结果不领情，反奚落一通，弄得没趣。记得吃饭时，这位仁兄一句话没说，吃完饭，就果断地移位到邻座，看一本菜谱。这餐饭我记得是陈家桥做的东，没见他有丝毫客气，好在陈家桥也觉得是该的，不以为忤。

有趣的是，几个月，我假期结束，回单位上班，意外地在主编桌子上看到他的稿子，能理解我的心情吗？本来好感就不多，现在更是所剩无几了。

我是 2002 年下半年后离开昆明的，自然，没有达到我的目的，我的一个结论是，我不够开心，没有云南人开心，所以最终做不成云南人。再后来，关于朋友，包括那些云漂的消息都是传说，比如陈家桥据说回了安徽合肥，朱零去了北京，而我仍旧在贵阳。那位鼎鼎大名的作家，后来的消息都是非文学的。他好像一直没离开过云南，继续着他的"云漂"生活，有意思的是，有一次网上爆料，看到他的事迹：这位仁兄原来在云南某地办农场，不知何因得罪了当地人，被痛扁了一顿。估计这顿打狠毒了点，仁兄不惜把自己鼻青脸肿的照片也发在网上。

我当然十分同情，也一样希望能严惩凶手。但过了两日，静一静，回头一想，也替云南人难过，的确，真要接受这位仁兄的确不太容易，当云漂就算了吧，他却改主意要做主人。

傻子都到哪儿去了?

我在北京那段时间住在雍和宫边的一个大杂院里，隔壁的一条街住着一个傻子。

傻子是真傻，不是那种似拙实慧的天才。作家们总爱故弄玄虚，他们一个特点就是爱写傻子，以为这样可以省力，可能太古道热肠了吧，写着写着就忍不住给这些傻子们加上了大智慧，一个光圈，一些非人的东西。比如辛格那篇《傻瓜吉姆佩尔》，吉姆佩尔就是这样的人，他娶了个老婆，三个月生子，四个孩子都不是他的，人们尽情地愚弄他，编各种各样的谎言、笑话，他都信以为真，但到头来这些欺骗他的人全死光了，吉姆佩尔却成了圣人。我说的傻子不是这样的，他就是个傻子。

每天我至少能看到他两次，一次上班一次下班，傻子就在一棵杨槐树下坐着。

反正我对北京印象最深的就是两类人，一类傻子，一类胖子。好像每条街上都有一个类似的傻子，胖子则不计其数。在我们那儿就没见过这么多的傻子和胖子，有时候我常想，毕竟是首都，到底要慈悲些，人们可以尽情地吃喝，把自己弄得像个相扑运动员，而傻子呢，也可以像羊一样，成天成天在外面放着。

最初我没有太多的印象，是有一次，早晨起得太晚，上班时间眼瞅着要到，我徒劳而绝望地朝车站跑着。这时候我就听到有人应着节奏为我鼓掌，我回过头，发现墙根下坐着一个灰不溜丢的家伙，正幸灾乐祸地笑着，看到我注意，他干脆噢噢地唱起来，凭着那极原始的调门我断定这人其实是个傻子。下班时我又在原位看到了他，就好像他在那儿坐了一整天。

当然傻子也不总坐着，有时候我也看到他用一种很重且不稳定的步子在路上走着，选择的当然是路当中，他大概以为走路就应该是这样子，过往的车辆不得不停下来，等候傻子觉悟。好在傻子从不去车水马龙的二环路。

有一次，我买了件新衣，头一次穿在身上预备去上班，傻子看见，奇怪的是他竟也能发现，立即冲我竖起大拇指。我也冲他笑笑，然后平淡地走过去，不过得承认那时候心里还是有过一丝感动的。我想，也许在北京最欣赏我的人没准还真是这个傻子，那天的确没有人注意到我的变化。这当然是个让人丧气的想法，接下来的想法是，如果不是因为他傻，我不傻，我们倒真可以坐在一起喝几杯酒。

有一回我见到了傻子的家人，一个极热的黄昏，一个满脸横肉、酒糟鼻的老头坐在院门口摇着蒲扇，对一个老太太说，傻儿他妈如何如何，我看到傻子坐在一边冲着我笑，猜想旁边的老太太就应该是傻子的母亲了。老太太一头白发，穿着一件男式圆领背心，一脸灰暗、木然，真的，傻子应该多大了？怎么说也该是个中年人，可他因为从没有心思，从不上心，所以年龄也是混沌的，年龄这种东西最后总是写在那些能够痛苦的人的脸上，写到傻子母亲的脸上。

傻子好像也从不闹花疯，我在那儿住了三年，从没见过傻子发花疯，女人经过时他也只是那么噢噢叫几声而已。写到这儿，我又想起另一个傻子，我们那儿的傻子，他是我们读中学时一个体育教师的孩子，叫小黄（名字听上去就像条小狗）。小黄同样也看不出年龄，不过他闹花疯，而且闹得厉害。小黄总是悄悄闪到某个女生背后，这也是他惯用的伎俩，他会突然地伸出手在别人肩上拍一下，同时喊一声妹妹，那声音事后回想是极婉转动人的，温柔地颤动因而显得深情款款。女同学接下来的夸张的尖叫照例都在小黄意料当中，小黄也因此很享受，很满足，当然如果别人大骂就不同了，小黄这时候就拿出他的绝招，他开始惩罚性地脱裤子，掏家伙。通常没有一个女孩能再坚持，哗地一叫，像一群鸟一样四下飞散开。这时候的小黄便俨然像个英雄。

当然小黄的恶作剧并不仅仅限于那些女生，有一次课间，他同我们班几个男同学一起小解。已经猜不出当时小黄的真正动机了，他就近选择了旁边一个男生，一把就将他推进了粪坑。那个场面是后来听别人说的，据说我们这位同学捞上来时，浑身上下全是屎尿，描述者说得很详尽，他说我们这位同学的头发里全是辣椒籽。

小黄的父亲，也就是那位体育教师负责把我们同学送回家，又向家长赔了半天罪，大概还替他洗了澡，冲掉那些倒霉的污秽。回来后，他就把小黄吊到房梁上痛打了一顿，并且把小黄关在家里一星期没让出门。听说那一晚小黄的惨叫声把整个学校都惊动了，每一个劝说者进门，小黄的父亲都会更卖力地抽他一顿。

当然，小黄最后还是出门了，一个星期后他带着额头上一块暗红的印记出现在校园里。小黄对那次悲惨的经历显然没有多少深刻的记忆，当时他站到篮球架下，表情冲动而亢奋，毕竟一个星期他都没看到她们了。小黄这时候看上去就像一名猎手一样，他看着前面那些奔来跑去的女学生，那是些注定会为他尖叫的"妹妹"。

舅妈中风了

可怜的舅妈中风了。

这是两个月前的事，这两个月不仅病人瘫卧在床，动弹不得，就是我们这些亲戚也不时处在一种无奈而焦虑的情绪中。以我的判断，舅妈是这世上最不能生病的人，以她的经济状况，没有工作，吃低保，有一个有精神障碍的儿子，而正常的女儿又是抱来的养女，虽然住得近，但一年中也就年假才见面。真可谓要人没人，要钱没钱。

按养女的说法，舅妈的病都是这个儿子气出来的。我信，因为我曾亲耳听她说过，表弟时常卡她的脖子，扭她的脸，实施各种虐待，几年前她的腿也被他踢断。就是这么个可怜人，现在中了风。有一天早晨，表弟打来电话，说舅妈不行了。脸也肿了，眼睛也不能动了，屎尿都拉在床上，还有一个细节，舅妈的门是从里面锁上的，然后用一个被橱顶着。打开这扇门大概花了不少时间和气力。

我赶到医院时，舅妈已经救了回来。虽然还没脱离危险，虽然有房颤、高血压，中风也是罕见的属于出血性与脑梗塞的混合，但她还是从死亡线上生生地被拉了回来。

舅妈正在昏迷中，歪着脸，因为左半边全无知觉，所以头也停在中间偏右的位置，身上插着各种颜色、质地的管子，配合着心脏监视器的古怪的叫声，的确给人一种不祥感。但舅妈还活着。

说实话，因为表弟的电话中渲染得很恐怖，所以我基本上是以一种奔丧的心情来到医院。现在，又有另一种担心，如果舅妈不死呢，就这样躺着，该怎么办？谁来出这笔钱，谁来照顾？虽然还不是考虑的时候，但我想肯定不只我一个人有这种顾虑，这时候，一个同事打来电话，一位好朋友的父亲也在这天早上过世了，和表弟的电话只是前后脚。但老人走得何其潇洒，先去卫生间净身，换了一套新衣服，然后睡在床上，在梦中安然而逝。天，这种走法舅妈多么需要，难道像这样"寿终正寝"的走法就这么困难？我不知道这一天的惨状舅妈有没有预料，我印象中，她一生都活得那么自我、硬气，她又如何来面对后面一连串身不由己的尴尬？这时候，死的确是一种解脱，但它迟迟不来。

我们必须面对现实了，表姐不停地打电话，跟舅妈的后妈等等亲戚告急，此外就是寻找合适的护工。前面说过我表弟基本上靠不住的，表姐也在私企上班，无法长时间请假。但护工到位前，还是只能靠我们自己。我和表姐轮流值班。其实，这时候舅妈也没别的可照顾，她时常苏醒时常昏迷的状态，让她难有食欲，但她每天要注射很多流质，就会有大量的小便。还好，舅妈还有些神志，她嘴里还能囫囵地喊出个大概，她还可以给你两分钟的时间准备尿盆，当然过了，她就会毫不客气地把尿解在床上。

头一天我没经验，舅妈的床单一直是潮湿的，我只能找护士帮忙。有些护士的确很和善，也很愿意帮忙，有一个最终也帮了忙，却义正词严地告之，她没有这个义务！在医院的确可以长很多很多见识。

替舅妈把尿的确有些难堪。但没法，我想起母亲，她们曾经是好姐妹，母亲走时前后不过半小时，对我们家来说一度很难接受，我也觉得没尽到孝道。因此我把舅妈当成母亲，正好为她老人家尽一分心。果然，这么一想，顾虑就少了，我好像头一回做这样的事：把舅妈的双腿抬起来，另一只手再把便盆伸到她臀下……意外地顺利。我松了口气。

一个星期后，护工到位了，她是专门在医院作护理的，要价每天八十，虽然这一项就贵得难以承受，却也是无奈之举。至少舅妈日常活动和料理不用再担心了。当然，随之而来的就是费用，我知道舅妈在吃低保，她仅有的一点积蓄现在在她同样吃低保的儿子手里，从他那里拿钱无疑与虎谋皮，而表姐，说正在为儿子供房贷，她也是拿不出钱来。怎么办呢？舅妈的六个同父异母的兄弟姐妹每人给了一千，加上南京的一个表姨妈的五百，再就是我们家，不过七八千，谁又知道，医院的医疗费需要多少？会不会有一天就被人家扫地出门？

这种情形并非没有出现。舅妈的邻床近一个月也在不停地送来病人，他们大多是本区的农民（农民竟然也能得中风）。他们当然是农村医保，农村医保是什么概念？以前不知道，现在总算知道了，他们每个月有十块钱，无论得的什么病都有十块钱，这些病人的经历惊人的相似，第一天交一千块钱入院，第二天院方再让他们交一千或一千五时，家属们只好去办出院手续。

这种情况，出院就是等死！

那怎么办？死在家里吧。他们不会怪别人的，他们只会怪自己，没有本事，祖祖辈辈都是农民，到了他们仍然如此。

我焦虑啊，尽管舅妈是城镇户口，有城镇医保，可我仍然焦虑，这种焦虑可能被我带到了家里，带到了单位，带到任何一个我要去的地方，我逢人便说，最近很不好，舅妈中风了，偏瘫在床，能很明显地感觉到有些人听不下去，我猜他们很善良，既然帮不上忙，就不愿意听到这些坏消息。有一天，一位佛友却把这件事放在心上，她联系了所有能联系的人，在她善良的感召下，更多善良的人为舅妈一下子凑了二万元！

对我来说这是天文数字，另一点，我从没想过要去募捐，此举无疑雪中送炭。我说这些事纯粹想发泄，意外地为舅妈感召了这么多善缘。

或许这也是她一生为善的善报应。

给舅舅拜年

小时候，大概三十多年前吧，大年初一去舅舅家拜年还是我们必做的一件事。

舅舅是我们在贵阳唯一的亲戚，对大人们来说，节时走动就成了定律，也是唯一的选择，对我们小孩来说，这其中也藏着许多盼头，比如最重要的压岁钱，平时，我们连上一元的钱币都不太容易见到，这一天却能得到一张两元的，弟弟少一些，也有一元，都被舅妈换成崭新的角币，再分发到我们手里。

对 20 世纪六七十年代长大的人来说，穿着新衣，拿着鞭炮去亲戚家拜年、串门可能是永恒的记忆，虽然这情景在随后的时光，也一刻不停地重演，但其中的热切与隆重，却是与日俱减的。原因很简单，几十年前的春节是旧历年，还是一出拿腔拿调的大戏，它就像一个农村大婶的花棉衣，虽然土气却也锦绣，当时代发展到今天，物质已经丰沛得让每一天都像在过旧历年，那谁还会在意那份年夜饭，那身新衣，还有那点压岁钱？连带其中的些许期许也被看轻。有人因此惆怅，以为后来的孩子是可怜的，他们不懂得期待，他们也不曾为一个日子长久而认真地计算过，甚至，他们也不是特别想见到什么人……

我当然没这么悲观，因为每个年代都有每个年代的规律，现在的孩子也有他们的快乐，只是深藏着，不为我们所知。

说到舅舅，我能透露的是我们两家曾经一度中断来往，当然那是上一辈的秘密了，不足以向外人道。但有一天，父亲和我聊起旧事，我一下子就想起几十年前拜年的情景，我告诉父亲"去舅舅家"对我来说曾经是何等的重要，对一个孩子来说，我甚至找不到比这更开心的事情。

自然，现在我们两家又恢复了走动，每个春节，我仍然去舅舅家拜年。我衷心地希望两位垂暮的老人能够快乐、健康、长寿。

"大胖"天朗

其实没有二胖，也没有三胖，至少我们身边没有，所以这个"大胖"理应还是形容人的。但天朗长得并不高大，胖虽胖，大则无从谈起，因此一直觉得这个外号不够写实。但一切的外号都有这么个特点，一经传播就像剂膏药，或者阳光下影子一样忠实地跟随，所以都叫他"大胖"！

我已经记不得什么时候见到天朗的，但一定在酒桌上，文学朋友喝酒聚会，某天便出现了诗人彭天朗的影子。记不清他荣誉出场的时间是因为他不够醒目（身坯不算，文坛长得怪的大有人在），文人聚会，大多率性而为，敢说敢做的，如果都是爱说的人碰到一起，难免要"抢话筒"，天朗却能从头至尾笑眯眯地坐在角落里，一声不吭，遇到问题了才简答一句，这种"肉乎乎"的作风也为他挣了不少分，因为好花也要绿叶配，也不能全是话筒，也得有些听众，天朗因为好脾气常常让人在吃饭的时候想起他。

见天朗的次数一多，我才知道他的脾气是真的好，不是压抑出来的扮相。因为很多饭局并不是事先拟定的，大多数都是临时诞生，还有一些却是吃到了一半，忽然想起，"那个谁，'大胖'怎么没来？"于是打电话，他也来！

文人都有些怪癖的，诗人尤胜。我不知道彭天朗诗写得如何，诗才有多大，但他身上通常诗人们常见的敏感、多疑这些的特质似乎没多少有力的体现，我是吃过些苦头的，所以和诗人们在一起，通常战战兢兢，时刻提醒自己要小心。当然也非怕他们，主要是担心自己又哪里出言不逊了，伤及了旁人的自尊。所以初见天朗时，我应当很冷淡。

天朗的好处很快就被人发现了。他的心理像他的身体一样敦实，能取笑，可以开玩笑，也不记仇。他做楼市主编那会儿，人们介绍他都说是房事主编，他笑笑并不生气，这更让他赢得了朋友和饭局，甚至我想，我写几个小文人的素描，能选到他，也该算他人格的胜利。当然，他有特点也是原因。我在昆明时，人呼"慢动作"，但与总是一慢二看三通过的"大胖"相比简直就是闪电雷霆，"大胖"是出了名的慢性子，所有人、所有动作在他面前都像白驹过隙，他把整个时间都放大了。

常常我们吃饭到了一半，有人忽然问，"大胖"今天怎么了，还没到？会不会先去泡个澡才来？正说着，他笑眯眯出现在门口，那绺山羊胡子还丝丝缕缕在胸口上挂着。于是响起一片杂七杂八的谴责，他也不理，仍旧笑眯眯地过来，等硝烟散去，才举起手里的一个塑料袋，说自己刚去了趟菜市场。原来是十来只咸鸭蛋。好像这一个多小时都花在这个上面了，让人哭笑不得。

有一次，我在路上遇到天朗，远远地就看见了，正预备打招呼，他却握住我的手，郑重地说："是这么回事情……"

他说了两三分钟，我才知道他要借我的手机！因为他的手机刚落在一个朋友的车上了，他要打电话追回来。就这么简单的事，他却能兜山绕水地从源头讲起。

　　除了好脾气，好胃口，别的事我的确印象不深，但有一次记不得是不是讨论相貌和实际年龄的关系，天朗忍不住发言，当时我坐在他身边，因此有些印象。天朗说他如果把胡子剃掉，肯定是在座中最年轻的。我将信将疑，因为没见过，想不出他没有山羊胡子的样子。接着，天朗又指着小封，我们另外一位好朋友，同样的胖，且生得白嫩显小，他说如果他没有胡子的话，和小封就像一对世纪的大婴儿！

　　我觉得这话很妙，连忙夸赞，后来才知道这话并不是他说的，他也是从别人那儿淘来的。

喷 壶 刘 灵

刘灵来看我时带了一张黄祖康老师的便条。那是 1990 年的事，那时候，我还在一所号码中学教书，住在一幢教学楼的配电室里，他来时晚自习已经结束，我们摸着黑，隔着一道很大的玻璃门完成交接。

黄祖康的便条上写了什么，已经毫无印象了，无非此人不恶，只因看了你的小说想交个朋友云云。那时候我刚开始发小说，一些文学前辈，刘荣敏、伍元新都曾到学校探望，还有就是像刘灵这样的，看完小说，想弄清楚"谢挺"的样子的文学爱好者。

我们就这样认识了。

当时的贵阳城里活跃着一帮以小说写作为乐趣的年轻人，像戴冰、谢啸冰、杨打铁、姜东霞、刘盈、李钢音等，都是二十出头三十不到的好年华，有着宽阔的小说视野，最先进的写作理念，以及最疯狂的文学梦想。我之所以说"城里"是因为那时候的贵阳的确像封闭在一个盒子里，彼时的地球还不及成为一个村庄，更何况贵阳呢？这里的人很难出一次远门，世界是静止的，时间也差不多静止。

　　我不能说作家，小说家就高出人一等，但他们肯定很怪，他们在身边很难找到同类，欣赏或被欣赏，于是只能到处游走，窜访，是的，他们就是用窜访的方式，把一个个埋藏在静止世界的同类发掘出来！就像刘灵发掘了我，我又发掘出谢啸冰，继而我们貌似不相干的一群人，走到了一起，这个为小说产生的集体以后再也没有出现过，这很像农业社会的产物，当然，我们的确也像一堆幸福的土豆，因为某种相似性而聚合。

　　这里要说的是刘灵。至少，他没有再写下去，他坚持得不够长久。某种程度上，他已经从这个写作圈子里消失。

　　刘灵是个铁路工人，也就是说，他主业是修理火车的，副业才是写小说。他的话，他是修火车的人中间写小说最好的，又是写小说的人中修火车修得最好的。其实那时候，我们都有自己的主业，写小说都是副业，通常主业都不能让我们愉快，只有副业才是我们甘心情愿之所在。这在刘灵身上表现得尤其明显，他有先天性心脏病，干搬运火车轮子的体力活，常常力不从心，我记得有一次他请了病假，然后用一种飞鸟出笼的兴奋劲儿宣布，这一次能把某某小说写出来啦！

　　写之前刘灵总有强烈的表述愿望，也就说写之前他会找人把整个构思都说一遍，这虽然是个人的方式，但往往会损伤伏案时的激情，所以这种事也只有刘灵愿意做。我的印象，他写出的东西，往往和他给我们讲的不是一回事儿，行话叫眼高手低，我不知道是不是这种事先的讲述损伤了元气，抑或刘灵期待的那种境界，原本就是他不能企及的。常常，出现的情景是，所有的人都在帮助、劝导、纠正这位工人作家，从坐的阵势就看得出来，大家不经意坐成一个圆弧，中心就是眯缝眼，永远笑嘻嘻的刘灵，但很快你就发现，他什么也没听，别人的劝导他都当成了耳旁风，他只是在上演舌战群儒，他依然我行我素，他的顽固也是我仅见的。

刘灵把戴冰称作温室里的荷兰干花，称我什么不清楚。现在回想，他应当对我认同多些，也就是说他把我当成同阶层的人，也或许他觉得他比我好。

第一次去他家，我就惊讶地发现，1990年时刘灵竟然有了打字机，当然是以前学校里打试卷蜡纸用的机器，有一个桌面那么大，蜡纸下布满密密麻麻的字钉。我操作了一下，发觉这绝对是个体力活儿，因为让字钉在蜡纸上留下印迹并不容易。刘灵家有一壁书柜，这在当年也算蔚为壮观，所有的书都包着牛皮纸，书脊上写着书名，玻璃上一行小字，"借书免开尊口"。我一路这么看过去，不置可否，我发觉刘灵很快就掉了底气，因为我一直不开口，他大概觉得我在嫌弃他的藏书，但那天我的确没看到什么感兴趣的。

叫刘灵"喷壶"还是因为他的激情，他滔滔不绝的口头能力，通常走到他身边，近一些就能领教了。他可以不停地说话，不停地朝听众打"标点"。从前，贵阳没有这么发达，也没有几部车，我们并排而行时，我的头会小心地朝刘灵的反方向这么偏着，但走着走着，我们就走到街的另一边，实际上是被他"挤"过去的，接着我只好换一个位置，再慢慢地被他"挤"到马路这一边。有一次我们坐中巴车，车上的空间一直被他宏大的声音占据着，所有人都显得沉闷，到站时有人猛喊司机刹一脚，我们下车！我们一行鱼贯而下，我清楚地听到背后有人说，早该下了！我庆幸自己羞愧的红脸没被人看到。

当然，刘灵的口头表达也并非没有感染力。有一回他说起他父亲住院的情景，刘灵的父亲得了肝癌，可能疼痛让老人家已经在凡间找不到合适的姿势了。刘灵说他父亲不停地要翻身，每过五分钟就要翻一次身。后来，实在没办法了，刘灵和他的兄弟们就把他们的父亲"四手四脚"地举起来，悬在空中！

　　这是一个我至今都无法忘怀的震撼画面，虽然从没看见过，但刘灵"四手四脚"的说法还是把它成功地定格在我的脑海，相信直到生命终点，我都会一直保留下去。

回　　报

　　我曾经做过老师，这实在是无可奈何的事。当年高考填报志愿时，千挑万选，父亲帮我出主意，我说不干者三，一不当兵，二不学医，三不做老师！

　　开口饭不好吃的，我父母皆是老师，我常见受了批评的学生，被他们的家长领了来，堵在家门口寻衅，这情景虽然是"文革"景象，却也足以让我铭记终生了。老师，实在不是人当的！偏偏，这世界就这么磨人，不喜欢的，就加倍给你送过来。

　　大学我学的是地球物理，这个专业学什么，学之前并不知道，反正，我是比着爱因斯坦去的，高三时因读了他的传记，狂迷物理，因此除了地球物理，同时还填报了核物理、天体物理，只是先被地球录取了，才不及变成别的。分配时，贵州没地震局，遂砸至教委，教委一看，也不知何物，但他们有办法，中间一掏，两边一并，遂叫我去中学教地理。还一下送两个学校由我挑，我说的"加倍"指的就是这个。那个时间最不济的职业就是老师了，工资低地位也低，我也不知得罪谁了，命运如此多舛，遂黑着脸到学校报到，一副心不甘、情不愿的样子，心里打定主意，师范生的津贴我从未拿过，既不欠谁的，就犯不着给谁好脸色！

那时候通常只有学习不好的才会去考虑师范，师范生收不齐才会有补助，所以说读师范的大多分数不高应当不会太离谱，此外就是像我这样阴差阳错混进教师队伍中来的，专业不对口，教育培训几乎为零，再加上心绪不佳，误人子弟也成为必然。

学校方面当然看出我的不安心，却也拿我无法，于是借口学生食堂需要人手，准备让我去负责卖票。他们担心我要翻脸，搞不好还会去教委投诉，这件事吃不准，于是选了位会说话的李校长来宣布。李校长先扮苦瓜脸，说得支支吾吾，绕山绕水，以致他讲第二遍，我才知道是个喜讯。那时候毕竟年轻，没什么城府，马上眉开眼笑地答应，以致李校长都不得不停下来，研究我的笑容是不是发自真心。

后面的事当然好办了，校长说什么我就答什么，校长说为了不让我荒疏业务，还是决定让我带个班。我的想法，这个班也最好别带，一并交出来！这个班可是个大龄班，全市读不进书的傻子都放在这儿了，最大已经十八岁，一听到操场有女同学的笑声，必命也不要冲到窗子边。教室里永远有一股我也解释不了的焦煳味。

本来，学校的老师都认为我倒了霉，都在等着看我的笑话，但他们来食堂，却发现错会了意。我不仅满面春风，还跷着二郎腿，坐在一个高台上，连比画带指挥，把卖票弄得像个行为艺术，且每日还有两顿免费的早中餐，于是转而开始嫉妒，第二年就有几个年轻的争着要来食堂。后来，我同课的一位老师赢了，他除了卖票，每周十四节课照常，真是强劳力，不知道他怎么想的。只是食堂的工人并不喜欢他，嫌他太一本正经，不好玩。我因为输了竞争，本来应当回去继续教书，但因为一卖票，性子实在卖野了，再让我站在讲台上，无疑像入地狱，于是只好办停薪留职，从学校里出来，三年后办完手续调进一家杂志社，终于与误人子弟的行为告别。

不过，因为这段缘分，我对教育界还是很有感情（主要是内疚），所以能为它做点什么，总觉得义不容辞。前一段社会上争议文理分科，一家报纸要访问我的态度，我积极配合，不久又让做一篇高考作文，我知道会丢人现眼，还是欣然从命……

一度，我以为那段教师生活会是我头脑中一个不光彩的印记，一个可有可无的过程，像从前某个不以为然的旧识，相忘于江湖。直到有一天我在车上遇到一个年轻人，他竟主动给我让座，我很吃惊，因为我还不到被让座的年龄，接着我更吃惊地发现，对方竟是我的一个学生。学生此时当然已经长大，但好在我们的变化刚刚能够让对方认出来。

学生问我现在在哪儿？我告诉他在一家文学杂志。学生赞叹，老师应该这样的。再问他，答复竟让我有一下子眼冒金星，学生说他在读研究生，中科院地理学硕士！后面那几个字，我甚至觉得有一只手把我的喉咙攥住了，回报是不是来得太突然？

我们都没再说话，匆忙中也不及留下联系方式。这一段邂逅回想起来总觉得像一场梦，我不敢说学生的选择与我有关系，我只是做了三年不称职的地理教员，对他更是只有一年，两个学期，一周见两面的某位老师。我更多的是担心给学生留下了一些坏印象，我更愿意他们把我忽略、忘记。甚至，我希望那三年时间是不存在的。

但有一天，命运总是这么奇怪，在你最不在意、最不留心的时候，它会小小地撩拨你一下，如果是补偿的话，这当然是最意外的补偿。我要感谢这位学生，他让那段貌似充满遗憾的经历，突然间从生命的底层焕发出华彩。

"发现"曹永

大概去年的这个时候，威宁的马学文来筑，和往常一样我们选了个地点吃饭。但这一回到了集合点，却发现用饭的不止我们俩，还有一位，大概二十出头的样子，很黑瘦。马学文介绍他是个爱好者，新学写小说，在什么《传奇文学》上发过。我噢了一声带过去，因为在我看来，什么传奇文学大抵也就是故事会水平，与真正的文学没太大的关系。

吃完饭，我们一起去了家书店，因为这位叫曹永的爱好者想读点书，马学文便把这个光荣的任务交给我，让我替他拉份书单。那天的饭印象中就是这个孩子请的，吃别人的嘴软，再说拉书单一向是我的乐事，于是欣然从命。记得在书店，一时兴起，不仅帮曹永选了十来本"必读书"，连一旁一位帮孩子选书的大姐也被我的高谈阔论吸引了过来。

不久，马学文寄来一篇稿子，打开才知道是那个叫曹永的。虽然对新人一向有些不信任，但还是拿了出来随手翻看，谁知这一看就看了进去，结果发现，稿子意外的能用，不仅能用，还颇有些早期杨争光的脆爽劲头，于是补了个编者按，发在 2008 年 11 期《山花》下半月上。

这便是发现曹永的过程。

《山花》主编何锐有个说法，我一直比较赞同的。他说："作家是不能培养的，只能发现！"有理！否则作家最好的培养场所绝不是文学刊物，而是那些教人育才的中文系，那地方最有资格也最有理想培养作家，可偏偏作家很少从那里走出来。

不仅如此，相当部分的写作者文化程度其实不高，至少文凭都不高，大作家莫言不过小学毕业（后补的不算），另一位怪才吴晨骏，写作时仅看过郁达夫的《沉沦》。当作家的确和做学问不一样，它无须什么准备，或者说它可能要的是另一种准备，你只要有表述的愿望就足够了。现在，24 岁的曹永就有了这个愿望。记得那天在饭桌上，他说自己看外国书都很吃力，常常记不住名字，也记不住情节，所以平时的阅读也就是几本通行的选本。靠着这点贫瘠的养料他同样产生了写作的愿望，而且他的中篇处女作也如他人一般，朴实自然，讲一个故事，讲完就完事了，没有什么矫情的东西。

但我为曹永的稿子加编者按，除了他的"新"，主要还因为他的病。当时马学文介绍，曹永得过一种怪病，不是肝硬化就是肝腹水，花了家里一二十万，如果不是他们家在当地还算富裕，还有些积蓄，大概早已完蛋！这时我才醒悟为什么第一眼看到曹永时会有些奇怪，原来他的眼圈和嘴唇竟然都是黑的，如果不是病症，那他就该有什么异禀了。

对自己的病，曹永倒显得无所谓，混着吧，混不下去死了算啦！完全是年轻人的盛气和不负责任，我劝他写作倒是其次的，一定要配合治疗，否则家人怎么想，怎么接受？现在回想，这些"善意"的说教是多么苍白，自己的生命谁不看重，不深知它的价值？但那一篇编者按还是体现了笔者与编辑部各位同仁的苦心：我们并不在乎文坛少了一位叫曹永的作者，我们更希望的是这世上多一个正确对待生命的普通人，文学是一个生活，也是种态度！这中间我特意注明曹永不需要物质上的帮助，他要的鼓励是精神上的。

我不敢自夸这篇小文章的作用，但关注曹永的人多了，《滇池》的雷平阳、《江南》的谢鲁渤、《北京文学》张颐雯都曾打电话到编辑部过问他的事，尤其他的小说《愤怒的村庄》在《北京文学中篇文学选刊》转载后，更多的人都注意到这位贵州西部最底层的写作者。"曹永，男，24岁，农民"，这就是曹永自己拟的简历，"如果没有写作，我就是一个著名的小流氓……"我不知道这是不是曹永的第一篇创作谈，与很多老作者的花腔相比它显得结实，元气淋漓。

也许是巧合，自从在《山花》发表了他的中篇处女作，曹永的名字在全国各级刊物频频出现，约稿不断，《文学界》《雨花》《长城》《江南》《滇池》，到现在总计字数已近二十万，虽不是顶级刊物，却也都是省市一级的名刊，尤其有意思《佛山文艺》在短短几个月发了他四个短篇，仍然意犹未尽。这种创作量和发稿量，在贵州，在一个年仅24岁的年轻人身上，据我所知是从未有的。

随着曹永的声名在外，想继续"发现"他的人也在不断出现，许之以出书及别的东西，但曹永的兴趣好像也就是去鲁院，除此概不奉陪。这种态度或许也让那些"发现"者很受伤，于是关于他的谣言多了起来，第一是关于他的病，传言说曹永其实也没什么要紧的病；第二就是他也没有发表如他所说的文字；第三则显得更离谱，说他们家有几个矿，有几座山都是他们家的。

我听了，只好就事论事地解释，第一，他来找我时还没有稿子，他就说过吃药的缘故，记忆力极差，常常写了前面忘了后面。那时他大概还用不着拿病来打悲情牌。第二，我可以保证曹永发了如数的作品，因为它们的目录我都在《文学报》上看到了。第三，我不清楚，但我想如果属实，对一个没有固定收入的作者来说，应当是件值得高兴的事。

但我还是忍不住找曹永，让他"注意"一点，因为他现在毕竟不同了，是贵州乃至全国发得最多的 80 后作家，我怕他一时想不通，以他的年纪和阅历都理解不了这外面的世界，还专门补了句，有谣言才说明你重要嘛！但曹永不以为意，也许在他看来，这一切根本算不了什么。曹永是狂的。这已经是很多人对他的印象，这一年曹永变化不小，他已经从一个默默无闻的爱好者，成为一名全国性的文学新秀，换到谁身上都会起些变化。但我还是把它当成一个可爱去欣赏，一个二十出头的年轻人，他不在体制中，只有小学文化，发表二十万字文学作品，为什么不能狂？太值得啦！

进而我想，作家的"狂"或许也是他才情的一部分吧？我们看多了唯唯诺诺，却极少见到意气风发、指点江山的后生，这或许才是现在文学一直不景气的真实原因吧？而且才能似乎总愿意与狂放结伴同行，与青春振翅高飞。在这样一个年代还能遇到一位单纯而轻狂的少年，我只能说是我们的幸运。

北戴河遭遇小红帽

　　北戴河的名气自然比秦皇岛大，大到见面前，你会以为它们一个是秦琼，一个是关公，两者各不相干。谁料北戴河却是秦皇岛的一个区，这倒是一个局部"大于"整体的现成例子。

　　我是先到秦皇岛，再到北戴河的（也有车直达北戴河），这么说似乎有语病，但如果一个区域足够阔大，这么说就不过分。不过北方城市似乎都有阔大无边的特点，因为平地构建都市，比起在一个局促的山区，起手就会显得阔绰，这也可能即所谓的大气，况几十多年前秦皇岛还不过是一个小渔村，没有那些历史的挂碍，连城建中最起码的掣肘、"钉子户"都没有，所以宽敞也是对它最容易得出的印象。

　　相对于国内别的都市，秦皇岛就像它们的一个从个头到相貌均仿佛的兄妹，资质平常，无特别可言的，但北戴河却像一个奇迹，这就好比一个平常人长着一双炯炯有神的眼睛，于相貌、气质都会有种挽救。等你坐在车上，还在摇晃中昏昏欲睡，还在产生"还没有到"的疑惑，那一湾略有些浑浊的海水便在绿荫丛中显现了，看到了海，看到了鸽子窝处绿树掩映中的红瓦白墙，你就有种恍惚的感觉，这个地方还是刚才那个现实的世界吗，莫非开着开着，车子就进入一个梦境？

这种虚幻的感觉并不会因为你进入北戴河而消失，这里的建筑许多都直接从童话世界中照搬而来。精确点，甚至可以说是从游戏中抄来的，比如一些建筑分明就像用积木搭建，房顶是三角形，颜色则清一色的红，早先的建筑相对比较简单，后期则填补了一些形态较为复杂的，比如流线型的穹顶，甚至整座建筑都形如一只扭动的海胆，不过因为同样的主题为衬，所以，与那些早期线条较硬的建筑不仅不冲突，反而形成了补充，这也是其他地区，包括秦皇岛市都无法获得的纯粹。

据说，光中央机关在北戴河的疗养基地就有上百处，遑论各省市地方及企业，这些单位表面看上去也平静安详，甚至连站岗的都看不到。单位与单位之间蜿蜒的路上，常常会站几个本地人，本地人差不多都是农民，骑一车，车把上挂两篮桃子，专候那些刚从海里泡澡回来的游人，然后以自产自销诱之。那桃子论个头与著名的九宝桃也相差无几，不过样子却灰头土脸，不及超市里粉嫩，说起来还真与它们的主人有几分相似。

倘若还价，卖家必说自己如何不容易，我们可是做两月得吃一年啦！

细想也是，过了九月，这潮水一般的游客也终将像潮水一样地散去，大概到了冬天北戴河将只剩一座空城，游客贪恋这怡人的沙滩与阳光，本地人则用同样的方式贪恋着没有常性的游客。于是我恍然，北戴河的一年其实就是两个月，所以这里的气质也肯定不是天真，而是迫不及待和疯狂。晚风乍起时，人行道已经被临街的海鲜馆子占据了，老板与小二轮番拉客，那份锲而不舍的劲头，很容易让人惶恐。前面的路还有一截，而排过去的桌椅却是没有尽头的样子，大家都要抓紧时间，在秋风飘来之前，把该做的一切统统了结！

发生在鲁院的"杀人游戏"

不久前看了《风声》，电影的质量另说，广告语就触动人心："请你看一场锥心刺骨的杀人游戏！"

由于《风声》的小说作者麦家是我在鲁院的同学，因此也仿佛看到些来历，因为 2002 年"杀人游戏"在京风靡一时，鲁院也不能置身事外，我们无意中为麦老师制造了惊心动魄的场面也说不定，反正电影中，庄园里大家一起查内鬼的场景，让我依稀想起了鲁院二楼那套黑色而笨重的沙发，发黄的吊灯，配上一个有回声的走廊，便成了鲁院发生"凶案"最多的一个现场。

"杀人游戏"说起来有些幼稚的，主持人照本宣科，天黑了，请闭眼，凶手请出来杀人！于是抽到扑克牌大王（又好像是老 K，记不清了），也就凶手的人单独睁眼，用手或眼示意让某个人"死掉"。主持人继续说，天亮了，请睁眼，你们中间已经有人被谋杀了……"死"掉的人却可以和大家一起分析案情，直到揪出那个狠心的"凶手"。

要把心智缜密的作家们组织起来，玩这个小儿科游戏其实并不容易，在鲁院，杀人游戏的积极倡导者是丁丽英，最初听到她用半恳求半召唤的口吻说，我们来"杀人"吧，玩"杀人"吧，好不好？我还听出些血淋淋的意思，但头一次领教，就觉得无福消受，如坐针毡。这是玩演技还是比心理素质？为了一个假想的案件撇清自己总好像有一些傻气，虽然杀人是假定的，即便不是"凶手"，也容易调起你的犯罪感。

当然你也可以认为游戏设计得很精巧，因为即便一个眼神、手势，还是会在大脑皮层留下的一个印记：这个人是我"杀"的！于是为了掩盖，"杀人者"的辩白就会显出不自然，这些蛛丝马迹当然就成了"破案"的线索。但人的心理素质有好有坏，有些人虽然无辜，但为了澄清，反而弄巧成拙。比如老实憨厚的刘玉栋，脸上涨得通红，反驳的声音里也充满了委屈，怎么可能？不是我。他好像有点口吃，于是愈发让人疑心有"作案"的可能。宁夏的陈继明则老成持重，慢条斯理，不可能的，呵呵……细看还是有些嫌疑。

女人最容易被"杀"，有一次来做客的写《大老郑的女人》的魏微，一连被杀了三次，怎么又是我？她气得当场拍沙发，几乎要发作。这的确是个心理游戏。

当然也有如鱼得水的，麦家就是其一，逢他为自己辩解，总是侃侃而谈，一如何二如何三如何，理由包括角度、灯光都算计到，这些条款其实都无所谓，最重要的是他那份沉着，常常让所有人都认定他不是凶手，但谜底揭晓时，他往往是。这时候的麦老师还是有几分得意。

麦家是心理高手，讲故事自然拿捏得恰到好处，比如他讲过一个鬼故事，非常短，我相信听过的人都印象很深：有一天，一个人在河边看到一个穿白裙的姑娘，从背影看，姑娘很美，尤其醒目的是背后拖着一条长长的大辫子，于是他拼命想引起姑娘注意，偏偏姑娘就是不回头。后来，他不得不问，姑娘在等船吧？姑娘说哪有船，我都等了一年了，也没见过船。她终于回过头，竟然也是一条大辫子……

进鲁院时，麦家的首部长篇《解密》在《当代》面世了，因此可以说我们是看着他如何由大红而大紫的，一个信号是来文学院看到他的编辑与制片人络绎不绝。前者大概还会顺便串串别人的门，后者则指名道姓，直奔《解密》，加之还有那些骗过门卫混进来的读者，麦老师的房间几乎每天都是高朋满座，常常这拨客人还没走，另一拨客人已经在外面敲门。

因为我的力荐，《解密》也幸运地在贵州连载，《解密》后来被国内近三十家报纸连载，贵州能有幸抢到第一，也是种缘分！或许这个缘故，麦老师待我也亲厚些，加之我们是邻居，所以时常在一起聊天，对他的创作及经历知道得多些，比如麦家虽来自成都，其实是浙江富阳人，曾在西藏当过兵，而他与《解密》的关联，也仅仅是看到过一次类似数码天才被左右簇拥的背影。这本书肯定激起很多人的好奇心，有一次一个陌生电话打到鲁院，责问麦家到底是做什么的？结果另当别论，但这多少也说明麦家无与伦比的想象力究竟到了何等吓人的程度。

毕业前，鲁院组织大家去了趟延安，我因为生病，麦家则因为他的第二部长篇被留下来。空荡荡的走廊上常常只有我们俩的声音。麦家的第二个长篇起因是一家出版社的约稿，让他把几个中篇串到一起，他和我谈起里面的一个人物，一个作风不太好却极有天分的女数学家。我们分析人类智力的可能性，性与智力的玄妙关系。记得当时我还提到佛经里一位著名的人物摩登迦女供他参考。

这部长篇成书后命名为《暗算》，几年后它获得了茅盾文学奖，也可算是种无心插柳的收获。

本来，我们还有合作的可能，那是《暗算》准备改编成长篇电视剧，麦家说如果愿意，你可以参加写第一稿。但我经过慎重考虑，决定还是放弃了，因为我们俩风格迥异，尤其我没什么缜密的逻辑和推理能力。

《暗算》播出后，我弄了张碟子细看，结论当然是钦佩不已。对我来说，那是个遥远而陌生的智力世界。

家有恶邻

　　我住的那幢高楼是座类似四合院的大楼房，中间是天井，四边壁垒森严地砌上去，敷衍出 11 层，足足百米外的高墙。刚搬过来的时候，为了方便来访者，我在门槛上装了一个门铃，而且楼道黝黑，为了引起注意，特在旁边补了张请按门铃的纸条。不料想，这一来我们就没有了消停的时候，门铃时常独自吟唱（门铃的音乐为洪湖水浪打浪），打开房门，走道里又是空荡荡的，杳无人迹。

　　母亲因此报怨，说定是那张纸条招来了那些刚识字的孩子。我只得把纸条除下，可门铃"独唱"的毛病并未改观，甚至变本加厉，好几次半夜三更，一等我们入睡，洪湖的浪头就劈头盖脸地打上来。因此我猜想这未必是哪个孩子的作为，因为这是深夜，孩子未必还有雅兴，其二门铃的位置也未见得是孩子可以够得着的，但铃声还是一如既往在陡然间响起……抓又抓不住，等我们打开两道铁门，肇事者有足够的时间跑到四楼的那个出口。所以有一天，门铃终于不知出于何因而罢工，我们也不再有修复的心情了，一任它原样变成摆设。这时候我倒窃喜地想，说不定正有人按完门铃朝四楼跑呢，干完坏事，他心里总是又兴奋又紧张的，可惜他不知道我们什么也听不到。

那是幢半新的楼房，里面的住户有单位的同事，还有些芜杂不相干的人家，比如早年当街居住的拆迁户，那种称作"干居民"的，他们把街道上、从前的生活习惯也原始风物似的保留了下来，比如现在虽然用电用液化气都很方便，但还是有不少人家在生煤火，起初以为只是冬天取暖，但冬天过去，夏天来了，仍旧如此。整个天井都被呛鼻的煤烟味充斥着，像一个巨大的烟道，于是还听到因为错拿别人家煤块发生的争吵，因为砌一堵墙挡了别人光线的争吵……记得从前我很羡慕那些住在街边的同学，其实是羡慕他们生活里的那份热闹，那种老式、两层木板楼里走动起来吱嘎作响的脚步声，现在，我终于如愿以偿地落入了这份热闹里。

四楼有间茶室，名为老年活动中心，明白的都知道这其实是个赌窝，可容四五桌麻将同时进行，有赌自然就要分赃，自然少不了吵闹，无非王妈少给两个码子，"就是你上厕所之前，张老者可以作证！"张老者的声音囫囵不清，王妈却不是省油的灯，一下子跳将起来，"还说我，你当我想和你打啊，去年的账你都可以赖着……"不由得你不听，这些原汁原味的东西总能找到你耳朵的位置。

这是前半夜。我一直以为后半夜总是安分的、寂静的，却不想有一天父亲告之，楼上有户人家总是凌晨五六点钟开始磨豆浆。说实话，最初我还真以为父亲另有所指，心想老人家也终于学会说笑话了，却原来真的是在磨豆浆。有一次，因为睡得不实，便听见了那震耳的隆隆声，电磨凭空响起来，怎么形容呢？我只知道雷声是无法这么长久的，大概有点像飞过巴格达上空的轰炸机群。可惜我无法去找那户人家，因为是另一个单元，别人会说，我们楼下的都不闹，你来闹什么？我只能期望那些豆浆统统都臭掉，卖不出去，卖豆浆的也正好转行去卖牛奶，因为牛奶不用磨！

　　写这篇小稿时，正是天擦黑，雨棚上不时叮咚作响，不用问，这是楼上的邻居们开始做晚饭了，我的这些邻居都很有意思，楼里有灰道，楼角有垃圾车，可他们宁愿用这种方便、顺手的方式把垃圾送下来，顺便也告诉我们做饭的欢喜。好在已经天热了，外面已经是绿树成荫，那些挂在树杈上的红色或黄色的塑料袋，一晃眼，我就会把它们当成了一百年都开不败的鲜花！

狗一直在呜咽

楼下有条狗一直在呜咽，细细辨听，有些似狼嚎，但凄厉不足，哀怨有余，狗到底是不及狼的，没有狼凛冽的野性，所以怎么听，里面都似一种得不到回应的抱怨。如果是人，该是从前那种落魄书生，醉酒之余，感时伤生，牢骚怪话不成语句。这的人不容易被人理会的，这样的狗也不容易被人理会，所以它一直在呜咽。

我知道发出这响动的，肯定不会是一楼的那条泥黄色的土狗。那条狗以及后来出现的小白狗早在一周前就被主人剥了皮，有一天我早上出门，赫然便看到楼门前那辆废弃的红旗车上，摊着两张湿漉漉的狗皮！我虽然心惊，却没吭声。因为养一条狗，而后杀之，是人都可以办到的事，是一种能力，也是一种权利的体现。不能予人以生死，但可以给动物，一条狗，至少是可行的，旁人也无话好说。

记得那是一黄一白两条土狗，尽管不值钱，还是在院子里活了大半年。因为楼底两套房子都被一个器材公司包租，可能为了防盗，守夜的连家带口住在院角的一间。接着，可能为了更有效，便养了比人还警觉的狗。这个值夜的，是个五十岁左右的中年人，蓄着短须，油腻的胖脸上总是木然，见楼里的住户，从不苟言笑。倒是我父亲跟他攀谈过几次，但也随即改变了看法，因为这个新住户一进来即乱倒污水，甚至开水也往花坛里倒，很快就把父亲种的一棵桑树和一株桃树烫死了。我注意他们家把煺下的鸡毛全倒在花坛里，恶臭熏天，遂也无好感。

那两条狗，却是欢天喜地的脾气，一刻不停地追打、玩耍，咬彼此的尾巴，对人也是热情有加，没有什么成见的。第一次遇见我就风一样地扑上来，并尾随到街口，这是上班；下班有同样的礼遇，鼻子一直贴到脚面上，一直送到楼梯口。记得是夏天，我穿着条休闲短裤，小腿肚不时被它们湿润的舌头触碰，一下子还是有些心惊，但马上知道这毕竟是客套，没有什么恶意的。所以，再见面，我就会冲着它们吹一段不太灵光的口哨，算作它们友好的回应。

有一天，守夜人在楼梯间发现了三只小猫，估计是哪只野猫爱情后遗下的产物。他倒不计较，半养半玩地留下来。于是同院就能看到离奇的一幕：自古都说狗与猫是有仇的，守夜人的狗与猫却能和睦相处，它们彼此追逐、嬉戏、撕咬、打闹，当然，因为小猫尚小，没有什么对抗力，所以对狗的游戏也只是无奈地接受，但看得出，这一黄一白的狗都无恶意，它们与小野猫只是游戏！我有些看呆了，有一次那条白狗竟把小猫衔在嘴里，把它叼到一个高处，只是没叼稳，小猫又咚地重重落回地面，有一只猫就是这么死的。但这也是两条狗拿捏不好造成的，它们应该没有害心。

回想一下，我住的这个单元，还是出现过几条狗。比如楼上那条唤作旺财的黑狗。通常这么给狗起名的人家都是一些奢望成为暴发户的穷人。旺财异常的烈性，反正只要楼道里有什么响动，它准负责一吠到底。我刚搬来时就是这种礼遇，足足叫了一个月，才对我的进出熟视无睹。邻居后来搬走了，旺财就留给了后来的租户，也是他家亲戚。偶然一个机会才得知旺财并非有意留下，而是被邻居带到了新家，这条狗却有本事越过两个城区，硬是重新找回老屋。真不知那些车水马龙的街道，它是靠什么辨识的？

这次搬迁对狗的心理影响很大，之后它就常常将楼底垃圾箱里的破烂衔上来，在整条楼道上逶迤一路。新主人明显对它不好，记得有一年过年，整个年三十，家里都没有人。旺财就关在楼道口，后来可能饿狠了，竟从铁围栏里翻出。我给它两根火腿肠，旺财狼吞虎咽地吃掉。因为天冷，我又试着让它进家，旺财却死活不肯，眼睛斜斜地，露出轻蔑的神情。

后来，因为旺财爱衔垃圾的问题，楼里的住户集体向这家租房户提意见，遂不再看见，据说是送人了，但愿没落到屠夫手里。

网购的错觉

用于网络支付的工具，大家都知道叫支付宝。每月都会给我信箱发一份煞有介事的清单，最新一期抬头赫然写着："你打败了97%的同城GG（GG系哥哥之意）！"

这当然招人眼球，且有振聋发聩的效果，接着，环保指数多少，败家指数多少……我不知道竟有"败家指数"的说法，再看看这个月被我糟蹋的钱，数字自然远远超出了心理承受，于是立马有了肝肠寸断的反应。真不知当时怎么就被诱惑了，于是痛惜、懊恼、诅咒，发誓要戒掉网购的瘾！

落到这种地步，也是始料不及的。想当年，我也是个健康的人，每周末坚持逛街，散步兼扫货，大十字、喷水池一路闲逛下来，星力百盛国贸，何处不留下鄙人的身影？自然，还有市西路，从前不少衣服都是在小摊小贩手里买的，图的是方便和实惠，所以除了走马观花的脚力，还有讨价还价的辩才，锱铢必较的计算力，这些才能汇聚一身，才算得上完美的工薪阶层。也不知啥时候起，我的生活中就没了这项内容，所有的穿衣吃饭，大小事务，差不多都托付到另一空间解决，用冲浪代替逛街，用虚拟店代替实体店，用一串数字代替一沓很压秤的人民币。

曾几何时，我对网购也持怀疑态度，虚拟世界的交易有多少可靠，任你说得天花乱坠，我还是觉得梦幻一场，况且，又如何断定，这衣服或者鞋子适不适合你？还有质量问题、售后问题……这种想法说说也即丢在脑后。事后，过了很久，原以为短命的新生事物竟然还在星火燎原，你再不加入就"噢特（OUT）"了，这自然也引发我的好奇心，如果网购是跳火坑，没道理每天有这么多人一起跳火坑。于是重新了解，才发现所有的顾虑人家其实早就想法规避了。

我第一次网购是 2008 年 11 月，在一家网店相中了一套名牌运动服。街上的实体店卖要六七百，网店只要一百多。我试着和老板沟通，发现语言就不适，"亲"打头的淘宝体，腻烦得就像最初看到"杯具（悲剧）""酱紫（这样子）"这类网络语言……网购真是种折磨，还要练另一门外语？还好，去掉这些花哨，我知道衣物将变身成邮件，而你的钱在收货前会很踏实地放在第三方。于是牛刀小试，购来这套便宜很多的运动套装，但衣服收到手，才发现是高仿的，很不愉快，如果换到市西路，大概要上门找老板理论……网店却没这么复杂，老板很客气，一开始就道歉认错（大概早准备好了），可以退货，而且包退！我算松了口气，没想到虚幻购物可以免掉一通现实中的唇枪舌剑。

距离第一次网购一年后，才有第二次交易，是一把飞利浦剃须刀，也比实体店便宜不少。第三次交易间隔就短了，给妹妹买的一件衣服（估计拿别人来试刀，买坏了无所谓），接着是第四次，我自己的牛仔裤。随即一发不可收拾，有时一天奇迹地来三四个包，都由单位收发室签收。

我一次一次地下电梯，抱着灰乎乎的包裹，非常担心和哪个熟人迎面相撞：又网购啊？虽然网购不是什么见不得人的事，可偏偏它就会让你心生怯意，甚至是内疚，赔着小心，可能这些在别人眼里就是不成熟吧，会不会心态有问题，再进一步，生理不调？反正自己先嘀咕上了。

网购显然发生得太容易，在实体店，你会左顾右盼，反复思量，这个过程在网络中会全部省略（虽然你也看图），有时候就免不了买回"心血来潮"的东西。比如，我买过一个烘衣机，因为贵阳湿度大，衣服洗了不易干（合情合理），哪知这玩意儿买回来，一直就扔在阳台上，成了个摆设。还有一只脚盆，那是我替老父亲买的，说起来还是孝心，但老爷子只用过一次，然后嫌麻烦，每天情愿冲沐浴，脚盆自然也只能加入阳台，于是，我们家阳台慢慢地就被"无用"的东西占据了，渐渐地变成一个"错误陈列室"，一个我最不愿意去的地方！归根结底，这都是冲动惹的祸，冲动是魔鬼，冲动是祸根，但我也弄不清楚，为什么拍板那一瞬间就会失去了自制？有一天，我猜会不会是网络改变了一切关于金钱、财富的定义，也顺便改变了我们对物质的信仰？

这种错觉让我们远离现实，而那串空洞的数字，只有在还款日到来时，才会让我们感到现实的残酷。

十年茹素

我吃素已经十年了，怎么就十年了呢？这么一想也觉得吃惊，被飞逝的时间吓了一跳。那天单位安排在省医体检，因为要验血，照B超，早餐都在医院食堂吃的。先去做不能用餐的检查，如抽血、B超等，再赶紧转到食堂。几个外单位的已经坐在里面，听到我的要求，吃素？吃了一惊，吃了十年？又吃了一惊。在我看来极其平常的事，在他们眼里却是稀奇，从前此传闻听过，哪里得见？所以又不得不专门做些解释，比如会不会营养不良，会不会偷偷想肉吃⋯⋯

我吃素和我母亲有关系。细算一下，母亲过世已有十年。她是位居士。十年前，因为突发心脏病，走得很突然。母亲是个一向不愿给别人添麻烦的人，即便是自己的亲人，她都不愿意开口相求，所以尽管当时已经十分不适，却不愿意表露。当时正值春节，可能考虑假期，母亲才决定节后去医院，她其实就死在前往医院的路上，在我的臂弯里，眼见着就不行了⋯⋯

母亲走后，我请寺庙的出家僧人为她做了超度，这过程按规矩是要茹素，且要未食之前，"先敬佛僧"。我好像一直在母亲走后留下的那段空缺里，旁人看着有些恍惚，我自己则十分麻木，走起路来俨然踩不到实处，深一脚浅一脚，心里也无所谓悲恸，只是物来则应的那种深度的呆滞。在这种情形下，我想该为母亲做点什么的，报答的方式可能很多，但肯定多数都已无意义，于是我想到了吃素，就吃七七四十九天素吧，用这七七四十九天的清净来报答和供养。

现在回想，这个决定并未给我带来任何难处，心里反而因为有一种为即将的付出而获得的踏实，心里明白这一切都是为了母亲，也因为从理论上说，至少有四十九日不会有猪羊鸡的禽兽为我们而被杀！这种理论上的支持可能很有力量，还有就是确信这一切对母亲是有益处和帮助的。当然还有就是前面那阵的恍惚一直持续而来。孔子闻韶乐，三月不知肉味。我也不知肉味，因为心不在这上面。四十九天后，第五十天，就吃了肉，心里纳闷，这便是肉，怎么这个味道？

我听一些曾经尝试素食的朋友，谈他们断肉的难处，比如半夜时分突起的饥饿感，甚至头晕，手指尖发颤……我猜这些应当有些心理作用，因为断肉者总是少数，而我们听到的多半又是素食的负面信息，营养不良啊、功能衰退啊之类。因此有些人害怕而中途放弃，类似于戒烟复吸，又重新回到肉食者中，也是一种稳妥而心安理得的状态。

我记得大概在断肉三个月后，做过一个梦，梦里我拿着一块太阳下暴晒后有些虚泡发黄的肥膘，开始大口地吞咽，接着是呕吐……这个梦做得怪，难道暗示我对动物肉还有着某种隐藏的欢喜？但生活中，我好像真没多少对肉的向往，尽管我闻到酱鸭或者红烧肉的味道，仍然觉得它们是美妙的。

素食最大的问题，还是不方便，毕竟大陆，素食者少，主要是些居士，不像国外，有大批的有环保思想支撑的素食主义者，据说德国单单某个中型城市就有上千家素食店，这几乎是不可想象的。因为我宣布吃素，和朋友的聚会也就增添了难度，当然很快他们就找到这中间喜剧的成分，每回点菜，他们总会先于我再三嘱咐：我们这位，不吃肉、葱、蒜，如果沾到会出人命的，一定记住……老板看看我，再看看大家，明白是个笑话，还是郑重其事在菜单上注明，免生意外。不过，厨房里厨师们未必领会，也未必仔细，他们几时遇到不吃肉的，哪个菜又不放葱蒜？到时随手一扬，就是一把葱花撒上去，因此上来的，多半是误放了肉或者葱蒜的，于是又闹着重做。老板这时候通常气呼呼地，把菜端进厨房重做，但再出来的，大家都怀疑只是把里面的肉和葱蒜拣干净了。

酒桌上如果有亲朋好友，通常饭前谈谈我吃素也是一个消遣话题，还是那个原因，素食者少，大家乐见其怪，网络逸事听多了，聊聊现实版的不失种乐趣，于是有表态的，自己也早想素食，只是难以坚持，欣赏者有之，嘲讽者有之，也算见尽了态度。因此有些朋友建议我随缘些，学学还在猎人堆时的六祖慧能，吃点肉边菜。这一点我也固执，反正已经活成个怪人了，不妨再多件怪事，嘴里说的是，总得有个人做示范吧，也不能太顺着他们。

因此关于为什么吃素也有不同的版本，遇上酒囊饭袋我就说省事的，吃多了肉，最近恶心。当然认真而善良的人，我还是愿意重复我与吃素的关系，这其实也是一个与我母亲相关的故事，告诉他们这其中隐含的寄托，以及我还算朴素的心愿。

一切的安排就是最好的安排

一

古人到了对命运不解处常常会说，造化弄人以至于斯！悲愤、无奈之情溢于言表。这种感慨我过去常有，最强烈的一次当属 1996 年，那一年我刚好三十岁，初识"翻山"的滋味。

日本文学巨匠芥川龙之介说，三十岁后始知欢乐亦重愁更浓，所以他三十六岁不到就自杀身亡。我没他这么悲观，只是，也是头一次认真地叩问：什么是造化，什么是命运，都说命运在自己手上，我为什么鲜有此感？

产生这一连串的追问，有个契机。1996 年是我到京做北漂的第四个年头，照理一切都已理顺，工作在中国电影公司下属的一个小单位，算合资，老板也和善，还给买了养老保险。

我住的地方叫炮局，是北京监狱旁很大的一片四合院，隔壁就是金碧辉煌的雍和宫。有两三年时间它就是我在北京生活的地标，住在它的东面，工作在它的西面，如果坐 44 路公交车，每天都可以看到它横空伸出的一角。但也是到我快离开北京时，才和它有了缘分。

那个叫炮局胡同 16 号的小院子，住着几户外地人，我的是一间小耳房，几乎不见阳光，好处是便宜，这是刚到京时帮一个小孩辅导功课换来的，孩子的家长动员她的老姨把房子租给我，租金只是区区五十元！好像都很顺利，无可挑剔……

麻烦始自 1996 年，说不上先后，这两样安身立命的东西都出了问题，好像先是工作，公司人事变动，本来与我无关，却不知怎么成了牺牲品。接着就是房子了，老姨的唯一的女儿要去非洲当大使，老姨担心雷雨交加的时候我被压在小危房里，起初我以为她想加价，事后证明不是这样……感觉只是一瞬间，北漂族最麻烦的两件事都被我摊上了。

当然，没有第三件事的出现，我大可以按先工作或者先房子的次序，依照生活的惯性，重新把自己安定下来……

二

其实，我解释不了 1992 年我出现在北京的原因，就像我解释不了为什么会去中学教书，又为什么学的专业叫地球物理？

如果反过来，我可以告诉你，我的大学和爱因斯坦有关系，高三时我读了他的传记，所以我填报的专业都被各类物理学占据了，天体物理、核物理……地球物理只是滥竽充数，却一不留神成了正选。

毕业分配，教委不识地球物理，便把中间两字一抠，立马通俗易懂：地理！谢谢他们的大智慧。

阴差阳错，一切都是阴差阳错的结果！

20 世纪 80 年代有部著名的电影《人生》，里面有段话可能你还记忆犹新："人生最关键的就常常几步路，尤其是人年轻的时候！"我很早就知道这句话，我一直想避免走错路，尤其是我年轻的时候，但我逃不掉！我走不出自己的手纹，这句北岛的诗，曾经惹我狂笑过，这时候却再也笑不出来，生活让我懂得了如何去接受与尊重它。

说一句别人可能不信的话，我也曾经想过当一个好老师，一个人见钦敬的好老师，像我的父母那样，所谓的既来之则安之。有些课我的确讲得出神入化，超水平发挥，妙语连珠又妙趣横生，但这种巅峰状态是很难持久的，而且作为艺术是不是也很难重复？况且地理课每周十四节课，并不是所有的学生都会欣赏这种精彩……做老师的信心要丧失也非常容易，只要几个学生不节制地胡闹就可以办到了，很快，我就知道我当不成一个好老师，我没有足够的耐心。问题是，我的努力是不是有些偏离？我可以去跑关系，建立关系，请客送礼，反反复复总有成功的一天，但我写起了小说，我把所有的愤懑与不平都宣泄其中。

事实证明这不是条坦途，它可以慰藉人心，但却难改变命运。我办了停薪留职，去了家小报社，但这仍不能改变内心深处的压抑与愤懑，我醒悟这与生存的这个城市有关，这个西南小城市还沿用农业社会的规则，怎么可能作为青春的背景？

我决定去北京。

有意思的是，直到今天我的一些朋友还记得当年我对贵阳的一些比喻，比如我曾经说过，贵阳就像一座人间地狱。再比如我的小说中写到的，这里的天都不能黑得彻底……

2004 年我最后一次去北京，望着车窗外灯火阑珊的夜晚我告诉朋友，北京太大了，我不再喜欢它了。喜欢是心态，是心境，永远都没有定论。

三

我很吃惊的是，当年我是作为一个自然人出现在北京的。与文学无关，我没有见过任何一个与文学有关的人，参与过任何文学活动。也许是自卑，那点写作能力实在算不得什么，况且能不能继续写下去还不一定。总之，很单纯，这是我喜欢的一种生活方式。

一切都得重新开始。先把学历改掉，把复印件上的地球物理变成中文系，好在招聘外地的公司更注重能力；在苹果园，也就是一切偏远的地方寻找住处……

一开始没有经验，钱包很快见底了，我贵阳的朋友们此时充当了强有力的后盾，近十个人给我寄去一笔钱。名单我至今还珍藏着，要永远记住。

我不敢说北京人更加厚道，但他们正帮着贵阳人教育我，要揣测人心，要察言观色，要见怪不怪……从前父母说的话，同事说的话，领导说的话可以不听，在这里却只能言听计从，以往身上的清狂劲儿也不再实用，只能引来无数麻烦，必须麻利地剥掉，收藏到某个记忆的深处。北京正在逼迫我改变一些东西。

在中影公司我要写大量的影评、乐评，有些是私活儿，公家的事主要是编一本电影册子，上面加一些我写的诸如"双枪将夜袭美女营"之类的顺口溜，据说各地影业公司可以据此找到他们需要的卖点。

一些经验是宝贵的。比如第一次在北方过冬，这是个悬念，我把对零下十摄氏度的恐惧写入一篇名为《穿在心里的军大衣》的小文章，发在当年的《贵州都市报》上。还有一些笼统的感触，我把它们与一个朋友的故事写进了中篇小说《沙城之恋》，后来发在2004

年《十月》第一期。

也许，我骨子里终究还是个文人，一个小说作者，愿意过自己想过的生活。其实我一直在等一个消息，等一个召唤，在北京只是一种等待的方式，或者说我需要一个大背景来面对这次人生中"重大"的抉择……

我在北京三四年时间结交了一些很好的、很讲义气的朋友。在我回贵阳后，他们都陆续成了百万富翁，因此我心里一直有个假定，那就是如果当年我不回贵阳的话，我还在北京的话，我将和他们一样，会成为一名百万富翁！

这是确凿无疑的，但前提是我要留在北京！现在这种可能性受到了挑战！我说过我骨子里还是个文人，愿意过自己想过的生活，因此这就注定了我的下半生不可能像一个生意人那样生活！

大概就在 6 月，贵阳的一个朋友途经北京，她来到我的住处，传递了这样的一个消息：愿意回去吗？编辑部（一家文学编辑部）要招人啦！

我发现，这条消息与我失掉的工作和即将失掉的房子有关，至少它们的指向是一致的！谢谢这位朋友在这个关键的时候充当了吉祥的使者，一个让我高兴也让我为难的消息，我又不得不面临选择了！

四

我的住处，隔着护城河就是地坛。这也是我快离开时发现的，地坛顺延北京的中枢线一路朝北。又隔着二环路上的高架桥与雍和宫相望。

我提地坛是因为离开北京之前，相当一部分时间在那里度过的。

我不再去找工作，找房屋的时候，就会去地坛，让自己显得无所事事，接下来该怎么做，的确需要好好地想一想。但我也不刻意，我要答案自己冒出来。

因为时间充裕，那一两个月我还看了一些较少触及的东西，比如《法华经》，比如南怀瑾的《禅观正脉》，再比如一些禅宗公案。可惜《法华经》我读不懂，充其量当部长篇小说，作者气势恢宏的想象力让我钦佩有加，而一则公案却让我悟到了什么，却说不出。那是百丈的故事，有一个十五的晚上，月亮很好，百丈问弟子，十五以前，月亮是一天天圆了，那十五以后呢？弟子们答不上来，百丈沉默片刻后答道：十五以后嘛，天天是好天！

我跳起来，怅惘了很久。后来我听到"一切的安排就是最好的安排"，同样触动，我感到它与百丈这句话互为表里，也可互为注释。

有一天下午，临近黄昏的时候，我从地坛公园出来，前面说过，我的面前应当就是雍和宫，我怔住了，雍和宫的穹顶正反射着阳光美轮美奂的金黄色，那种爆炸般的力度让我顿时松弛。它多么像一个召唤啊，置身在一片灰暗的尘世里，可能你一直都没有注意到，等你意识到，它的确更像一个精神指向，它一直都在那里，从来都没有变更过。

我想就是这个时候，我选择了回家。

心安之处是故乡！

我的确需要让自己停下来。从前时间不到，现在时间到了。

误读记

（中）

北京大杂院

　　20 世纪 90 年代，有那么几年我是在北京度过的，而且大部分时间都住在炮局胡同一个大杂院里。

　　这段经历回头来看非常重要，而且随着时间推移变得越来越重要，因为不仅对我来说它具有特殊性，就是一些后来人，包括北京本地人它也是难以共享的。毕竟今天的北京已是高楼林立的国际大都会，它最重要的组成已经不再是从前的四合院、大杂院，这些迅速从北京的版图上消失的单元，却还有幸存留在我的记忆里。

　　炮局胡同在北京东城，紧挨着雍和宫，实际上从北从西都有一条小路向南向东会合，捏拢了再一直往东延伸，这就是炮局胡同。我打工的单位在小西天，离炮局也就三站地，可以说，在京的那段时间，我活动的范围并不大，基本上都在北京二环，即老城墙附近，因此打交道的也多是老北京。

　　我的住处藏在一幢正屋的背后，北京人俗称"小耳房"的一间小平房，平时是主人家用来堆放杂物的地方，因为我无偿地帮一个朋友的孩子补习数学，他便动员他的老姨把这间"小耳房"租给我，租金一百，以当时生活的水平，很多人都认为赚了便宜。

北京人总是异常客气的，且道理很多。租房的老姨在把房子交给我前，一直千叮咛万嘱咐，她租房子给我不是为了钱。主要是房子一直空着，年深月久了，容易出问题，让我住，有人气熏着，才不至于坏！我拼命点头，老姨说得对，是事实。我也很荣幸当这种"熏"房子的活物儿。

院子里有三幢房子，分属于老姨和她的两个叔伯亲戚，老姨的房子也就是正屋，则租给了一个在附近承包医院的安徽人，正房堂而皇之地端坐在耳房之前，也自然把所有的阳光都拦住了去路。

刚租到小耳房时我非常兴奋，打扫卫生用了整整一下午，再用报纸糊墙，忙完这些，天已经黑尽，虽然又累又饿，却还是满心欢喜，这时候回身看看小黑屋，也有了几分家的样子，而西边墙上的那扇小窗意外地挂着一轮月牙，沉静得如同一幅油画，感激是不言而喻的。

院子当中有一棵枣树，就是"一棵枣树，另一棵也是枣树"的枣树，因为临近冬天，它的遒劲的枝条如同写意水墨一样肃杀、跳脱，如果夜里有月亮还有狂风，那么院子里就像有位练武的侠士，满地都是呼呼带响的拳脚。树下有一个水管，院子里的人都来这里汲水。可能老姨提前介绍过，他们看到我时都不问什么，只是异常客气。

老姨的亲戚住南屋，同构造的一幢房子，住着老两口，和他们的一个女儿，加外孙女。

据说这家人有些不幸，女婿得了精神病，长年住医院，女儿也没工作，给别人看摊，因此也没多少底气，对面走来从来低着头。她父亲则非常严肃，因为院子过十点要锁门，所以来的第二天就板着脸向我宣布。我让他配一把钥匙，也没有同意。所以有两次在外面玩晚了，只得翻墙，那墙倒不太难爬，只是下来会碰到一株花椒树，再小心也会被上面的刺扎一下。老太太却是非常和善的，遇到好笑好玩的事，喜欢捂着嘴，身体扭动着，显出一种老年人身上难以见到的妩媚。我住的那两年和她的关系最好，比如有一年春节没有回家，大年夜她竟送来一盘鸡蛋馅饺子。第二年夏天，院子的枣子成熟了，老太太也给我送一小碗，其实早起我已经在地上悄悄捡了几粒，她再这么一送我反而有些不好意思。老太太说枣树是老姨家男人种的，所以过一段会打一些给她送过去。

老姨的另一个亲戚要小一辈，住在小耳房不远，叫高玉军。他的房间位置比我好，有阳光。这是个典型的北京孩子，对一切都玩世不恭，对什么都满不在乎。有次我们聊起他的女友，他的口气是极不耐烦的，哎，睡了又不走，要跟就跟着吧。但你要认为他无情无义又错了，有一个夏天的晚上忽然下起暴雨，高玉军半夜爬起来，穿了条裤衩就从家里奔过来，老远就喊，老谢，房子不漏吧？弄得我感动得不行。

我一共在这个院子里住了两年，两年后我现在的单位要招人才离开，顺带着也从老北京的生活中消失。

1998年我的新书在京首发，我抽空跑了一趟炮局，临进门又在果摊上称了几斤水果，竟然遇到高玉军，他同院的大伯也在，只是那位爱捂嘴笑的大妈已经走了。高玉军说，这个地方要拆了，可能很快他们就会迁往通县。我对北京的印象就是1998年开始发生变化的，因为亚运会，那一年北京城到处都在拆迁，北京城变得像个大工地，我常疑惑，这还是我喜欢的那个北京吗？

2002年我读鲁院，有一次坐车经过雍和宫，我发现果然旁边已经修了一些高楼，只是不清楚这一片是全部拆迁了，还是只是拆了一部分。我没去落实，反正感觉落不落实都是一样的。

以后也没再见到高玉军他们，后来我想可能与我当年选的水果有关，1998年我提到炮局胡同大杂院的是一大包鸭梨，其实当时果摊上还有别的水果的，我却只选了梨。好像一切都是注定的。

街　坊

我去北京当"北漂"时，北漂好像还不太热门，至少还没这个词。我周围的朋友不是铁了心考托福，就是就近去了广东海南。只有我，好像不到北京就不像远行。选择冷门一向是我的爱好，因此把北京当成目的地在别人可能异常，在我却是正常之举。

到北京最有幸的就是住在大杂院里，北京的东西两城还保留着一些老房子，老胡同，老街道。极热的夏夜，北京老大爷把老头衫撩过肚脐，摇着蒲扇，喝着酽茶，说着民国旧事，是寻常一景。我印象最深的就是这些大爷中的一个忽然会来兴趣，拉开嗓门儿，有腔有调地来一句，生在皇城根，吃炸酱面，是祖上积德！除了有些小见，你得说这种猛然的得意，是一种知足常乐的、本分的态度。

我住的那个大杂院在北二环，如果城墙还在，就应当在城墙角。那是在一个小胡同的尽头，类似"冂"那一横的位置，两边还各有一个大杂院。左边那个应当和我的"小弦窗"挨在一起。我猜，我们这个院子周围应当是和那边连在一起的。可能住的年头久了，人越来越多，才把从前的四合院，改成奇形怪状的样子，里面的路通常也是曲径通幽。我虽然好奇心重，终于没敢进去，只是有一天坐在小耳房里，听到隔壁的院子里骂娘，声音苍老、亢奋，我心想这人会是谁呢，旁边的院子人也不多，好像能这么骂人的应当是个老人，但那个院子里唯一的老人我是见过的，很和善，见到我总是远远地打招呼，吃了吗？好像在厕所遇到也不例外。那个骂人的声音，几乎隔天就响起，时间不长，十几分钟过去，所以不像是醉酒，到像是调剂，因为不上心，直到我离开也没弄清这骂人的是不是那个老头。

右边那一溜房就有些复杂了，除了北京本地人，也有几个像我这样的北漂。其中有一个上海来的音乐人。有一回我在隔壁一家面馆点了一份炒面，他也进来点了一份，从他的口音中判断他是个江浙人（他自己说是上海人）。我还是有点狡猾，看出他有点背，也没想立即跟他认识。

他拿了份炒面，坐在不远处吃着，眼睛会不时地朝这边瞟一下。我铁了心不搭理，眼睛一直盯着桌面，就是不与他对眼。后来还是邻居高玉军把他领来，说一个写字的一个写歌的，要认识。他还真卖了几首歌。有一首是写面的，叫《小面的》，他唱了两段，还有些京味，不过也就几百块钱。然后我又去他那里回访，难怪他会对我的小耳房羡慕，不光价钱了，就是面积也比他的大了两倍，我的叫小耳房，他的就该叫挖耳勺。他的屋里就一张床，一个皮箱，一个纸箱，能说明身份的就是床上那把吉他。

小王（记不得叫啥了）还拿了几张歌手的照片给我看，那时还没写真一说，只是略有些特写的意思，两个男歌手看起来都有点呆滞。小王说在京驻唱歌手有十万，这个数字倒是吓了我一跳。

其实那时候，我还是会写一些乐评。还认识几个有名歌手的经纪。不过那时的经纪不过就是个拎包的，所以小王要认识，我想都没想就推辞了，倒也并非有什么私心，只是觉得这种事炫耀一下可以，但真要结识，不是什么提升面子的事。

小王的旁边，也就对着我们院门口，有一台公用电话，看电话的老太太，是真正的北京老太太，看着慈祥，但嘴巴骂起人来却是又狠又准。有一回我就听到她骂一个顾客，京骂就不说了。"你对得起谁啊，对得起你爹你妈吗？"打电话的是个四五十岁的外地人，愣让她说得哑口无言。

有一回我们单位找来，打电话请她传唤，老太太虽然跑过来叫我，却叫得火起，骂了一句娘，然后让我转告，这电话以后可不传唤！弄得我也跟在后面忙赔不是。

那时候好像呼机都还象征身份，所以公共电话边最容易堆积人，电话一响，老太太的手从屋里伸出来，把话筒操在耳边，再细细盘问，姓张还是姓刘，已经走了！我和小王都是没配呼机的，只是打电话，且说的时间又长，自然让旁边的人不耐烦。不过催多了，也就横下心来死打，干吗？好像谁不花钱一样？！

另一个容易扎堆的地方就是厕所了。北京的厕所总是一样的，蹲坑之间没有挡板，声息相闻，没什么隐私可言。早起通常都是老人家的天下，他们起得早，蹲得久，对后来者有一种优越感。有次我早起跑肚，到了厕所竟然满座，只得在那里抱着肚子呲嘴，一个老头实在看不下去了，指着东方说，小伙子，你在这儿且等呢，那头吧，那头还有个茅厕……

好像也是厕所给我一个北京老人多的印象。老人不仅占坑的时候久，有的花在路上的时间也久，记得有一个老头大约中过风，自己一摇一晃，还推着个小车，小车上放着个马扎，十分排场地就推过来。迎面又遇到一个刚方便过的，自然要打招呼，远远地就问，您老高寿啊？这个停一下，继续摇他的头，七十二，活腻啦！两人再一起摇头，深有同感的样子。

经　历

　　人到了三四十岁，总会有些经历的。记得有一回听朋友说他回家过年，由于星夜赶路，不慎于途中遇险翻车。因为他讲得绘声绘色，大家也听得屏气凝神。过后我想，其实这些事自己也是有的，只是未必能像他铺陈得这么揪心抓肺罢了，而单就惊险程度，当时的处境也是距死不远。因此写下来，也是一种纪念，倒不图"必有后福"，也可算"潇洒走一回"。

　　关于人寿几何，可能是世上最难的计算的，甚至是最不可能的一种预测。不到事后，不到当事者咽下最后一口气，我们大概都不能否定他（她）起死回生的可能。佛家尚有福报尽和寿命尽两种说法，也即此人如果非寿命尽，还有益寿延年的可能。故佛陀也说，生命在呼吸间。只是我们凡人不会有这种紧迫感，即使危险当头，也浑然不觉。

　　我第一次遇险就是在这种浑浑噩噩的状态下。那天其实很普通，一如所有无聊的日子，没有心跳加速，外带右眼皮跳灾。天色也当是最普通的灰蒙蒙，我和几个编辑去印刷厂校对，照例有说有笑，就在我们经过一组电杆时，听到身后，那几个穿劳保服、戴头盔的工人也在说说笑笑。我们擦肩而过只是一瞬，就在我们经过 H 形的电杆，身后的那几个工人却大声骂起来，什么小子不要命了，当然夹杂着许多国骂……我们是因为这些谩骂停住的，又因为这通骂而一头雾水，半天才顺着一个工人的手指看到电杆下软软垂下的一节线头。据说是带电作业，380 伏的电压，仅仅几厘米，刚刚好，从我的头发上擦了过去。长身体时，我总是嫌自己不够高，不能进校队，于是总希望自己能高一点，哪怕两厘米。但那天如果我不是像我实际的那么矮，我一定就立即扑到地上了。

我没用侥幸来安慰自己，而是和那些工人对骂，骂他们工作嘻嘻哈哈没有责任心……我是有些后怕的，声音激愤，可知有多庆幸。

第二次却是单位在香纸沟开的一个笔会。当时看完最原始的草浆造纸，不知谁提议的，要在山上骑马。这好像也是当地的一个旅游项目，只不过沟里极窄的煤渣路，加上田间小径，所以那些引进的马也是个头矮小，犹如玩具一般，特别是腿短，看起来有些别扭。我没骑过马，但看那些女同学都扭扭捏捏地坐上去，自己一个男的，好像没理由推托，加上每匹马实际上都有一个老乡跟着，我便想当然地对驰骋、速度、飞翔之类的妙词有了妄想。

马是我自己挑的，白马身上有些灰斑，也就是说不是纯粹的白马。想不清为什么选它，但事实证明我看马的本事和看人的差不多。貌似忠厚沉稳、任劳任怨，实则心怀不轨、暗藏险诈，这种人会算计我，这种马同样也会。大概我上去晃悠了几下，在马的主人帮助下，才小心地坐上去。马是懂的，就这么个动作，我猜它就把我吃透了。

没走多远，我的马就跟前面的马打了起来，我不知道究竟，朋友们说是我的马用鼻子嗅前面那匹母马，这种调戏的举动让旁边那匹马看不过，于是起纠纷，粗鲁的马与粗鲁的人一样都是用战争来解决问题。

我现在的记忆只知道眼睛不远处有只巨大的马蹄划过，马蹄变得像荷叶这么大，蒲扇一样抡过，两匹动了真气的马把前蹄腾起来互相攻击，那些同事、朋友呢，这时候全像失踪了，两个马主人也不起作用而消失。我只记得自己想跳下去，因为有人喊不要跳不要跳，我感觉一只脚被马镫套住了，我单着一只脚跟着那匹马在地上跳……

有人哭了，一个女孩抱头痛哭。事后这个结果让我感动，但那种情形，据说谁都可能把持不住的。让他们担心了，好在我自己身在其中，当局者迷，还来不及害怕……这匹马对我的折磨却没有到头，过河时，我明显地感觉到它故意一停，于是我又一头栽进河里……

第三次是在我们楼下的澡堂。一个春节后尚有节日余热的日子，那天比较疲倦，打算泡个澡捶个背。澡堂很好，只有一两个人，这是我喜欢的景象。等我泡完澡出来，躺在大厅，好像整个浴室就我和那个等着为我捶背的师傅。一台小破电视正在放春节晚会，里面闹哄哄的声音反而衬托出外面的平静，夜已经深了。

需要说明的是我当时为了取暖，选择卧在一只铁炉子旁，事后才知这其实是个土锅炉，里面有开水，烧开后变成蒸汽，用管道送到整个澡堂。捶背师傅瞌睡迷瞪的样子，直等着把我打发走好打烊。事情出在十分钟后，大概我翻了一面，捶背按人的四面，正反，加两个侧面进行，当时我的脸，就冲着那个可怕的炉子。但我闭着眼，正在享受。

那个炉子砰的一声就炸开，等我睁开眼，面前已是一片模糊，模糊中发现不远处那个刚才还四四方方的炉子，开花一般摊开一地，空气中散发的是灰尘水汽。捶背师父早吓蒙了，外面的人也闻声冲进来，却是几个女宾部的擦背工，叽叽喳喳地问出了啥事？

我在床上跳下来，把身上那块毛巾掀开来看，再摸摸脸，发现是好的，不疼也不痒的，再赶紧到镜子前去看，可能真是奇迹，事后我回到家才在左胸口发现一小块四方的红印，我猜是炉膛里的煤核留下的。开玩笑，刚才向我喷来的是开水是蒸汽，当然还有红彤彤的煤。为什么呢？为什么单单选择我一个人在场的时候发生爆炸？又几乎没造成任何伤害。我搞不懂。

紧接着，老板来了，一个瘦精精的男人，过去是这家澡堂的擦背工，冲进来，也被眼前的情形弄得呆傻。

我自觉没事，脾气就上来了。毕竟受了惊吓，我冲着老板喊，你还不道歉？你命大咧，你知不知道出了事十个你都赔不起。老板这才反应过来，赶紧点头致歉，一路赔尽好话把我送到大门口。

其实这种道歉有多么大的意义？我的情绪也不过我重返人间的一种正常反应，我不仅庆幸，好像还有一些惊喜，感觉冥冥之中，一种特别的护佑，而对自己，更多是劫后余生的一种爱惜。

自然，此后我再也没去公共澡堂洗过澡。

闹剧《天仙配》

动物界因为基因的限制，不同的族类间能衍育后代的事例并不多，最著名的好像就是狮虎，最普遍则要属马和驴的后代骡子，一种纯粹作为工具而诞生的品种。记得不久前有则新闻说，澳洲一名男子与自己的爱犬结婚，众多亲友到现场恭贺。我没细看，尤其大家都可能关心的交配问题，没有在蜻蜓点水的阅读中发现。只是看到一张图片，狗新娘披着头纱，快活异常，但依然是狗模狗样。

有一天仿佛反刍，我忽然意识那天没去研究，是因为心里的不洁感，而这是关乎伦理的，一种"人权"神圣性被侵犯后的无所适从，于是只求快快地翻过去。

更具挑战性的事件却接踵而至，不久，一则微博中终于有了一条来自内地的消息，云京郊某地某人，因多次婚姻失败，决定与狗成亲，并有性行为，旁边附有两"人"舌吻之玉照。

该如何感想呢？这个时代正无限地挑战你的承受力，你的道德底线，又抑或这把年纪了，早就该到了见惯不怪的程度，依然会有不知所措，无法面对的时候。但还是忍不住看了一眼别人的留言，并在后面附了"低端版《天仙配》"这几个字。

我这么说是有道理的，中国文化里不乏这种异类通婚的暗示，且不说我们作为龙的传人，是如何由龙转成人的。关于爱情的四大传说，至少三个发生在异类之间。最著名的当然是白娘子传奇，蛇人恋的故事：一条蛇妄想嫁人，还要委身给一名书生，分明是一种调侃！当然并不止此，后世的神话故事，如《聊斋志异》等，也爱拿异类恋说事，除了鬼神，就是动物，比如狐狸都是有道行的，至少在与人交媾时，会从接受美学的角度幻成人形，前面提到的狗应当做不到，因此人狗恋就会让你不洁了。

人在天地之间，位置说高不高，说低不低，万物之灵长，但也吃五谷杂粮，且吃得也不比耗子高明，好在他有意志有毅力有理想，反应在感情上，有时候就会有惊天地泣鬼神的壮举，如果人间没有良配，就不妨做些高层次选择，于是，就有了《天仙配》。老实说，这个传说我是作为励志故事来看的，有志者事竟成一类。也就是说，即便你穷途末路了，也可能时来运转，还有被外星人看中的机会。

但回过头想，这个叫董永的究竟有多少能耐，竟让玉皇大帝的女儿为他滚落凡尘？印象中，故事开头交代的有董永的老实和孝顺，除此之外就似乎一无所长了，而且他比牛郎厚道，牛郎为了得到织女，乘她洗澡时偷藏了她的衣服，这种事怎么宽容都显得有些下作，但民间总是把这种小伎俩当成谋略来看待，但他连这种小聪明都没有，现在来看肯定相当的乏味。反正不知出于什么考虑，天上这位才貌无双的七仙女愣是看上了，不顾人神之别，非要下嫁，于是才搞出后来惊心动魄的大离别。

姑且不说这些七仙女、织女、蛇精的变身能力，单单讲仙界这些天人的福报，就是我们生在五浊恶世的凡人们艳羡不已的。有典籍记载，天人们无论男女都自生花冠，自生体香，香气馥郁，且他们不出汗，自身能发出光明，要是遇到我们凡人，体味就可以把他们熏跑，当然他们也会死，死时有所谓的天人五衰相现，且他们提前七百年就知道死后去的地方，因此死得非常痛苦……这样的人，要让他们爱上我们沉重的肉身大概非常非常之难，因此几大爱情传说，在这些天人眼里，一定也是痴人说梦、无中生有的，当然你要说它是励志题材也未尝不可，这样也容易理解。

记得作家苏童曾改写过《天仙配》，故事中来到人间的七仙女备受董永家人的讥讽、虐待，最后不得已才寒心地离开。返回天界的路上她要走上一百年，几乎所有人都知道这一点，他们常常在无事的时候，指着她的背影说，看那就是七仙女，她回家还要走上一百年！

丽江丽江

我们傍晚到的丽江，吃完饭，在新县城住了一夜，第二天一早就赶赴老城。进城前，又遇到一家航空公司，于是顺便把回程的机票预订了。表面上看，这一切都很合理，我也以为得计。但等我们一行辗转走进老城，就感到心底涌起一大股懊悔，怎么就把回程票订下了？这也意味着我只能在丽江待一天！随着进入老城深处，这种失落感也越来越强烈，有些事情就是这样，表面上是计算周全的，结果却还是人算不如天算。

这么安排行程，也和之前的凤凰经历有关，大概两年前我到过凤凰。有人说，丽江和凤凰是中国现存最美的两座古城。我听信了这话，便把这两处名胜的游览当成人生快意之事来期待。但它们谁更殊胜些呢，或如秋菊春兰各有擅长？这也要事后才会有结论。

但实话说，凤凰之行并不如想象中那么美好，尽管城内还留存有一些古迹，沈从文先生故居，包括城门楼都完好无损地保留着，但城里的追身的商业气还是一开始就败坏着我们的游兴，处处设防，处处收钱，商店挨家挨户地开过去，不用仔细也会发现，那不过是四五个品种轮番地重复。凤凰散发着一种似曾相识的气息，就像一件好衣服，被人不分白天晚上地穿着，它是被自己的过度消费糟蹋了。

也是这个原因，我对丽江也不再有什么期待。盛名之下其实难副，说的就是现在这个浮躁的年代，所以还是提前自我校正为好。2002 年，我就听说春节时在丽江古城有一万游人找不到住处，当场听得我咂舌，一万人夜游丽江！这是什么景象？我甚至怀着一种故意，就是抱定要看第二个凤凰这样的玩笑心理开始丽江之行的。自然，我失算了，一开始，丽江就给了我足够的惊喜，街上的石板路，光滑洁净，穿城而过的小溪流，摇动着的油绿的水草……丽江正随着我的脚步逐渐安静下来，且越往中心这种安静就越纯粹……那天没逢什么节日，游人并不算多，也成全了这份气场。

我们在小街巷里穿行，除了那些琳琅满目的小商品店，还会碰到一个卖石榴汁和鲜花饼的小院子，都是老板现做现榨的，你只需在那株桂花树下静静地等候。出了小院子，再走一段长路，又可能在一个小音乐吧与几个驻唱的流浪歌手偶遇，他们正旁若无人地唱着自己写的歌……虽然丽江也不可避免的商业，但它还禁得住这种世俗气，商业非但没有让它变得庸俗，你反而觉得那不过是徒添的一份热闹，而这热闹恰恰又是应该的，表明眼前的一切需要一种隆重的排场，这里的一切仿佛都是被允许的，彼此相安无事，这或许就是丽江和别的旅游点最大的区别。你看看那些偶尔乍现的东巴文字，都是同汉字一样有着古老的来历，让人不禁提醒自己，切忌小视与轻薄；还有本土的纳西族人，他们的生活方式也是极具想象，而备受尊崇，而游客们到此也有许多不能自持，他们常常反客为主，稍稍改装，即变身为丽江的一分子，我听过不少这样落地生根的故事，朋友的朋友的朋友，他们初来乍到，却因为爱极了这座小城，便在极短的时间里，摇身一变成为一家小商店或者小客栈的小老板。

这座小城为什么会有这么大的吸引力，让那么多的异乡人停下他们不知所终的脚步，而倾以一生的热爱，投身其中？这的确会让局外人百思不得其解。

其实到丽江我还想寻找一个故人。这个朋友其实也不是很熟，只是 1987 年我在滇西实习时结识的。当时我们在一个叫桥头的小镇一起喝过酒。1996 年冬天丽江大地震，我曾写信去慰问，他也回信感谢并道平安。可能我们当时都没意识到，这个大灾难之后接下来的变化：一个深山中隐居的小城，忽然某一天会引来全世界的目光。尤其作为一名当事人，身在其中内心会有多大的改变？我们顺着丽江古城，竟然找到了朋友所在的民族服装厂，也有人说的确有这么个人，可惜他的家已经搬到了新城，他的电话一时也无法找到。我不得不感叹前面匆忙订票的错误，也许再有一天，我就可以把这位老朋友找到了！

对面是越南

本来我们已经没机会去越南了，因为一个临时通知：凡有副处级以上职务的都不予以出境。采访团大多数人都不低于这个职位，所以我们这种大头兵只能陪同受罚，说不好听点，是受牵连。不过，事情到了晚上又有了转机，因为这是计划中的项目，所以接待方考虑再三还是决定尽量满足，当然前提是副处以下的可以前往。

好消息传来，怎不叫我们这些非领导层扬眉吐气一回？随即有资格的都被送到一家旅行社，填表、拍照，这样又有几个不合格的被刷下来，大家屏气凝神等待着，最后，真正能够成行的，连我在内也不过四人，整个过程很有些脱颖而出的味道，我们以这个小集团再聚在一起，都觉得不容易，是那种"九死一生"的幸运。

我们被交给旅行社的一个女孩。她可能是河口当地人，个子极矮小，似乎也不会说越南话，可能带国内团也无所谓。我们通过中国这边的海关，随即走上那座连接着中国的河口和越南老街的界桥，到了桥中心时，导游叫住我们，指着桥上的一条横线，说这就是界线，那边就是越南了！我们听了都很兴奋，赶紧把两只脚置于线的两边，为这种脚踏两国的奇观留影。这时从中国返回的越南人看着我们的举动不禁哈哈大笑，以致我怀疑是不是过境的国人都会玩同样的游戏？

虽然我们只在越南停留两个小时，来去一共四次检查，一次也没少。过境却很顺利，类似机场安检，只是不那么严格。越南海关小姐，把我们一个个验明正身即通知放行。不过，这毕竟是第一次过境体验，我得说还是有些紧张，呼吸也变得粗重，生怕露出什么破绽。

出了海关，算是正式入境，站到越南的土地上，大家都相视而笑，倒像刚才的过程是个什么了不得的探险。导游在一旁一直打电话，说的是他们当地的土语，但应当不是越南话。我印象中，河口有不少内地迁移来垦边的移民。1986 年我曾随一位校友过来玩，他家所在的农场就有不少湖南人。只是当时还在打仗，河口虽不是战场，但去对面总不现实，因此只是隔着红河朝那边张望，好像也很安静，没有想象中战火纷飞的样子。我不知当时有没有去越南的想法，不过这个愿望，事隔二十多年，终于变成现实，你不得不感叹物是人非，不得不感叹战争对命运的影响。

导游要来一辆电瓶车，车子载着我们向老街深处驶去。我们看到了不少越南文字写的标语、广告，如果忽略这些，越南这边单从植被来看是变化不大。不时，有一株巨大的小叶榕从我们视野里掠过，根须垂地，给人披头散发的印象。热带植物在我看来，往往都有些古怪，明明是枝条，有时却粗过主干，给人感觉局部大于整体。当然这并非越南植物特有的。

渐渐，我还是感到一些差别，我们驶进老街，老街据说就是越南第三大城市，听说这里的人，因为挨近中国，有边贸的缘故并不穷，或者说民富国穷，接下来，我们就会对这个民富国穷有直观的印象了。

　　我眼前来来去去不少摩托车，这和中国的小城市是一样的，但这里车子很少，马路显得空阔，以致我们下车后，很长一段时间都走在路中央。这在国内是不可想象的，我仿佛走在 20 世纪 80 年代！是的，我们穿越了，恍然又回到了那个沉闷而封闭的时候。这时候，正是中午，天气很热，路边的商店前，不时看到有人睡在躺椅上乘凉，两只脚就这么直通通地伸在一张方凳上，这种慵懒的姿势，让我们觉得整个老街都在昏睡中。

　　越南因为曾是法属殖民地，所以建筑有法式气息，老街虽然靠近中国，也有一些留存，当然，有名的建筑没听导游提及，所以我只能猜没有特别有代表的。不久，我们走到一个广场，后面有个礼堂，导游说这就是他们的省政府。我们自然吃惊，因为比起来，这和国内一个镇政府都无法相提并论。大家忙着照相，我不由自主地对着镜头，背起一只手，挥动另一只手，大概这也是广场照最容易想到的姿势吧。

　　其实，一开始导游就把我们引向市场，我们自然不知道这是不是她熟悉且有预谋的路线，也不理睬，只是看得多买得少。来之前，已经听说，越南出花梨木，还有品相不是很好的翡翠，还有十分经穿耐磨，真正的橡胶鞋。两个小姑娘看到香水就走不了了，一口气选了十几瓶，说是送人。不知旁边摊上的老板是否眼热，过来凑着我的耳朵说，他们是一伙的，骗子！我不辨真假，所以不置可否，反正我又不买，就不开腔了。市场里的人大多都在午休，都像前面那样在摊位上平躺着，我们的到来也没有惊扰他们的好梦。

　　最后一点时间，导游把我们带到附近的一座寺庙，也可能是座祠堂，因为她的口音，我分辨不出。庙在一座小山顶，需沿着山坡拾级爬上，在半山腰我们看到有一圈属相的造型，导游问越南也有十二生肖，但和中国有一个是不同的？猜猜是什么？

　　我顺口说猫。竟然对了，原来越南的十二生肖里没有兔子，而有一只猫。

这时候一条蜥蜴停在我们的前方，我们用镜头对着它，竟然一丝不动。导游说，它可能是这里的山神。看她一脸严肃，也不知道真假，再一转头，"山神"已不知去向。经过一棵大榕树，我们进了那座庙，但遗憾的是，那天竟然不开放，导游说奇怪了，这是她带团从未遇到的事。

我只好贴在门缝朝里张望，见台上坐着几个粉琢玉雕的神祇，并不认得，估计是土地神一类的小神灵，好像与佛教道教都无关。为了保险起见，我也不做礼拜了，而是随大家小心地原路退出。

在山脚，我请几位同行喝了一杯椰子汁。椰子是泡在冰水里的，故入口异常清甜，实在是不可多得的美味。

一个学校的诞生

认识老叶和我那次北戴河之行有关系，只是当时并不知道这意味着什么。

那是 2004 年 8 月，我第二次去北戴河作协创作基地度假。因为有前次的经验，我的一个简单的行李包里，只有两本书和几件短衣短裤，我自己也是一副短打，即将在海滩上行走的模样。虽然打算在北京略作停留，但这种装束应当并不影响我出入一些普通的场合。

但我一从北戴河回北京，朋友老侯就说要带我去听歌剧，地点在保利。这是个临时的提议，计划之外的。问题是我身上的沙滩裤怎么看都和礼服无关，裤子也无法长及鞋面，把从凉鞋里抻出的脚指头盖住，朋友的体形又与我相去甚远。正这么束手无策时，还是老侯拿的主意，上街买！于是忙不迭地出门找商场，一个个专卖店在我眼前掠过，我心里开始犯嘀咕，别为了看场歌剧，就买套意大利西服吧？当然不是，我们只是到家超市，匆匆选了条休闲长裤，往腿上一套，合适！就直奔保利了。还好，路况顺利，我们到时演唱还没有开场。

在大厅我遇到老侯的儿子卯哥，一个即将远赴英国的大学生。在他八岁时，我为他写过一篇童话。卯哥正和我东一句西一句地闲聊，一个画着宋美龄那种弯弯眉的女人咚地从人丛里跳出来，她拍卯哥肩膀一下，冲着我们喊，这是哪位大侠，我也要认识！卯哥忙给我们做介绍。原来她就是这次歌剧演唱会的赞助人叶先生的太太，台湾人，琳达。我立马想起一首歌："琳达琳达琳达琳达，你为什么不说话？"但因为刚认识也不好意思调侃，只能按礼数应答。

叶先生前面已经见过了，他是位旅美华人，热爱艺术及公益，这次歌剧演唱会就是他为一位在美很有声望的歌唱家举办的。他的长相据说与前泰国总理他信十分相似，以致有一次有人误会而向他索要签名。我对他信没有印象，但看叶先生十分儒雅、富态，心里已有几分确信这是真的。

那也是我第一次现场看歌剧，但对我这种歌剧盲来说，也只能是普及教育，尽量不睡觉，不打瞌睡，跟着大家应时拍手就好了，因此也谈不上多深的印象，至多是有了一次亲临现场的经历。

第二天朋友老侯一家宴请叶先生一行，邀我作陪。那天记得吃的是云南的野生菌，因为我吃素，老侯还专门向叶先生和琳达说明，并为我点了些素菜。关于吃素，在我有时是个麻烦，同时也可能成为别人的麻烦，如果是个陌生场合，朋友就要给其他人介绍，渐渐地就像讲一个稀奇的故事，成了餐前一道开胃的茶点，这也是我不爱和陌生人一起吃饭的原因。但叶老生和琳达没什么稀奇的感觉，只是简单问了一下吃素的原因（我是母亲过世后开始吃的），随即转开了话题。

晚上，应当是叶先生回请，他请老侯一家去钱柜唱歌，随行的还有一位叫王秀英的歌剧女高音，据说刚拿到一份美国某大歌剧院的合同。期间她唱了一首《父老乡亲》，结束时我整个脑子都在嗡嗡作响。我想起有个故事说帕瓦罗蒂曾把钢琴上的一只酒杯唱爆，以我的体验，这应当完全可能发生。

　　叶先生拟在贵州修希望学校已经是第二年的事。自然是老侯先电话联系我，他请我帮叶先生出谋划策，选择校址。对我来说，这自然是好事，有些情况我早已知道，比如叶先生的独子在一次车祸中遇难，叶先生夫妇就将以他的名义成立了一个慈善基金。我们认识时，该项基金已经在广东福建修建了两座希望小学，一个孤儿院，也可以说，我对叶先生会来贵州修希望小学多少有些预感，但他要我替他联系，做一些事务性工作，甚至为他的资金进行监管，我还是有受宠若惊。实话说，这辈子好像还没有被人这么信任过，就因为我吃素，是个佛教徒？我一直没问过叶先生，他也从未谈起。但真的，第一次在我的银行账户看到这么一大笔钱，还是觉得自己的道德受到了考验，但最先受考验的显然还是我的管理能力。

　　希望小学的工期进入中途，也就是到了打二笔款项时（按合同工程款应按三期支付的），我竟然很失常地把后两期的钱全部打了过去。

　　我当然乐得轻松，叶先生却不高兴了，他说这样你怎么监督呢？这时我方有些后悔，只能对学校方的责任心抱希望了。所幸的是，从结果来看，一切都是非常顺利。很可能就因为这是个善举，所有的小错误都获得了原宥。

雨神叶浩霖

　　去台江选校址那天下了整整一天的雨。雨势虽然不大，时疾时缓，但几乎一整天我们的车子都被雨脚追逐着。下雨路滑，这一路上不断地看到车祸的事故现场，最惊险还是回程时，我因为坐在副驾驶位，清楚地看到百米处一辆满载的客运大巴正在侧翻，我们的司机毕竟是老师傅了，根本没停，一点都没犹豫，就在我们的尖叫声中，借着所剩不多的半条道冲了过去。过后，他解释，稍一迟钝就过不了了。我们都还心有余悸，我甚至脱口而出，幸亏我们是去选学校，办好事的。言下之意，如果不是选校址，还麻烦，到了机场，就要出高速路，我们终于与后面的一辆车发生了刮擦，司机下车与他们理论，我倒如释重负，仿佛一天的惊慌有了终结。

　　"今天其实还算顺的，就是这雨下得，稍稍天公不作美！"我扭头安慰后座的老叶。毕竟他是客人，是来做慈善的，没道理受一整天的惊吓。老叶大概见多不怪，一副气定神闲的样子。同来的助手小王说，你不知道了吧？这雨下得才是时候，不下雨老叶可能才不一定高兴。

　　这又是什么缘故？过了会儿，老叶自己解释，原来他在广东福建修学校和孤儿院时，只要他去，无论是奠基、剪彩，还是仅仅去露个面，都会碰到下雨。有几次都说是大晴天，不会下了，偏偏到了学校就会来场雨，次数一多倒让他觉得是他儿子自己在选学校。

　　叶先生的独子叫叶浩霖，几年前在丹佛的高速路上不幸遭遇车祸，遇难时年仅二十四岁。这个故事自然是人间惨剧，让人痛心且惋惜，但对我们来说，毕竟比较遥远，如果不是我们相识，又因为叶先生来贵州投资办学，这件事甚至和我们的生活没有太大的关联性。但叶先生来了，几年后从丧子之痛中走出的老叶夫妇决定把孩子名下的财产成立一个基金会，专门用于大陆边远地区的希望小学建设。此举不仅帮他们把个人的悲恸转化成人间大爱，也让一些边远地区的成百上千的孩子从中获益。

　　不过具体到叶浩霖，我也是不太熟悉的，只看过他的一张照片，感觉是个很精神、前程远大的年轻人。不过，其他的细节，考虑到老叶的情绪，就不及深问。比如他的名字，还是老叶自己说的，叫浩霖，应该是大雨的意思。

　　老叶这么说，当然还有一些玩笑成分，他大概也没想过要把追随我们的这场大雨当成一次神迹吧？又或许在他的自我暗示中，那个早已仙逝的少年，已然化身为冥冥中的雨神？但我一转念，即便把叶浩霖当成雨神，对一个父亲来说，又有何不可呢？如果它足够安慰，又足够善良。

　　有意思的是，因为位于台江边远山区的李子小学是老叶在贵州修建的第一所小学，所以他选址时下到村里两次，这两次都遇到了大雨，另一次甚至去李子的路都被洪水冲垮，我们只得步行十来里崎岖的山路……学校启用剪彩仪式那天，也下了雨，因为担心路况进不了村，我还跟老叶开过玩笑，我说，老叶，让你儿子省省吧，洒点水，意思一下就可以了。说完我们一齐大笑。到现在老叶已经在贵州修了三所希望小学，这三所小学都被命名为叶浩霖希望小学，其间跨度已经四五年。有一件事好像是真的，这三所小学，包括我们来往的行程，真好像跟雨水联系在了一起。甚至到第三所龙宫的火麦小学选址时，正遇上百年难遇的干旱，偏偏老叶到的当天晚上，下了一场毛毛雨。我印象中那应当是很多天很多天当中唯一的一次降水。

　　记得，当年对神仙世界感兴趣时，我看过一些神仙传记，我的印象中那些位列仙班的众神，包括程度略低的散仙、地行仙，无不是苦苦修行外加为百姓谋福祉的。老叶父子一起完成的自然是件了不起的、功在当代利在千秋的义举，把这样一个可爱的孩子想象成雨神，应当是一个不错的愿望吧？

有朋自远方来

那天是苗族姊妹节，叶先生及美国慈善家一行近二十人，从大洋彼岸的美国丹佛风尘仆仆地赶到贵州，因为这一天同样是台江李子叶浩霖希望小学启用的日子。

选这一天为希望小学剪彩，自然是事先商议好的，美国客人一方面可以到苗乡奉献爱心，另一方面也可借机领略一下具有东方神韵的少数民族节日，可谓一举两得。据说台江有两处希望小学选在这天举行启用仪式，应当都是基于类似的考虑。

我听老叶说，他的叶浩霖基金会这两年运作得非常成功，每年年底的慈善拍卖会都能吸引众多的慈善家捧场，除了一些捐赠的拍品，老叶还加入了他从贵州带去的刺绣、蜡染等手工艺品，获得不菲的回报。此外，他还化整为零，将亲赴台江参与剪彩仪式作为一个义卖单位，也同样得到不少人响应。最后又几经商议、微调，形成了一个二十人规模的慈善观光团。

我是到酒店与老叶他们碰头的，作为李子小学的联络人，能出席它的建成剪彩自然很高兴。遗憾的是，我的英语非常糟糕，大学里那点口语能力，毕业时也消失殆尽。慈善观光团里有一位丹佛的女主播，据说得过普利策奖，途中有一段，她就坐在我身边，那时真恨不能把从前所学的全部恢复，想了半天，我才背书似的说了句"I can say a little English"，不知她听懂没有，也囫囵回了句，又比了个矮小的手势，大意是还真是一点点。

琳达为我做介绍，大概提到我的一些"功劳"，美国朋友便齐齐地鼓起掌来，弄得我极不好意思，只得跟着鼓掌还礼。这个团主要由白人为主，有两位黑人，一位亚裔，起初我以为是华人，后一问才知是日裔。我对美国的印象主要来自电影，要么就是几位留过洋的朋友零星的介绍，当然能记住都是些有趣的事情，比如，听说美国人大多不太会数数，在超市买东西，付钱时往往要一五一十地把硬币码起来。而他们喜欢棒球则是因为现场可以吃东西。

汽车到了一个加油站，法定的休息时间，于是老美们几乎全一窝蜂拥进一个小超市，几乎每个人出来时都抱了几样零食。我注意到他们也不吃独食，而是互相推荐、交换，这一点又和讲客套的中国人很类似。

停靠加油站另一个目的是供大家方便，我也顺便去了一下厕所。却见一个美国小伙子急匆匆地把厕所里每个蹲位的门都打开，再合上，他一连选了四五个，才犹豫着进去，我心里暗笑，到底是美国人，这种厕所的卫生当然需要容忍。

出来则见几个美国朋友蹲在车边聊天，每个人都像日本相扑选手那样，拍着大腿膝盖，再相视而笑，一问才知，美国的厕所都是坐式的，没有这种蹲坑，故都在交流上厕所的心得体会……

到李子村时已经快下午两点，转到村头就看到两条鲜红的欢迎横幅，突然间响起震耳欲聋的鞭炮声，间夹着悠扬的芦笙，穿民族服装的小朋友分列道路两边，喊着欢迎的口号，他们身后站着家长，每个人手里都是一支装米酒的牛角或者陶碗。

老叶自然走到前面，他和几个大鼻子老外最醒目，于是频频被拦下灌酒，喝完每人嘴里再塞一块鸡肉，脖子上套上两只用毛线扎好的彩蛋。这种场面，我其实也很少经历，但苗族拦路酒的名声还是知道的，我既不饮酒又不吃肉，所以不敢怠慢，赶紧从队伍里逃出来，另择便道。我一边跑一边看着那些被老乡灌酒的老外们，忍不住大笑，但我这一笑，立马又被别人发现了。事后，一个美国朋友给我看他拍的录像，我的图像永远都是奔跑，身边总有一两个提着酒碗、酒壶的苗族老人，他们想表达感谢，可我不喝酒啊，于是那天奔跑成了我的主旋律。

简短的揭幕仪式上，老叶代表叶浩霖基金会做了个扼要的发言，他先说一遍中文，再说英文，讲完话，我发现有些美国的慈善家已然潸然泪下，老叶说了什么吗？好像没什么特别的，就这么感动？于是我认定美国人其实很单纯。

那天还给每个在校学生每人发了一个新书包、新文具，需要说明的是这些书包和文具是我一个朋友无偿帮助购置的，他放下自己的生意，热心地去为了这些书包讨价还价，也是因为被一个来自异国的慈善家的善举所打动。

最后是近乎狂欢的舞蹈，所有来宾都被拉到广场，大家跟着芦笙，踏着简单的节奏，轻易就舞动起来，圈子越裹越小，越裹越紧，像一种善的力量在凝聚……

我想不光对异国朋友这是一个特别的一天，即便我，也是头一次有类似的经历，人们的心念如此单纯，从始至终整个村庄上空都弥漫着一种感恩的情绪，到我们离开时，它们几乎凝聚到沸腾的程度，几乎全村所有的人都围拢过来，仍然是酒，是鸡肉，是鸡蛋。再吃一块，再喝一口……朴素善良的村民就是用一种执着的动作，来表达他们的情谊。即便汽车启动，一些老人还跟着汽车狂追不已。

《等待》：幻灭终将来临

哈金最近在国内文学界开始发热，或许与他推出的《南京安魂曲》有关系，而这又与在奥斯卡奖铩羽的《金陵十三钗》有关系。人们不愿意在一场国难中，看到更多的香艳，而在另一部同类作品中寻找寄托也十分正常。

这里要谈的《等待》是哈金第二部长篇，也是他引起美国主流评论重视的作品。1999 年《等待》获美国"国家图书奖"，2000 年再获"美国笔会、福克纳小说奖"，哈金是迄今唯一一位凭同一本书获得两项全美奖项的华人作家。而作者的移民背景，可能对西方，包括大陆读者都可能产生文本之外的遐想和兴趣。

小说跨越很大，从"文革"前，一直延续到改革开放。哈金用诙谐的笔调描写了一对军队医院情侣长达十八年的坎坷情路。小说开场，男主人翁孔林利用假期回乡与农村妻子办理离婚，但这只是他无数次突围中的一次：妻子照例在法庭上反悔了，孔林则又一次被小舅子描述成负心的陈世美，而法官义正词严的斥责也是上次宣判的翻版，他再一次失败了！孔林心如槁木，意志消沉，惭愧之余，竟也有些释然，因为这一切都在他意料之中，他努力过了，只是没有成功。他和妻子一起返家时相濡以沫的画面也是中国式的，甚至很有些颠扑不破的宿命意味。

孔林在医院的女友吴曼娜，活泼健康，相对他妻子自然是当年的时代女性。吴曼娜知道孔林的包办婚姻，怜惜他的清苦，继而爱上他淡泊的性情。两人相爱之始，就囿于部队严格的规章，甚至一起外出散步的机会都没有。他们不想只有精神恋爱，却不得不成为柏拉图的实践者……

作为单身女性，吴曼娜有着许多不错的追求者。吴曼娜发现，这种事情发生，孔林通常都会退缩一边，除了他的已婚身份，她认定还是懦弱的性格作祟，她鼓动他，刺激他，孔林都不为所动，甚至，有一次吴曼娜被部队首长看中，还是由孔林捉刀为她写的回信。后来，他们这种离奇的恋爱，还刺激了孔林的一个病友，他在一个风高月黑的晚上，强暴了吴曼娜，夺去了她苦守了三十八年的处女之身……对孔林，吴曼娜显然失望透顶。

部队有条夫妻分居十八年准许离婚的规定，正是靠着这条规定，孔林终于与妻子离了婚，又与苦恋相守的吴曼娜结为夫妻……

写到这儿，通常也是一些心地良善的作家的结束。苦尽甘来，好人好报，皆大欢喜，这些命题是中国式的，但哈金却用接下来近三分之一写这对苦命鸳鸯的情感幻灭。他们是成了夫妻，距离消失了，反而爱情因此消失。他们得到的一切都似乎无法补偿和抚慰这十八年的等待对他们造成的伤害。

吴曼娜变成了泼妇，乖戾而夸张，稍有点不如意，即破口大骂，从前温良恭让，已经被丑陋的嫉妒、粗野的发泄所替代。以致孔林不得不追问，他苦苦的等待难道就是为了这个错误？他第二场以生命作为投入的婚姻，也在他的怀疑中走向幻灭……

如果要说遗憾，我以为《等待》的结尾，孔林向前妻托孤一段，有些恶俗，或许他"狠心"地支撑了这么久，但末了，还是忍不住想回应一下中国人喜闻乐见的大团圆。这个交代后事的结尾的确把悲剧的力量冲淡了。

需要说明的是，哈金的《等待》是一部英文作品，从这一点，我们或许可以看出哈金对母语之外另一门语言的悟性，事实上美国当代文学泰斗级人物厄普代克就把哈金当作非英语母语作家中除了康拉德和纳博科夫之外第三人。当然，随之而来的遗憾，就是我们见到的所有的哈金的作品其实都是由英文翻译而来的，我们还无法看到哈金对母语熟练及绚烂的发挥，及自在的运用。

好天气与谁分享

——简评日本青春小说《一个人的好天气》

有段时间我迷上了小开本。那种比 32 开略小，容量在 15 万字以下，尤其装帧朴素的书籍，容易引发我的好感。甚至，事后我发觉至少有近一年的时间我购买的都是这种小书。前年 8 月在杭州买的《有人喜欢冷冰冰》，去年在昆明买的《一个人的好天气》，还有《午后四点》都属此类。当然，这些外相并不关乎品质，它只会对购买心理产生微妙的影响。

《一个人的好天气》可能是中间最让我觉得意外的。我在宾馆用了不到一天时间把它阅读完，随后是怅惘，心里翻腾着对日本的想象。我甚至怀疑从前对日本文学的看法都是错误的，日本藏着一些我不曾认知的东西，而这一切全有赖于一本看似简单的小册子。我对着它淡绿色的封面发呆，发觉上面坐着那只黑猫，竟不再是鬼魅的象征。日本是有些像那只猫的，尽管猫在我们的心目中一向有些妖气。

《一个人的好天气》是 2007 年芥川奖的冠军作品。在日本，文学奖项多如牛毛，芥川奖在其中的地位及分量大概要和中国的鲁迅奖相仿佛，因为它不时关注一些文学的新生力量，因此也成了一些新人扬名立万的好场所。

《一个人的好天气》的作者青山七惠，曾在 2005 年凭处女作《窗灯》获得过 42 届日本文艺奖，一年后再凭《一个人的好天气》荣膺大奖。作为 80 后的作家来说，青山七惠的文学之路可谓坦途。

其实，这几年日本出了几位极有特色的 80 后作家，比如写《裂舌》的金原瞳，《裂舌》发表后曾引起极大轰动，也获得过 2004 年的芥川奖。但我总觉得在读过的这些日本文学作品中，青山七惠的小说还是显得有些异类，她不仅仅描述与自己时代切肤相关的生活细节，也在不渲染、不动声色的前提下，忠实地、极负责任地让这些生活细节一丝不苟地烙上了她的"情绪"，这与个性张扬、西化倾向的作者有着迥然不同的意趣。

其实，说心里话我对日本文学的评价一直不高。当然，作为一个没接受中文系系统熏陶，完全靠阅读来建构文学版图的人来说也情有可原。我心目中，最好的日本作家就是芥川龙之介，可能他行文方式更像一个中国人而不是日本人，川端康成、三岛由纪夫的作品则不忍卒读，一唱三叹的行文，以及他们追求的"物哀"，在我看来也显得不可理喻，几乎都成了阅读障碍……至于说安部公房、大江健三郎，善则善矣，但他们的创作更像一个法国人或者欧洲人的东西。

青山七惠至少让我想这么一个问题，一个二十岁的女孩，一个所谓的"飞特族"是如何把自己的内心藏得如此之深，仅有的波动也如反光被古井吸纳？

"作者以静静的笔触描写一名二十岁自由职业者寄宿在一位七十多岁远房亲戚家，度过从春天开始的一年时间。在这期间，女主人公先后被两个男朋友抛弃，那种痛苦和忧伤也是淡淡地流过'我'

身体。"

如果引用故事梗概，我们将看到一段直白的陈述，我甚至不知道这与《一个人的好天气》有什么相干？或许它很准确，但它无法与"平淡与自然"（张爱玲语）联系在一起。

在我看来，《一个人的好天气》最可贵的就是内敛的气质，无论"虚无感"还是"孤独感"这些专家的定义，都靠这种气质焕发神采。《一个人的好天气》的确可以撼动我们头脑里一些坚固的东西。

需要提及的是，本人 20 世纪 80 年代初入大学时，有幸被安排接待过一个来自日本秋田县的访华团，团员中有一个秋田县医学院的女学生，名字已经记不住了。当时我就惊异于她干净、完好的气质，她让我见过的女人都像从荒原上来的。当时，看完《一个人的好天气》，我马上想到青山七惠应当就是这副模样。青山七惠应当有个安静、脱俗的外形。

与《小王子》同行

圣埃克絮佩里的《小王子》在出版界可谓大名鼎鼎，因为号称发行量在圣经之上的书籍并不多，《小王子》即其一。畅销书有畅销书的好处，你可以很轻易地知道它的名字，也可以很轻易就发现，盛名之下其实难副说的是常态，很难想象，所有人都喜欢的东西会有好什么品质，《小王子》却是意外。

对此，我想说的是，感动其实早就已经发生，那份为小王子准备的感动或许 20 世纪就诞生了，它就像小王子的影子一样忠实地等着我，以及每一个后来者。

我喜欢它的平淡，尤其悬疑、幻想文学泛滥成灾的年代，看这种返璞归真的东西更容易触动内心，它讲的又的确是心灵的故事，所有的细节、情境都是从内心流淌而出。

圣埃克絮佩里是个空军飞行员，其次才是文学家，他的小说都诞生在他飞行间隙，《小王子》更是直接把故事场景放在他修理飞机的时候，那也是"我"初遇到小王子的时候。但小说（叫童话当然也不妨）有个精彩的题记，说明这本小书是送给"还是小男孩的莱翁维尔特"的，通常我们都会在这个位置看到作者送与某位亲人或朋友的赠言，记得钱钟书老先生把它比喻成杂技演员手里去而复回的飞镖。

"所有的大人起先都是孩子！"

这个开头让人惊喜，因为接下来所有的发现之旅都与此相关，所以是让你提神醒脑的预告。

诚如作者所言，我们很多人其实早已忘记自己曾经是个孩子，我们曾经有很多奇思妙想诞生在童年的夜晚，孩子的视野与逻辑比现有的世界更加巨大，如果这是一种能力，显然它已经退化，就像曾经明澈的眼睛已经被世俗弄得浑浊，曾经亮丽的嗓音而今却如此沧桑。但书中的"我"还没有，所以他能够明白，甚至能遇到小王子：

小王子来自 B612 星球，小王子离开那儿是因为他与一朵花闹了别扭。他经过了七个星球，最后来到了地球，他在沙漠里遇到了蛇、狐狸，懂得了责任与爱惜，最后在蛇的帮助下，舍弃沉重的肉身，回到了向往已久的星球……

这就是《小王子》的故事，简单的复述显得无趣，因为这更像某位"大人"的文笔，恰恰这些"大人"们都忘记了童年，而圣埃克絮佩里却恒时像个孩子：比如，他说 B612 比一间房子大不了多少，"星球上有两座活火山，热早餐很方便"，花是这么评价人的，"风把他们吹到这儿，吹到那儿，他们没有根，活得很辛苦"。

小王子发现他星球上唯一的花，在地球上却成千上万，因此他难受得认为自己永远也成不了伟大的王子，但最后他终于明白了，他对他的玫瑰的责任，是它"重要"的原因，也是它成为真正"独一无二"的理由，小王子内心于是燃起浓浓的乡愁。

圣埃克絮佩里为我们慢慢梳理着这个世界现行的各种概念，并为之分类，他就像名清洁工，打扫着我们被世俗，被成长弄得污秽、混乱、陈腐的头脑，难得的是，这个过程竟如此的迷人。

　　1944年7月31日身为空军的圣埃克絮佩里到里昂执行侦察任务，从飞机跃入蔚蓝色天空时算起，他已经有六七十年没有回来。一种解释是，他去了B612星球，与小王子生活在一起。

那一夜替古人担忧（红楼四章）

年前我订了一套《红楼梦》周汝昌 80 回汇校本，读了几遍，一时兴起，又将周老的红楼著作一并购入，准备哪天强打精神，细细研读。

最初有这个准备，是先入为主地认为凡讲研究讲考证的文章大多不会很好读，哪知这是个误区，至少周老的文章拿起来就放不下，我读得昏天黑地，一夜无眠，竟一口气将《谁知脂砚是湘云》洋洋洒洒十六七万字读完。读完五味杂陈，不知天之将明。

文中还记述一些名家读者，阅后第一时间的感受，比如翻译家李良民先生，知道了脂砚即湘云，以及二人相依为命共同著书的情节，不禁"热泪突眶而出"。我虽不到此境，似乎也相去不远。曹雪芹在我们心目中，一直是一个极悲苦的文人形象，生卒年不知，生平也大多亡佚，今天忽然得知曾有位妙人在旁，该是落拓一生多大的安慰？！虽然李先生们 1977 年知道这个结论，我是直到 2009 年看到这本书（知道结论要早些），但我们的感受俱同样的欣喜！

当然，我的体会也不尽情感方面。同样一部《红楼梦》，周汝昌先生却显现出与众不同的研究视角，尤其他超迈独绝的颖悟力，有着穿透纸背的巨大力量。就史湘云出场而言，周先生说："好生奇怪，她与元春是不见面或不相干的！"元春省亲或打醮时，湘云皆不出场，但过后即会出现，还有她须熬夜女红的信息……周汝昌此时揭晓谜底，其实此刻史家（即李煦家）早已败矣！这个结论如晴天霹雳让我震惊，我看红楼也不知多少遍，但史湘云的真实处境，我又何曾意识到？看来，要道出他人之未道，还真需先生说的那种悟性。

从前我以为做学问关键在资料的收集，从本书的成书来看，周老先生也确有优势（他可到故宫博物院查找不对外的皇家档案），且周老在学生时就曾得胡适等大家的器重，并因此得过一些珍本善本，但这个例子还是告诉我，做学问最重要还是领悟力，这也是周老最为得意的地方。

国学大师顾随先生曾是周汝昌的老师，他在看了学生的妙笔文章后，也兴奋得夜不能寐，满心欢喜给弟子写信，信中不乏溢美之词，甚至不顾嫌疑，近乎苛责地逼问从前的红学大师如胡适之、俞平伯等，"何以俱都雾里看花，眼里无珍？"可见对周汝昌的结论也是爱到了极点。

上班时，我把这份激动与同事们分享。同事以钱钟书母鸡论回答：喜欢鸡蛋，为什么非要见识下蛋的母鸡？我当即反驳，《红楼梦》太特殊了，是例外，不应该算在此列。接着，我说明原因，其一，《红楼梦》是自传体，与作者及其家族家事联系紧密；其二，《红楼梦》这部书命运多舛，它的残缺几乎可以说整个民族的耻辱，因此，研究红学，还《红楼梦》以真面目，不仅告慰作者，也是告慰整个中华民族……当然，这是大道理，最重要的是我觉得，作为一个小说作者，从前我总以为曹雪芹有个凄凉的人生，现在得知他身边有个脂砚斋，而且这个脂砚斋就是书中"风光霁月"的史湘云，总觉得得到了莫大的安慰，足以快慰平生！

也许我很激动，很开心，在我的鼓动下，现在办公室人手一册《谁知脂砚是湘云》，也许站在他们的角度，他们也会提出什么更惊人且合理的看法也说不定。

小 红 姑 娘

脂砚斋说偌大的的大观园，其实就是为了一个葬花冢（大意）。这话说得惊心动魄。

那么这个葬花冢里最清醒的又数谁呢？小红姑娘是也。作者借宝钗送她一句考语："他素习眼空心大，是个头等刁钻古怪的东西。"

"眼空心大"何意？不安分，不墨守成规，不讲规则。

《红楼梦》中的女子，尤其这些丫头，无论等级如何，莫不视入大观园为极大的荣耀，待遇好、级别高。反之则视"撵出"园子为最大的耻辱。最恶毒的话，也莫过于"拉出去，找一个小厮配啦"，于是戏班散时，芳官那群小戏子都不肯走，柳家五儿为了入园子却丧了命，撵出的金钏、晴雯、司棋都是不久就命终的，用宝玉的话，她（晴雯）这一去，如同兰花送到猪圈里一般。可见大观园是猪圈的反面，是人人羡慕的常住久安之福地，所以发狠了也要在观园留下来。

这里面如果选个清醒的，或者就是小红了。听她的说法："不过三年五载，各人干各人的去了，谁还认得谁呢！"小丫头佳惠说宝玉如何收拾房子，好像有一万年的过头。其实不单贾宝玉这个主子，他周围哪一个不把贾家当成万世基业，准备一年一年地过下去？唯独小红看出了不可能，这是她的特别之处。

当然，小红能有这种认识也与她"攀高枝"受挫有关，书上说她"虽是不谙事的丫头，却因有三分容貌，心内着实妄想痴心的向上攀高"，攀高其实也就是想引起宝玉的注意，离主人更近一些，能够亲自端茶送水，问候寒暖。但她虽有在宝玉前显弄之心，却因为宝玉身边一干人都是伶牙利爪的，她作为一个低等小丫头，地位末流，哪里又得下手去？好不容易倒了杯茶，让宝玉记住了她，却被级别更高的一通"恶意"，心里早灰了一半。这一灰便心念澄明，看出盛宴背后的散场，于是去意已决。

接下来，小红做了两件事，一是自己择婿，"遗帕惹相思"，后廊上的二爷，芸哥，贾氏宗族子弟，强过将来拉出去配小厮的命运，且贾芸家道虽穷，但为人尚有些骨气，为人也干练，有些安身立命的手段。二是小红终于借着替凤姐传话之便，攀上了这棵高枝，就此离开了人人都以为是人间福地的怡红院。意外的倒是王熙凤还有些相见恨晚的意思，当着小红不仅把其他人比成扭扭捏捏的蚊子，甚至赞她的起点把心腹平儿也比下去。

有意思的是，这个小红姑娘，全名竟是林红玉，因避讳宝玉、黛玉才成了小红。听到这一节，凤姐有段发作，"讨人嫌得很，得玉济了似的，你也玉，我也玉。"贾府中也就宝玉、黛玉、妙玉，奴仆里，好像只有这个小红是带玉的。偏偏还是林姓。

林红玉，林黛玉，一红一青。有位红学家说，曹雪芹下笔向来不虚。此间赠"玉"于小红应大有深意！刘心武先生阐述小红是黛玉的世俗化身，宝黛间不便明写的情愫都移到红芸二人身上。笔者虽觉此说可算一种解释，但却非最明媚的说法。

况她说跟着凤姐学些"眉眼高低，出入上下"应当是伏笔，还有后文。笔者猜想，那当是她的聪明、干练得到大发挥的时候，或许就在王熙凤失势的时候。

后记：笔者近日读《红》上瘾，索性把周汝昌先生七八种红学专著一并买入，其中《红楼真梦》中看到了周老对小红日后处境的发挥，他认为贾府落败，凤姐失势时，墙倒众人推，是时，小红的博闻强记、口齿伶俐的特征发挥了大用场，她驳斥众人无耻之行，成了凤姐渡难关的护驾先锋。但惜乎没有与林黛玉关系的揭露。

贾珍痛哭秦可卿

我第一次看《红楼梦》便觉出这地方有些古怪，贾珍死了儿媳痛哭不已，贾蓉死了正经老婆，却没见啥动静，这似乎不合情理！当时，虽知秦可卿淫丧，贾珍爬灰，但读到他为秦操办丧事时的种种情状还是有些不解。

因旁人问，如何办丧礼？贾珍哭答，怎么办？不过倾我所有罢了。这不是口中的客套，而是真实行动。选棺材时，贾珍看了很多都不理想，后是薛蟠将"坏了事的老千岁"不曾拿走的那副"出在潢海铁网山上"的樯木棺材取来，贾珍才深为满意。

这里又有段对话，贾政劝贾珍的，说此物非常人可享，拣一上等杉木也就是了。贾政何许人？贾珍的叔辈，他的话原应当听从，但书到此处却来了一句："此时贾珍恨不得代秦氏之死，这话如何肯听？"

这句话似乎大有深意。还有贾珍请王熙凤协理宁国府，最重要的一句嘱咐也是只求"别存心替我省钱，只要好看为上"。

这就有个问题出来了，贾珍与秦可卿之情属不伦之恋，作者曾借焦大之口带出，即"爬灰的爬灰"是也。后文又说贾珍父子素有"聚（麀）之诮"，除了尤氏姐妹，大概还有秦氏算在内。贾珍理当避讳才是，即便不知避讳，也不应铺张至此，即便铺张靡费，也没理由把"坏了事的老千岁"的玩意儿招人耳目地带出，连薛呆亦说，此物无人出价敢买。总之，给人的感觉，就是往大里搞，生怕人不知，生怕鬼不晓。这里于是就有个矛盾，难道贾珍真的因情而冲昏了头脑？

　　我这里附和刘心武的说法。刘心武先生对红学最大的贡献就是他对秦可卿的原型研究。他的结论，秦可卿的来头非同一般，乃王室中一员，其原型直接影射当年废太子窝藏在曹府的一个女儿。

　　如果这个结论成立，那么书中另一个疑窦也可迎刃而解，即书中秦可卿在东府颇为可疑的地位：宁、荣二府上下没有不说好的，上至贾母，下至晚辈，莫不赞其贤良，精明如王熙凤者，都对她爱护、推崇，两人关系书中用"厚密"形容。贾珍更言，这个媳妇比儿子强十倍，甚至说秦氏一死，"长房内绝灭无人了"。婆婆尤氏明知她与丈夫有事，还是疼爱有加。她与璜大奶奶的长篇对话，说因儿媳之病，心里倒似刀扎，也绝非矫情。

　　但曹翁笔下秦可卿的出身，无非一个小官吏从育婴堂抱养的一名弃婴，讲究身份及血统的帝王时代，即使不嫌弃，也没有对一个野种毕恭毕敬的道理。

　　即使这种体面及地位真是由弃婴秦可卿自己挣来的，大概在人人"一双富贵眼"的贾府，也会传出种种不同的声音，至少会有对这种飞黄腾达的嫉妒，且秦氏自己也应有哪怕半分受宠若惊的表现，至少不应书中这般泰然受之。偏偏这一切都是这样的自然，连她临死还托梦给知己王熙凤，教她如何避祸的保全之理。事实上，这个出身卑微的人行的都是非她这个阶层所应想、所应做的"大事"，这多少有些奇怪！

　　还有一个地方，曾经被人说得不明白。一些红学家解释，秦氏的两个丫鬟，一个触柱而亡，一个成了义女，是因为她们看到了贾秦两人的奸情。先不说贾珍行事的气派，会不会在意？旧时的老家庭会不会在意？就是那位叫宝珠的，岂有变作义女就守口如瓶的道理？也就是说，变成义女贾老爷就放过你了？这个逻辑不通。

　　如果秦氏的来历真如刘心武先生所言，为帝王血脉之遗珠。那么贾府其实暗中进行一次风险巨大的政治投资，这次投资的结局显然是以失败而告终。贾珍之痛哭固有情的成分，却更多是遗憾，是投资失败的痛心疾首。唯一能做的，也只剩下了展示，让所有人都来看看我是如何对待皇家的这颗遗珠的，当然这同样又是一次前景难料的投资罢了。

"衔玉而生"的奥妙

看过《红楼梦》的人都知道贾宝玉是"衔玉而生"的。既然《红楼梦》是小说，自然不应把这个细节当成事实，否则，你岂不比书中的宝玉更痴更呆？而且，曹雪芹早已说明满纸荒唐言，你偏钻这个牛角尖，岂不明明白白地中计？

那么书中对这个不可能的事又是如何描述的？全书开篇就因女娲氏补天时遗下的一块顽石欲往富贵场、温柔乡受享，被一僧一道大施幻术，变成"一块鲜明莹洁的美玉，且又缩成扇坠大小的，可佩可拿"。

这是那块玉头次出场，只见大小，还不知形状，遑论用途了。接着，第二回又借冷子兴与贾雨村的闲谈，点出该玉是荣府二公子与生俱来，"一落胎胞，嘴里便衔下一块五彩晶莹的美玉。"到此我们方明白前番那块可拿可佩的美玉，其实是要从一小儿的口中面世的。于是问题又来了，这个玉小儿之口衔得下吧？会不会因玉过大窒息而亡？这种替古人担心的事作者已经计算到了，本来，宝黛相见应是交代的机会，但那一回碰到砸玉等事，太过忙乱，所以只能容后说明，但还是借袭人之口补充一二，"听得说落草时，从他口里掏出来的，上头有现成的穿眼。"

真正将此玉的外相落实清楚，是第八回在梨香院，宝玉与宝钗互看"命根子"，遂顺势引出金玉良缘之说。

"只见大如雀卵，灿若明霞，莹润如酥，五色花纹缠护。"到此这块青埂峰下的顽石幻相不仅有了大小，我们也借宝钗之眼知道了诸如色彩及纹理等细节。但从前的人总要认真些，写到玉上的篆字时，作者又开始担心看官们不用心，读得粗糙，赶紧说明这些字是为了方便故意放大的，否则胎儿之口有多大，"怎得衔此狼犺蠢大之物？"

读到此，我有个小疑惑，曹雪芹赔尽小心，用众人之眼之口来观赏、描写这块顽石幻相却为哪般？"衔玉而生"自然有违常识，他怕读者怪他荒唐，掷书他往，或有意驻足寻衅，所以才对这块石头一而再，再而三地反复涂抹？如果真是这样，足见曹翁用心良苦。

我看《红楼梦》也有些遍数（肯定超过了三遍），最近更是觅周（汝昌）、刘（心武）等红学名家典籍，发着狠想窥探索隐、探佚之术的奥秘。

在我看来，全书荒唐之极处就属这个"衔玉而生"，乃满纸荒唐言之首。单就小说而言，这也该是最难设计的关节。因为有了这块玉，宝玉与之才有了互指、互代、互替，也才有了失之则如丧失魂魄的可能性，而整部《红楼梦》也因这些丰富的指代关系，通篇被一层以小喻大的寓言之气所笼罩，但"衔玉而生"太难想象了，我不知曹翁之前文学史上有无类似的文学雏形，如果这是曹雪芹首创，那我要说仅此一节就很伟大。

有人也许会举孙悟空的例子，是的，孙悟空是石头里生出来的，天为父地为母，且不说这个细节与"衔玉而生"有多大的关联，如果小说定义为神话，通常而言，现实对它的约束也会少了许多。

偏偏《红楼梦》是部现实的作品，就拿生产而言，现实中我们见过双胞胎、多胞胎、死胎，甚至怪胎，就是没见过"衔玉而生"；同样在文学作品，如果一个大人物要想塑造得与众不同，至少过去的作品会替他加一些"能力"，比如刘皇叔的双耳垂肩，双手过膝，项羽的重瞳，作者原本好心，以为就此不俗，没想却造出了妖怪。再说历史上那些大人物，出生时多半会有异相，或者奇梦，有些免不了是请人编造的，大意也是想证明他们的不凡，比如刘邦的老子老妈，一个说梦到神仙，一个说看到了真龙；汉武帝的生母想让他不同，也说梦到太阳钻到肚子里……没留下来的大概更多，有时候我也替他们难过，那些历朝历代的君主皇帝，怎么就没想出一个更好的办法来证明自己是在顺应天意？

这个好办法竟被一个小说家想到了。

古人说玉有十一德：仁、义、礼、乐、忠等，"衔玉而生"也就意味着，贾宝玉先天就具有这十一种玉一般的品德，而且贾宝玉是正常的，至少书里交代，除了有些呆性，生理还是与一般人无二，他的生命提升靠的就是那块与世俱来的玉！这是不是很轻灵？这也表明他这样一位先天淳厚之人，理当得到众位亲友的爱惜、拥戴，也该那些嫉妒的人说，"竟是得了个活龙！"

可知这个细节事半功倍，省掉了小说家多少气力！

补：我在网上搜索"衔玉而生"，看到有些"红学家"，已将此作为贾宝玉是影射康熙朝废太子胤礽的理由，因为太子之位也是与生俱来的，口含玉为一"国"字，此简体古已有之，并且，贾宝玉住大观园怡红快绿，也与太子后宫佳丽众多相同。二人排行都是老二……我有些头大，他或许有道理，但与文学已经扯得远了，另有一稿探讨究竟谁最可能把玉塞入宝玉口中，又是侦探模式，所以我赶紧打住，恕不奉陪下去！

烟火气里的战斗青春

——何文其人其文印象

我是先认识何文，再读到他的小说的。

20世纪90年代初，文学的黄金期行将落幕，我和一帮同龄人开始小说之旅，某种程度上也算赶了个晚集。当时，还有一些定期笔会，我也因此认识了省作协的工作人员何文。那时候并不知道何文会写小说，只把他当成一个笔会的组织者。

何文长得很像陈佩斯，尤其年轻时，鹰钩鼻，自然留长的鬓发，很自然就联想到还不及变胖的"陈小二"。及至我因为写作而调入文联，与何文成为同事，才发觉何文不仅外貌有趣，内心也丰富异常。因为这篇文章，我想起了许多与何文有关的趣事，比如他坚决不学电脑，不用手机。前者只是自己的事，后者却要连累他人。有一年中国作协在贵阳颁"骏马奖"，身为东道的省作协，独独何文一人无法联系，领导急了，不得不勒令他立马配一部。何文不知从哪儿借来一部手机，会期一过，又还复原来，他的话，太麻烦啦！何文即使不是我平生所遇最传奇的人，也算得上特立独行！

何文另一个醒目的特征是他的吃相。他有一副好胃口，不仅食量大，吃起来还吧唧有声，有人替他记数，有一次某地笔会，何文早餐共吃掉了主办者两碗牛肉粉，一碗馄饨，外加两个鸡蛋，一大杯牛奶。这份对食物的热情常常会感染到他的同桌。我们私以为何文的激情，应当是他当知青留下的后遗症，因为他在当知青时常常饿饭，何文说那时最高兴的事就是街上死人了，因为"甑子一开，不请自来"。虽然我们较他年轻十岁，但对食物的热情还是要自愧不如。

酒足饭饱后，何文的声线立马加大，说什么事都言之凿凿，仿佛此时有了垫底，也有了气魄。比如某地某事如何，旁人说来总似商量，何文一说，却如板上钉钉。我的印象，何文骂起人总是痛快淋漓的，所以最好不要得罪他。

我啰唆了一段何文的逸事，是想说何文的小说写作究竟还是应了古人的话，文如其人。讲一点何文的事迹，虽然不搞索隐，对理解何文的作品不无裨益。

读何文的小说，如见其人，文字耿直爽利，情节跳脱传奇。韩东当年在《芙蓉》组稿时，就上过类似的当，据此认定何文是个70后，向他索要照片，一看简历方才作罢。据说早年何文也尝试过抒情，行文也很书面，原因是把喜欢的蒲宁等作家作为范本，但不知为何总是隔靴搔痒，不得要领。有一次前《山花》副主编黄祖康先生点拨，"一定要写自己的东西！"谁知这句平常话，却在何文这儿振聋发聩，立马有了验相。他恍然自己跟风不对，于是闭门数日，很快就有了发轫之作《前程似锦》。

这篇小说虽然在业内影响不大，但熟悉何文的朋友却以为翻天巨变。我也是看了这篇小说，才开始关注何文。《前程似锦》是地道的贵州小说，除了行文中满布的方言，人物的性情，行为方式乃至举心动念都是蠢蠢欲动的贵州小人物的缩影。我佩服何文精准的描述，如爬山虎一样丝丝入扣，而对人物的内心脉动则像他豢养的动物，全部一网打尽。等我再看到《岔路》《老爸贵干》，又深为何文的执着，不为利益驱动的平常心所感动，便利用朋友关系，四处介绍。惜乎那些名刊编辑大多被何文的方言限制，理解成了问题。

我常说国内写小说的作家，用的方言最多的两个人，一个是曹乃谦，一个就是何文。曹乃谦现在有诺奖评委马悦然马博士撑腰，别人只有迁就的份儿，何文没这样的靠山，寂寞是当然的。

何文最独特的人生阅历就是下乡当过知青的那段时间，但此知青已非《这是一片神奇的土地》《今夜有暴风雪》里的正经知青。何文当的知青姑名"后知青"，这些人不再务农（据说一年收成才几斤谷子），因为无法维持生计，他们不得不走街串巷，到处游走，四处打秋风，外加坑蒙拐骗。这是何文对底层生活景况体会最深的一段时间，也是他对各种骗术伎俩领略，甚至烂熟于心的时候。或许我们要感谢这段苦难，它多少有些高尔基在伏尔加河上流浪的影子，于是我们能够看到这些快心的故事，各色鲜活的小人物。但我仍要提醒一下，这些人物可能仅仅只是何文的趣味所在，而非他的人生必然。这句话绝非多余，很多人还是习惯把作者与主人翁等同起来，以为这就是作者的历史，当然这种效果也从侧面说明，何文的小说是何等的"真实"。

何文的小说几乎通常都有一个模式，它的核通常很简单，人物一男一女，至多两男一女，两男中也有强男与弱男之分，他们大多很年轻，最大也不超过三十岁。故事背景与外界是独立的，航班停运的小岛，一家低档次、伸手不见五指的乡村旅店，再不就是破烂却井井有条的百姓家。时间也多数选在幽暗、恍如梦境的晚上。

事情通常由弱男挑起，由于力比多的作用，他靠近那个为他吸引且浑身散发母性的女性，企图占点小便宜，或者仅仅要点温暖。女人则拿腔拿调、装模作样，如有强男在场，则会被挑唆，让弱男吃一些身体上的亏……

写到这儿，我忽然又想起何文早期也走过情感路线，为什么现在他的小说里，感情因素已经被肢解得几近为零？全然已被欲望，和欲望的战斗所替代，难道说何文的理解中的情感交流已经是一种战斗？而文中女性虽也妖娆风流，却多半势利成性，近乎迂痴……我不忍想下去，是什么在促使何文在执意这种重复？

弱男于是使出浑身解数，不停地抖机灵，利用各种场景，制造麻烦，制造惩罚，惩罚强男，也惩罚痴女。泼水湿衣服，衣服丢到外面雨棚是何文爱用的细节（包括一些方言的使用，我曾经提醒过，但对这些何文基本是不听的）。如果抽出何文小说的一个模式，那就是战斗，抽出其中的一个词，就是惩罚。这是智力较量，智力的胜利，"劳心者制人，劳力者制于人。"这句古训在何文的小说中获得隆重的体现。当然这种胜利是何文给予的，所以与其说是弱男的胜利，还不如说是何文自己的胜利。当然，奖励通常又很吝啬，胜利者弱男仍然会与痴女分道扬镳，且常常一无所获……

有一段时间，国内忽然间时兴起所谓的底层关怀，进而有人提出所谓的底层写作，作家们纷纷把注意力投射到拾荒者、乞丐、流浪汉、妓女等弱势群体，最后再给予他们以同情心，留下一个亮色的尾巴。这种风气愈演愈烈，连一些大作家也不能免俗，纷纷为关怀生拉活扯，强编硬造，评论家李敬泽在一次发言中不得不提醒，"至少你不要这么轻易地就'关怀'了！"

但我想，如果真有所谓的底层关怀，那也应当是何文式的。至少他的眼光不是俯视，而是平等，是参与其中，感同身受，同喜同悲的。我想以何文的阅历和能力，找几个苦情故事，写几个苦难作品应当并无难度，难能可贵的是，他没有走这条讨巧的路线，而是全然听凭自己内心的需要，创造一个全新的心灵世界。当然那个世界的尺度是非常规的，那些人物，似乎生来就是灰暗、贪婪、恶俗的族类，注定就要来挑战我们的道德底线和承受力。

我曾经和一位老师讨论过何文的小说，当时下过这样的结论："一百年后，贵州能剩下的大概就是何文的小说！"当时这么说可能发过一点狠心，现在回想，这是我的真实感受，我愿意为这句话负责任。

小说作坊栏目中的几篇小说，不仅是何文作品的一次汇总，也是他写作秘密的一次展示，当然，我们也可从中看到作者刻意的求变，以及这些篇什之间某种微妙的递进。至少在我看来，何文的小说又有了进步。比如《人相》，虽然延用弱男智斗痴女的套路，但小说情节更见起伏跌宕，方言的运用也更为传神准确，尤其是，结尾处陡现峥嵘，似神来之笔。小吃店的老板竟然就是七点半上床，行动不便的叔叔！痴女更对叔叔言，我没有背叛你吧？这一次是弱男受到的是"叔叔"的惩罚。打个比方，就好比铁砂掌高手，一路刚猛的拳路里忽然间有了一股柔劲。《人相》也因为这个意外，忽然有了一种寓言气质。何文化实为虚，让这个故事猛然间有了一个大背景……

有一点何文是没变的，他仍然酷爱战斗，酷爱青春，这两样和起来就是一个红尘世界。《另一边》虽然写了一个貌似老知青故地重游，与情人重叙旧好的故事，但何文的重心，显然还是想探讨同行的侄子，和姨父两代人对此事由于认知不同造成的那层紧张。叙述者"我"应当不满二十岁。中间有我们熟悉的各种小伎俩，也有何文喜欢的、不时出现的讨价还价，但这些都在末尾"我"内心升起的疑惑中，消失得无影无踪，"我"显然赞同姨父离婚，但他走向新生活的努力，为什么在结尾全部化为乌有？读到此处至少我同叙述者一样都有些无名的感伤。

"百炼钢化绕指柔"，何文的小说较之过去，已获得某种难得的灵动，这种悄然发生的进步，应当引起何文小说的爱好者，以及专门从事贵州小说研究的朋友们足够的重视。

黄冰情感小说小议

这应当是我平生的第一篇序言了。从前，没给自己写过，求上门的几个朋友也以种种理由打发走，在我看来，能给别人写序的人非具年资即有德望，我两样不沾，到黄冰这里，这两样都成不了拒绝的理由。

其实，我与黄冰没什么太深的交情，虽然我们认识得早，但多数的来往都夹杂在早年与众文学青年窜访的大场面，话题都是开放的、公共的，我们可能连几句像样的私聊都没有。早年她以画名，故调入一家杂志社做了美编，又因为这是本文学期刊，耳濡目染之下，顺理成章地做起了小说。环境于人的影响可见一斑。

值得一说的是，后来我也有幸进了这家杂志。不久，就发生一事，令我至今难忘，与黄冰有关系。当时，我们办公大楼呈任意出入的开放状态，时常有人借售货、买废报纸为名，乘无人时将办公室里的财物顺手牵羊，我的一位同事刚被打劫，所以当我发现自己的书包不在，第一个反应也是遇到贼啦，办公室一阵忙乱，我也急忙下楼寻找线索，等我再回来，书包已赫然放在桌上，原来是黄冰的玩笑，她把书包藏起来，为的是看我的反应，我的"心理素质"如何？

我哭笑不得。如果换任何一人我都不会吃惊，但因为是黄冰的举动显得有些出格了，至少这一点与我对她平日的印象不太吻合，因此这件事让我更多的感触是意外，从此我得出一个结论，我不能凭借一个人相貌去判断一个人，也不能静态地定义一个人的性情。我感叹，世界原比我想象的要丰富。这些本来在书里不知重复多少遍的陈词滥调，我却在生活中头一次这么强烈地体会。

不过，有了这件事，别的就不再是意外了，比如小说。

前面说黄冰写小说是顺理成章的事，那么她的文字也一如我想象的那样绵密、锦绣，不仅没有学生腔，其晓畅的程度可能一些男作家都会因为自己"粗鄙"而脸红，我奇怪的是她的小说竟能从一开始就会有一种如梦如幻的轻灵，尽管也有些单薄。这便是发表在《上海文学》的《钟声》，黄冰的处女作，起点不可谓不高。它还给我一种感觉，作者天生就应该写小说的。

自然还是有了意外。一次无准备的情况下看到《花溪》增刊，上面有一篇小说叫《像天使一样》，读罢倒吸口凉气，这个小说写了一个贞节受到质疑的女人，最后不知出于心态失衡或者抗争，变得像一个妓女，并惨烈地死去，作者就是我认识的那个黄冰？这么悲愤而决绝，几乎可以说毫不留情。应当好多年，我保留的黄冰小说的印象就是以其为基调的。终于有机会我们坐在一起谈小说，说起20世纪60年代，说起朱文的《我爱美元》里的"我"引领父亲去召妓，还有《像天使一样》像妓女一样死去的冯小春。黄冰这么回答，写小说就是要六亲不认的！我沉默，有点甘拜下风的意思。

这并不是个别的例子，因此不是意外，比如《国王的姿势》《一枚硬币》，女主人公不乏可爱，尽管让生活割裂得琐碎，却仍有梦想，她要求不高，偏偏这最后一根稻草也被作者夺去！

在黄冰小说中《他者》《期待》《误入》无疑是压卷，几乎可以作为短篇小说的范例。合乎张爱玲关于好小说的说法："平淡、自然"。和她其余写婚恋的小说一样，它们也是作者自身经验在某个特定情境的投影，情爱此时已如明日黄花，婚恋已然深陷疲乏，情感的战场上，意犹未尽的女人不仅物欲，也是足智多谋的，她对生活总有一些小小的不甘，而此时她的对手，情感战场的另一位主角，男人却萎靡而麻木……生活自然是千姿百态，结局也不尽相同，有的选择了出离，有的则选择了回归。作者此时分明像位演员，在不同的角色中尽职尽兴地体验，我仿佛看到这样一个画面。这是电影《法国中尉的女人》开场的一幕：

美国演员梅丽尔斯特里普，从片场，一堆机器，各种道具中间款款而行，镜头的摇动，让我们看到她与导演道别，然后缓缓走上了海堤。这时我们会发现，就在镜头继续地推移中，影片已经不在记录现实，随之演员梅丽尔斯特里普消失，另一个女人，那个法国中尉的女人携带着她一生的故事诞生了。

郑汉诗歌集小序

我和郑汉曾经是同事，20 世纪 80 年代末，我们前后一年，脚挨脚进了一所号码中学。我教地理，他教政治，本是两不相干的专业，我们却在学校百十来号人中成为好朋友。

这里要说的是我们成为好朋友，或者说和当年的谢某人结交有多么不易，首先我们入校的缘由不同，郑汉是正经师范，学为所用；我却是改弦更张，用非所长，这也让我看起来更加抵触。当时人民教师地位之低是难以用言辞形容的，应届生，包括师范专业都没有人去，这只苦了我们这种没什么背景的草根百姓，我被父亲领着在大街上跑了整整一个月的"分配"，毫无结果，遂俯首认命。

可能这个原因我把气都撒到了学校，我感时伤生，哀叹命运的多舛及不公，领导奈何不了我，学生奈何不了我，不能说没有一点教学激情与责任，也没有一丁点教学效果，可那一定是起伏的，过山车式的，随心所欲的，最要命的，我感觉自己把自己封闭起来，我和过去的生活一刀两断，老死不相往来。我抱残守缺活在了当下，活在我那间当时处在教学楼一隅的小屋里。

回头看那间小屋里，承载了那么多属于那个年级的嗟叹吟哦，那么多的愤懑难平，自然还有爱恨交集，它们不可调和又无力排遣，每每于夜后，学校陡然消失，教学楼成了一个巨大的独门院落，东山的圆月初升之时，我把自己比作一个在旅途中困蹇的古人。

有一天，它又迎来了一名客人。就是郑汉。听说你在写小说？

来者帅气干练，精神抖擞，头发微黄而卷，后来我注意到他嘴唇似乎永远是湿润的，如《西游记》里的红孩儿，我还想起我们的团支部书记。我们的差别就这么明显，身处于两个极端，我的一切都是他的反面。

我对这种关注心怀感激，或许说，我一直是期望这种关注的。遗憾的是我周围是个巨大的世俗世界，我们互相排斥，互不相容也绝不原谅。

那天我说了一年来最多的话，我们都聊了什么，不记得了，无非文学人生，三毛、席慕蓉，还有先锋的余华、苏童、格非。我们的文学观都不是中文系教出来的，都是由发自内心的热爱整理而成，这时我也知道郑汉写诗。此后，我们仍然聊这些，上课之前，放学之后，甚至课间十分钟，聊一聊时事观感，一本新书的阅后，或者就是听他念一首他新近完成的诗句。

郑汉对我的认可绝对不是敷衍，尤其当他把我介绍给他的父亲那一刻起我确定他的认真，老人家（当时还是位中年人）郑重其事地跟我聊了一席话，劝我看开，往远处看，你这么有才以后会好的，风物长宜放眼量嘛，我受宠若惊，几乎当场落泪，当时的处境的确还没有哪位长辈这么深切地体察并慰问。

其实我们在那所号码中学的时间都不长，郑汉先走的，他调往电视台，而我总是偏激的，私下里认为这是有个好父亲的缘故（后来才知道不是这样）。郑汉的走对我是个强刺激，我愈发孤立，于是以破釜沉舟之心办了停薪留职，去北京做了北漂……自然，最终我靠着一支笔也离开了学校。

这期间我们有过一次偶遇，他对我个人问题的态度是批判的，严重得令我久久不能释怀。这之后便是十多年的两不相知，"十年生死两茫茫"，以此形容可能言重了，毕竟他在报上还是会读到我的消息，看到我的作品。而我，每次经过广电中心大楼总会下意识地抬头，心里想的是这上面有个朋友的……

十年后的重逢，我们聊得最多的自然是他的父亲。老先生年龄不大，却在六年前刚退休不久，因病去世。我想起我们的那段不长的对话，又想起同样在盛年过世的母亲，我们两家有很多的相像，至亲离开时都给我们足够的暗示，不可解，聊起这些话题让人痛心，尤其，我感觉这次离别对郑汉的巨大影响，他应当还在其阴影之下，无法出离。"那年满怀的凄风苦雨，那年阖家的凄惶无助，永远在心空飘不去。父亲的耿直率真，他的热情豪爽，他的诙谐风趣，他的迂介固执……这一切都留在了虚空的记忆里。"而下面的句子则透露了郑汉对父亲的依恋，以及对"父爱"的认识：横陈的门／一如你饱含况味无言的苛责／渴望完全进入你的血脉／让父性的刚强融化我的孱弱……

我想起我在母亲过世写过的一句话，"虽然我知道那一天终将到来，但人生的终结由死亡来将我们分开，是一件多么遗憾的事！"我拿出来与郑汉分享，包括我当时的处境，因为有老父，有兄弟姐妹，我担心他们比自己要多，于是自己的哀痛就再也提不起来。

那天郑汉带来了他这些年陆陆续续写的诗，他走后，我一直在读。关于诗，我一向不擅长，也不懂，因为从未写过，偶然的阅读也谈不上鉴赏。不是更有人说嘛，"小说家喜欢的都是三流诗人"。

于这些诗我不打算多说什么，喜欢也好，不喜欢也好，它们都曾经伴过郑汉，成为他生命流程的见证、心灵的慰藉，关于人生、命运，还有什么比它们更好的诠释呢？我自己也会把它们保留下来，作为某段记忆的一部分，加以珍藏。

当爱已沧桑

假如由我来做一个最喜欢女歌手的排行榜，蔡琴大致可以排在第三位。其余的应当还有王菲、苏芮、朱哲琴等。蔡琴应当算其中最陌生的，因为我没有她的任何资讯，她的年龄，出道的时间，以及明星最重要也是最诱惑人的各种绯闻我都一无所知，好像只有歌了，但她的歌也不是一并收齐，而是燕子衔泥般囤积，慢慢才有了今天的规模，但这似乎仍不能解释蔡琴为什么能占据今天这个位置。

其实，蔡琴的歌我也并不常听，备在手边，也好像在等一个时机，好像总在夜深人静，如果心里忽然间有些空洞，有些怅惘，久远的回忆涌上心头。那么，我知道听蔡琴的时刻到了，于是去泡一杯新茶，握在手里静静细听。

年轻时不喜欢蔡琴的声音，也并非不喜欢，是她进不来，我的心里尚有火爆，尚有热烈的青春，那种炽热组成的不甘心，节律需要强烈、劲霸，比如拳击手重创对手，也渴望对手的迎头一击，总之是一些带血性的东西，一些喊叫，彼此呼应，再彼此撕咬，不想停下来，也无法停下来……

　　但所有的感受都会像季节一样轮回，再强烈的震撼也有腻烦的时候，于是这时，在那些被暴力破坏的边缘，一些仿佛失聪的地带隐隐响起一段柔声："某年某月的某一天，就像一张破碎的脸……"为什么用破碎的脸来形容分手时刻？忽然间又懂了，那一天就该是破碎的。这首歌听很多人唱过，我自己也唱过，都似乎不曾破碎，都是少年不识愁滋味，只有蔡琴唱出了"破碎"。

　　于是更多的蔡琴进来了，"像一阵细雨洒落我心底／那感觉如此神秘／我不禁抬起头看着你／而你并不露痕迹"。蔡琴的歌大多很平淡，多半也像同时代的作品，不以惊世骇俗为目的，歌词也是描述性的，旋律多清逸的民歌风味。

　　我常常把徐小凤和蔡琴放在一起共赏，除了她们的音质，还因为她们唱过许多相同的曲目。比如《明月千里寄相思》《南屏晚钟》《不了情》，但她们又绝对是不可以重叠，可以被对方所替代，徐小凤的华丽、戏剧感，使我想起繁花似锦的舞台，而蔡琴却犹如一位老友，用低沉的嗓音述说往事，因此某种意义上我觉得蔡琴离我们更近。

　　的确，蔡琴的歌都像在追溯，无论是得而复失，还是失而复得，她永远都在事后，用声音进行回望，这或者就是一种经历，以及经历后不惊不怖的淡定，其实蔡琴的歌有些用险的，因为这种"淡"既可以理解成绚烂至极，也可能失之"简陋"，还好，这背后有经历的底子，不慌不忙，心怀感激，这其实就是一种度，一种不哀怨，一种实在的把持。《我相信你是真的》应当是最好的诠释了，蔡琴对人生对音乐的理解全在这里头，这也是我最喜欢的一首歌："还是相信你是真心的／努力到最后一秒前／可惜爱情是种感觉难免会变……"

　　承认美好，接受改变。

　　蔡琴用一种厚道温暖着她自己，也温暖着我们。

误读记

（下）

《牯岭街少年杀人事件》: 宏大背景下的小事件

英文名：A Brighter Summer Day（1991 年）

导演：杨德昌

主演：张震　杨静怡　张国柱　王启赞　林鸿铭　金燕玲

制片国家／地区：中国台湾

如果要在华语影坛选一位有大师气象的导演，从前我一定觉得有难度，因为细数过去，不是厚度不足，就是硬度不够，大师需要举重若轻的，但反过来，也要举轻若重，总之不能老搞一些驾轻就熟的东西。

一个偶然的机会，我看到了《牯岭街少年杀人事件》，知道了杨德昌，于是立马觉得此人不俗，尽管《牯岭街少年杀人事件》片名生硬，片长四个小时，本人差不多看了足足四五天，其间还不免心烦意乱，但结束时，还是有种大满足，心里的震撼难以言表。自然，仅凭一部电影即遑论大师，可能失之草率，但我仍然坚持，这个叫杨德昌的是华语电影不可替代的人物。

　　杨德昌让我想起拉美的大作家略萨，我也不知道，他们为什么都喜欢一个故事讲得这么繁复，总要多条线索齐头并进，作者不容易把握，受众也很费精神，这种方法是极不讨巧的……当然，最终我也说不清自己记住了什么，又从这部电影得到了什么，也许仅仅是对片言只语有感触，那个外号小四的，原来就是后来的张震，我看过他的《卧虎藏龙》《吴清源》，尤其后者，称赏不已，而且片中的小四就叫张震。算一算时间，影片展示的是台湾的白色时间，还是蒋家的天下，反攻大陆的背景，不时会有坦克、军车在画面中隆隆而过，这个氛围最适于生孩子，因为压力下的人的生殖力超常，小四家四五个兄弟姐妹，父亲独独器重他，虽然小四只是个夜校生（相当于我们的普通学校吧），但也不惜到学校为他请命。同学中也有几个关系不错的死党，他的二哥，更是宁愿替他挨打受骂，也不供出他偷手表的事，几乎所有人都待他好，他却偏选择杀人！

　　都觉得不该，就在小四杀那个可爱的女孩小明时，相信所有的人都会觉得不该，这应当是个错误，因为按约定，他是打算和朋友翻脸，他觉得女孩堕落了，他要阻止这种堕落，杀掉女孩成了最好的办法……电影里我印象最深的倒是那个强尼，"小公园帮"的老大，在电影里出现时，他已经从台南避祸回来。这个人有些啰唆的，也有些喜欢显摆，贵阳话有点"装魁"。最后，一个人去演唱会现场单挑，不幸丧命。他的死自然也让人惋惜。强尼叙述他在台南时，由于人生地不熟，每天要读十几本武侠小说。他说他印象最深的是其中一本：有个人，全城的人都跑光了，他却一个人去堵拿破仑，这本书叫《战争与和平》，我就是这时候看进去的。《战争与和平》，从一个小流氓的口中带出竟有几分滑稽的肃穆，那一愣神，竟有些伤感，不知道是为了托尔斯泰，还是一个将死的小流氓，抑或我每天身处其间，要死不活挣扎中的纯文学？一部电影能带来这么多感慨，我想它应当已经在"营利"了。

《征婚启事》：阅人无数的经历

英文名：The Personals（1998 年）

导演：陈国富

主演：刘若英　王朝明　伍佰　顾宝明　金士杰

制片国家 / 地区：中国台湾

　　我因为《双瞳》的缘故有兴趣多了解一下台湾的陈国富导演，起初以为《征婚启事》是处女作，但看下来似乎不是，是 20 世纪 90 年代末期的作品，某种程度上已经相当成熟了。

　　刘若英饰演的眼科医师辞了职，在报纸刊出一则征婚启事，然后就专心地候选未婚夫。很多人见到她都大吃一惊，因为传统观念中，一个女人落到需要征婚的程度，大致应当是现今所谓的"剩女"，于是都会问，为什么要征婚？这其实也是观众的问题，吴医师于是说，想在以前的环境外找对象……那这个吴医师的以前究竟发生了什么？但这个疑问很快被吴医师不断会见的对象所冲淡。导演显然老于世故，对今天的各种行业、各种适业人群，包括他们的个性与面相都颇有心得，于是我们也能像吴医师一样，在极短的时间内阅历台北的各色人物，从工人、保险业务、导游到公司里低级领导、防身用具推销员，包括皮条客、演员都似乎想来见识一下这个不考虑对方经济年龄的女性，甚至母亲带着儿子，儿子带着父亲前来相亲，真可谓五花八门，也是在这个准喜剧的氛围中，吴医师的内心才被一步步披露。

一开始就有人认定漂亮安静的吴医师在逃避什么，这个疑问虽不停被她否认，但很快我们从吴医师的日记、电话中感觉到（她每天都要打一个神秘电话，虽然对方是录音电话，但她还是会喋喋不休），这些片断中我们陆续知道了双方应是情侣关系，有过小孩（已被吴医师自己做掉）。可以看出，对方虽不露面，但对吴医师的生活都影响巨大，她实际也是想通过征婚的方式来摆脱这种影响。

终于，最后一位朋友出现，他是一个盲人，他拆穿杜医师其实不姓吴而姓杜，"吴"其实就是她前男友的姓。杜医师为什么要姓"吴"？真相就这么裸露出来。吴医师自己也觉得不胜压力，表面上她每天见不少人，见不少风景，其实这些人却把隐私、秘密毫无保留地袒露出来，让一个没有征婚诚意的人不胜其烦。她打算不再见他们……对着电话，杜医师重复着以往的唠叨，这一次奇迹却发生了，一百年没有人接的电话终于通了！而且是她前男友的太太！更惊人的是对方告诉她，吴先生已经在不久前的一次空难中丧生……

这个结果接在一个貌似喜剧的电影结尾，是有些残忍的，也许编剧导演都没有找到一个更好的结局，不得不利用一下死亡。但我还是想说，这个故事在一个俗套中发现了新意，更主要的，台湾有一批极好的演员，三五分钟就可以让一个人物立起来。最后，杜医师见过的那些征婚对象——闪现，喻示着她虽然有许多磨难，但还是会勇敢地面对未来。

《爱情的牙齿》：爱的痛点

英文名：Teeth of Love（2006 年）

导演：庄宇新

主演：颜丙燕　李洪涛　李乃文

制片国家 / 地区：中国大陆

　　我个人很迷恋"文革"作品，尤其讲述"大院里孩子"成长的故事，总愿意找来"体验"。当然，影视作品如果以《阳光灿烂的日子》为标尺，还是会显出这样或那样的缺憾，因此对它们我有一种特殊的宽容，底线是只要氛围造够了，我就满足。《爱情的牙齿》就是这样一部作品，尽管它只是沾了点边，我还是难免有种稀里糊涂的喜欢。

　　电影是个典型的三段式组合，第一段应当发生在"文革"末期，钱叶红在学校是一群姐们的头，因为爽朗干练，常领着部下与别的胡同的孩子打架，那年头于风化都有种近乎天然地仇视，于是树新风也成为她们的课间内容。有一次，一个男生为她写了一封情书，钱叶红毫无顾忌地在教室里宣读，男生急怒之下，用红砖拍伤了她的后背，而且他宁愿弄伤自己的脚也拒不道歉。男孩的倔强，反而引来钱叶红的好奇，她感到一种类似野草滋长的东西在心底萌生，可惜，就在不久，男孩因为意外而丧生，她后背上因砖伤不时而起的疼痛也成了那段朦胧情感唯一的馈赠……

不久，钱叶红考上了医科大学。在医院实习时，遇到了一位北京同乡。交往中，两人也由医患关系升级为情侣。但这位叫老孟的中年人已有家室，两人的感情自然也难有结果，并且他们的鱼水之欢也很快因钱叶红怀孕而告终。迫于情势，钱叶红决定在老孟家把孩子打下来。打胎这段戏自然痛苦、惨烈，印象中似乎还没有哪部电影将过程陈列得如此详尽，加之老孟老婆随时回家的压力，也让这个过程悬念迭生，但这还仅仅是这段婚外情给钱叶红的身体的伤害……

打胎最终还是暴露了。钱叶红为了保护老孟把罪名都揽到自己身上，与她不同的是，老孟则把问题都推到她的身上，也许这种不负责任，才是钱叶红精神剧痛的来源。

电影的第三段则围绕钱叶红的婚姻展开。与前两段相比，第三段的婚姻故事，显得苍白而乏味，缺少有力度的展示，钱叶红也行如梦游，性情也没有在前两段的基础上发生某种递进。夫妇俩就离婚暧昧、纠结的对话，以及丈夫最后将自己牙齿作为纪念品拔出，都显得突然而矫情，大概也是为了呼应前两段的疼痛而强补的第三痛吧。总的来说，电影在与现实越近的时候，就越显得软弱、迷茫，或许编导也不能对现实提出有力的质疑，故只能在做作中结束全片。

《爱情是狗娘》：都是爱情惹的祸

英文名：Love is Bitch（2000 年）

导演：亚利桑德罗·冈萨雷斯·伊纳里多

演员：盖尔·加西亚·贝纳尔　艾德里安娜·巴拉扎　达哥波托·伽玛

制片国家 / 地区：墨西哥

当然，首先要解释一下片名，《爱情是狗娘》可能并不恰当，如果从英文理解，原意大致是句骂人的话，表示爱情其实并不存在，所以"爱情是狗屁"或许才更切合影片的意图，但我们尊重约定俗成，仍然称这部墨西哥影片为《爱情是狗娘》。导演用赤裸裸的口吻告诉观众，片中的人物都对爱情有强烈的憧憬，但这恰恰是他们在现实中走投无路的原因……

导演一口气用三个平行的故事来阐述上面的观点，再用一场惨烈的车祸把它们奇妙地串联起来，且三个故事都与狗有关系……

第一个故事：一名叫奥克塔瓦的墨西哥年轻人恋上了自己嫂子

苏珊娜，尤其他哥哥阿米罗的粗暴，更让他对苏珊娜有了爱慕和怜惜的理由，他要拯救她！为了和苏珊娜私奔，奥克塔瓦带着家里一条叫"高飞"的狗参加地下斗狗比赛，赢了不少钱。谁知，就在他们约定私奔的那天，阿米罗和苏珊娜却带着小孩先行离开，消失的自然还有他辛苦攒下的钱。奥克塔瓦气急败坏，在与老对手的最后一场比赛中，对方开枪打伤了"高飞"，奥克塔瓦盛怒之下刺伤对手，接着他开车逃亡，在一个十字路口惨祸不可避免地发生了……

第二个故事：与奥克塔瓦发生撞车的是名模瓦雷里亚，她的情人丹尼尔是时尚杂志总裁。因为瓦雷里亚的介入，丹尼尔选择离开妻子。他们在新买的房子里开始同居，并且以为幸福永远都会与之相伴。不幸的车祸不仅毁掉了瓦雷里亚的腿，她的模特生涯也就此结束，瓦雷里亚受到极大的打击，这时，与瓦雷里亚相依为命的宠物狗"米奇"又掉到地板下，杳无踪迹，这更伤害了瓦雷里亚的情绪，她变得怨气冲天、暴跳如雷，等丹尼尔找到"米奇"时，医生不得不为瓦雷里亚截肢……

第三个故事：流浪汉马丁其实是个杀手，早年他曾为了追求理想，抛弃妻女参加了游击队，出狱后他一直希望得到女儿的原谅，但情怯之下他只能远远地观望。车祸发生时，马丁正准备完成一起暗杀，因为车祸，他忘记了杀人，反而在现场救了一条狗，这就是"高飞"，可惜"高飞"猎杀成性，马丁豢养的数条流浪狗都被它咬死，悲痛之下，马丁也不想再从事伤人之事，他把暗杀对象和指使者放到一起，让他们自行了断，而马丁自己带着"高飞"远走他乡……

导演吉勒莫·阿里加运用了极强的镜头感，富于韵律的节奏把三个基本平行的故事，奇妙地串联在一起，使我们深信这就是一个真实的墨西哥社会生活的画卷。

《肮脏甜蜜的事》：生活在别处

英文名：Dirty Pretty Things（2002 年）

导演：斯蒂芬·弗瑞尔斯

主演：奥黛丽·多杜　切瓦特·埃加福特

制片国家 / 地区：美国

　　相信很多人都是在看了《北京人在纽约》之后才对国人的海外生活有所了解的，当然这部红极一时的"中国人奋斗史"也掀起了一股移民潮，很多人都相信自己就是下一个王起明，只要越过那一片海水，他就能得到成功。

　　自然，这种"生活在别处"的幻想也非中国人独有，人往高处走，水往低处流，任何一个国度都可能有别具个性的奋斗史，但其中，移民无疑是最通行，也最具成效的一种国际方式。

　　《肮脏甜蜜的事》在伦敦国际机场拉开大幕颇具象征意义。主人公欧文来自尼日利亚，是个非法移民，唯其如此，他才能敏锐地发现那些外来者的需求。但很快我们就会发现，欧文还有份兼职，晚上他在一家低级旅馆当前台。算一算，他几乎没有休息的时间，除了嚼食一种刺激神经的植物，每天能让他安息片刻的地方就女服务员申妮家的沙发。申妮上班的时候，他可以去睡一会儿。

但这位土耳其姑娘也活得和欧文一样心惊肉跳，因为她在英国停留是为了申请政治避难，于是她不能工作，并且不能将房子租借他人。同欧文一样，移民局的无所不入的侦探也是她的敌人，两人不得不联合起来，彼此掩护，与那些猎犬一样灵敏的警察做斗争……

当然，他们的旅居生活并不是最糟糕的。随着欧文对那家旅馆了解的增多，他也意外地发现一个惊人的秘密：老板斯尼基利用旅馆做掩护，正在从事倒卖人体器官的非法交易。他的牟利对象就是那些来自亚非第三世界国家的非法移民，通常在他的旅馆，简易的手术台上交出自己的一枚肾，作为交换，这个人也可以相应地获得一本仿真度极高的护照，成了一名英国人或者美国人。

作为正义的一方，欧文怒斥了老板斯尼基的贪婪与对他人人身的掠夺，但他只是一个小人物，仰人鼻息的服务生，更是一名有案在身的偷渡客。因此当斯尼基知道他的真实身份，尤其是一名外科医生，于是逼迫他加入自己的团伙……

影片的最后，故事演变成斯尼基与欧文、申妮的斗争。因为此时的斯尼基不仅夺去了申妮的贞节，还要剥夺她的一枚肾。自然他没有成功，而作为故事的反派，他倒成了下一笔非法交易的肾源……斯尼基对自己的"事业"有一套快乐理论，自然，他也成了这个快乐流程中的牺牲品。斯尼基显然是导演着力的人物，他贪婪、无情，却也诙谐、坦白，总之还算是有趣，这一个人，最后导演让他来为资本主义买单，你还是会为他不忍心，或许这是这部电影失算的地方。

《不准掉头》：美国噩梦

英文名：U-Turn（1997 年）

导演：奥利弗·斯通

主演：西恩·潘　尼克·诺特　詹妮弗·洛佩兹

制片国家／地区：美国

这是霉运连连的浪荡子鲍比的美国梦，因为是噩梦，是我们惯常熟悉的美国梦的反面，所以戏之为"美国噩梦"。

影片开头，鲍比先生就被凶狠的债主绞去了两根手指，为了保全剩余的手指，他不得不星夜兼程，赶往拉斯维加斯偿还债务。影片说的就是他途经亚利桑那州一个小镇的经历，事实上，鲍比最终也没能离开这座小镇，鲍比发现他的噩梦其实是从小镇开始的……

关于厄运，中国人有塞翁失马、焉知非福的说法，一方面中国人达观，另一方面也因为好运霉运总是夹杂而来，像鲍比这样霉到底的，生活中可能也是仅见。

鲍比停留是因为他老爷车的散热器坏了，于是他见到了小镇唯一的修理工戴尔。戴尔一口烂牙，张口就漫天要价，怪异的服装特意把肚脐翻露出来。如果奸商到处都有，那么接下来一对疯狂恋人的纠缠就让人有些匪夷所思了。女的为了挑起男方的嫉妒，一见面就声称要跟鲍比走，男方自然气急败坏地要与鲍比单挑，接着，鲍比厄运的核心部分，神秘美女格雷斯出现了。鲍比跟她回到家中，正在不清不楚地暧昧之时，格雷斯的丈夫杰克冲了进来。鲍比被一顿痛打，但正当他昏昏沉沉走在戈壁的烈日下，杰克却意外地出现，并问他要不要搭车，更让他意外的是，疯狂的杰克问他想不想把他不忠的妻子干掉？……

　　前面，鲍比没有经济问题，但很快他就要面临这样的窘境，他购物时遇到了劫匪，随身携带的现金被子弹打成碎片。他去取车时，又被漫天要价的修理工吓了回来，等他用身上最后的钱买了一张离开小镇的巴士票，却再次遇到那对形迹古怪的情人，他的票也被醋意十足的男孩吞进肚里。鲍比发觉他不得不去成为杰克计划中的棋子，问题是，等他接近格雷斯，这位沙漠美女竟然也诱惑他杀夫，然后答应他带着财产一起远走高飞。

　　杀人过程一波三折，重要的是，他们互相出卖，最后虽然杀死杰克，却再难以获得信任，等象征小镇秩序的警察出现时，这个道貌岸然的家伙更是让这个岌岌可危的组合立时瓦解。格雷斯亲手把鲍比推下山崖，但让人意外的，最后活下来的却是这个被子弹击中，摔断牙床的外来客。鲍比鲜血淋漓地靠在车座上，他瘪着嘴，告诉自己，包括观众，今天的运气实在不错！

　　导演奥利弗·斯通一反惯常的写实风格，将一个近乎梦魇，颇具寓言色彩的故事呈献给我们。在我看来，这个故事很有实验性，或许奥利弗·斯通想在一个特定氛围中探讨一下人性恶的可能，当然这种探讨实现的程度还是有限的，尤其影片后半部，一种套路感还是严重地影响了我们的思索，它给我们带来更大的好处是痛快，之后就是飞机降落时那种触地的释然。

《长大成人》：不知所终的白日梦

英文名：THE MAKING OF STEEL（1997 年）

导演：路学长

演员：朱洪茂　殷宗杰　李强　朱洁　田壮壮　罗军　吕丽萍

制片国家 / 地区：中国大陆

每个人有每个人不同的命运，一部电影也同样如此。路学长的电影《长大成人》，大概 1994 年我就得到拍摄的消息，由于故事的年代背景与姜文《阳光灿烂的日子》有几分相似，且都是讲少年成长，两者拍摄时间也很近，因此有可比性。

但《阳光》蜚声海内外，《钢铁是这样炼成的》（《长大成人》原名）却还不停地修改、审查，今天《阳光》早已成为反映文革甚至整个中国电影的经典，又有几个人会知道《长大成人》？一度我甚至以为它早已胎死腹中，谁承想它却成为北影厂 1997 年的正式作品，同年《长大成人》在国内悄无声息地上映，我见到它已经到 2010 年。

　　当然，关于电影的艺术水准还是可以说几句话，平心而论，《长大成人》不如《阳光灿烂的日子》，姜文的电影有王朔名作《动物凶猛》作底子，文学性上是后者不能比拟的，且《阳光灿烂》剧情以长大为结束，后者却将故事拉长，绵延十数年，前面讲"文革"，后面讲改革，准确地说，是 20 世纪 80 年代地下乐队的故事。正常的话，这应当是两部电影的容量。

　　《长大成人》的原名与苏联名著有一定关系，尤其里面朱赫来形象，路学长在自己的电影中也找到了对应，并视其为成长的偶像……如果《长大成人》顺利公映，它与观众见面的时间应当在《头发乱了》《北京的乐与路》之前，也就是说它大概能成为头一部真实反映当年北京地下摇滚乐队生活的电影，并被一些影迷乐迷津津乐道，可惜，从结果看，《长大成人》理念及丰满程度都不及它的"追随者"。

　　也许创作的时间跨度过长，主人公的矛盾性格也与周围不尽合拍，看完后你会有这样的感觉，这个叫周青的人不仅不吸毒，其实也不喜欢摇滚，还不喜欢和女人睡觉，我不知道这是否就是路导理解的理想主义？后半部的确乏善可陈，可以匆匆带过去。

　　尽管这样，我还是觉得这是一部可看的电影，尤其对有"文革"阅历，受过理想主义熏陶，受苏联文学影响巨大，有《钢铁是怎样炼成的》情结的人，大概可以在这部作品中得到某种类似重验的体会。

　　不过，这真是一部充满悲情的电影，无论戏里戏外。我们都知道艺术来源于生活的，可能这个缘故，电影中女主角的扮演者朱洁在影片拍摄的过程中，假戏真做，因吸毒过量而死，年仅 25 岁。

《成为约翰·马尔科维奇》：走别人的路

英文名：Being John Malkovich（1999 年）

导演：斯派克·琼斯

主演：约翰·库萨克　卡梅隆·迪亚兹　凯瑟琳·基娜　约翰·马尔科维奇

制片国家 / 地区：美国

这是部神奇的电影，尤其诞生在好莱坞，我只能说，惊奇之余也让我满怀敬意。至少它纠正了我的一个偏见，美国电影也并非唯票房、唯"大片"是从的，这种实验性，极具冲击力的作品同样可以在商业电影的缝隙里生存。

约翰·马尔科维奇实有其人，美国电影界一位演技派明星，而导演斯派克·琼斯则是名地地道道的新人，据说他们的合作颇富戏剧性，尽管《成为约翰·马尔科维奇》是他的长篇处女作，但仅仅十分钟，他的构思就说服了约翰·马尔科维奇在片中出演自己，事实证明这也是一次成功且快心的合作，而影片也以其无所羁绊的游戏与实验风格成为独立制作的经典。

当然约翰·马尔科维奇并不是主角，男主角克雷格是一位穷困潦倒的木偶剧演员，片头有一段精彩却阴森的木偶戏表演，显露出他先天的控制欲。为了生存，克雷格不得不兼职，他在一幢老写字楼的7楼半找到一份文档管理员的工作。有一天，他意外地在文件柜后找到一扇暗门，并由此离奇地进入了著名演员约翰·马尔科维奇的大脑，并在其中待了十五分钟。他体验了马尔科维奇所经历的一切，窥探到旁人无法察觉的隐私。克雷格立即知道，他要发财了。

最先尝试的是克雷格的妻子，但这段奇迹唤起的却是她占有他人身体的野心，而且她成为约翰·马尔科维奇总没有餍足的时候，于是两夫妻开始争吵打斗，以致最终分崩离析……

当然，这件事最终惊动了马尔科维奇，他愤怒地出现在通道现场，同时他自己也被"成为约翰·马尔科维奇"这个命题所吸引，于是他也想进入通道，并成为马尔科维奇，这无疑也是我们好奇的，一个人如何成为他自己？一个人进入自己的大脑时会看到什么呢？这是双重的肯定！于是，影片进入到最精彩，可能也是电影史上最诡谲的一幕……

事后，我一直在想导演斯派克·琼斯为什么选择约翰·马尔科维奇饰演他自己？也就是说，这部电影动用、使用了明星马尔科维奇的哪些能力？如果是演技，显然，马尔科维奇的表演天赋并没有最充分的发挥。电影中，他的光头扮相，不知是否就是生活中的约翰·马尔科维奇，但在电影中"他"看上去，有些呆滞，眼神也略显色情，这多像一具木偶啊，或许导演就想让约翰·马尔科维奇成为一具木偶，他让所有人都来占有他、控制他，就让约翰·马尔科维奇成为我们和他人世界的桥梁！

《丑闻》：浪子回头金不换

英文名：The Scandal（2004 年）

导演：李在容

主演：李美淑　全度妍　裴勇俊　赵显宰

制片国家／地区：韩国

在我看来，《丑闻》应当是目前见到的最棒的一部韩国片，也是能让人领略到东方神韵的电影，这种电影不可多得。影片无论构图、画面，到服饰、道具，亭台楼阁等诸多细节都给人以雍容考究之感，尤其，影片结尾处女主角一袭红衣在冰面上行走，那背景仿佛一幅巨大的古画，此意境又仿佛《红楼梦》中"落了片白茫茫大地真干净"不能形容。突然间，红点坠入冰窟，整个画面遂成一片白色……故事完成时，巨大的悲怆也在观众心中升起。

当然并不是所有人都愿意正面解读，至少我看到的故事梗概就有不同版本，有人把电影概括为"花花公子如何让贞节女失贞"，这如果不是误读，就是居心不良的诱惑了。

主人公赵元是 18 世纪朝鲜上流社会贵族公子，风流倜傥，颇负才情，暗中与数位闺门有染，他曾将自己的猎艳史籍录成册，其死后这些册页散落民间，遂成丑闻。

赵元对堂姐赵夫人倾慕有加，但堂姐却非轻易就范之人，于是两个醒齬人打赌，如果赵元拿下淑夫人，她才予之"奖励"。哪知淑夫人，一个得过"烈女文"褒奖，守节 9 年的寡妇，内心却并非简单的诱惑就可撼动。于是赵元不得不绞尽脑汁，设计了一个路见不平、拔刀相助的情节，终于接近了这位内敛、静穆的妇人，并顺利地得到了她的芳心……

接下来的一段戏设计得很好，当春心荡漾、情窦再开的淑夫人忘情地奔向自己情人，立在窗边的赵元却意外地矜持，这时，另半扇窗户被缓慢地推开，里面露出赵夫人同样矜持，却洞悉一切的表情。真相出来了，淑夫人转喜为悲……如果故事至此为止，我们会毫不费力地得成类似花花公子玩弄贞节女的结论，但这样的电影显然不值得鉴赏。赵元，这个情场老手，此刻意外地发现自己已经爱上了淑夫人，一个玩笑似的赌约竟然让他找到了真爱！可惜的是他的幡然悔悟和死亡同时而至，淑夫人的弟弟为姐姐讨公道，失手将他杀死，死之前，赵元让自己的马匹将他带到淑夫人面前……

银幕上于是出现了两次忘我的奔赴：一次是赵元，他向着淑夫人，也是他觉悟到的真爱；一次是淑夫人，她在冰原上慢慢地步向死亡，准确地说，是向赵元靠近……淑夫人殉情后，冰面上只留下了她的那条红围巾，让我们不禁叹息：也许在肉的森林或者海洋中，我们终于发现了一点姑且可以命之为真情的东西，它是那些"丑闻"的反面，比任何薄情寡义都来得结实，也更弥足珍贵。

《穿条纹睡衣的男孩》：童真，被扼杀！

英文名：The Boy in the Striped Pyjamas

导演：马克·赫曼

主演：阿沙·巴特菲尔德　维拉·法梅加　大卫·休里斯

制片国家／地区：英国

　　表现二战的电影在我印象中不胜枚举，《穿条纹睡衣的男孩》借孩子的眼睛看世界，用孩子的单纯来丈量成人世界的良心。

　　影片一开始布鲁诺就随着家人离开了柏林，他的父亲，一位纳粹军官升迁了。电影并没有介绍这个新家的特殊性，我们也只是知道它在野外，一个远离文明的地方。

　　布鲁诺十分孤独，因为他没有玩伴，他的周围都是穿纳粹制服的成年人，没有一个孩子。但布鲁诺还是忍不住说出他的发现，他说这个地方真奇怪，那里的人都穿着条纹睡衣！另一个特别是附近一个巨型烟囱里冒出的气味很臭。

　　有一天，布鲁诺违规偷偷跑到集中营，在那里，他发现了一个长相古怪、形如饿鬼的男孩，正用小推车倒碎石。两个孩子立即隔着铁丝网开始热情地攀谈，他们对对方都忍不住羡慕，犹太孩子羡慕布鲁诺的自由，而布鲁诺则羡慕对方有很多人陪伴。这时候，犹太孩子什穆埃尔说起自己祖父母失踪的事，他希望布鲁诺下次来时能给他带一些糖果……

什穆埃尔却很快出现了，他到布鲁诺家擦杯子，他解释自己手小被喊来擦酒杯。布鲁诺想起在铁丝网边答应的事，便从糕点盒里拿了块饼干给他，此时恰好卫兵进来，布鲁诺因为畏惧，否认饼干是自己给的，电影没有表现什穆埃尔被痛打的镜头，但他们下一次见面，同样是铁丝网两边，布鲁诺因为出卖朋友而内疚，他向脸上挂着伤痕的什穆埃尔道歉，而什穆埃尔很大度地原谅了他……

这时布鲁诺对集中营的真相产生了强烈的质疑，因为他恰好偷偷看到纳粹为了宣传，拍摄的一部伪造的纪录片。集中营里有酒吧，有学习有娱乐，犹太人过得像神仙一样无忧无虑……布鲁诺放心了，替他的朋友感到高兴，而且他的父母为他的教育考虑，准备让他离开集中营。

出于对朋友的责任心，布鲁诺准备在他离开前帮什穆埃尔找到父亲。他从铁丝网下钻了过去，还换上了什穆埃尔为他准备的条纹睡衣。

于是我们看到布鲁诺淹没在犹太人中，成了他们，被迫害的人群中的一员。新的一轮屠杀恰好开始，两个孩子被人群挟裹着，即将进入煤气室。布鲁诺喊，酒吧呢？我们去酒吧找找，还有电影院呢？

可怜的孩子不知道这一切是不存在的。相反死亡的大门却准时为他们打开。等布鲁诺的父母赶到时，那扇象征死亡的大门也永远地闭合！

这部电影让我觉得震撼，因为它用最直观的方式，讲了一个童真和友谊被阴谋残暴吞噬的故事，当然它的结尾，可能暗含因果律，东方人看了，痛惜之余，也会有些释然。

《代号杀手 47》：玩家的终极慰藉

英文名：Hitman（2007 年）

导演：泽维尔·杨思

演员：蒂莫西·奥利芬特　多格雷·斯科特　欧嘉·柯瑞寇

制片国家 / 地区：美国

　　首先，《代号杀手 47》是一款产自丹麦，曾经风迷全球，屡获大奖的电脑游戏，也是本人唯一认真玩过的一款游戏。它有多少拥趸，在哪里我们并不知道，但电影《代号杀手 47》显然是以此为基础的，是一次搜寻，也是一次总结与回望，毕竟在最后一代的"代号杀手 47"中，杀手组织被破坏，47 也被出卖而致死。那种遗憾，非参与者不能体会。也可能这个原因，我将它从浩如烟海的电影中提拔出来。

　　当然电影只是借助这么一个平台，情节还是原创的，只是故事的发生地莫斯科，也是几代游戏中都喜欢的背景。影片开头职业杀手 47 就干净利索地完成了雇主的指令，从一栋高楼上把正在参与群众集会的俄罗斯总统一击致命！自然，他也立即成了国际刑警和俄国军队几方势力追捕的对象。但逃亡中，47 发现，总统的死其实是个阴谋，总统虽然死了，但他还"活"着！这在他的杀手生涯中从未出现过。很明显总统已被人掉了包，而他也被人利用，成了刺杀总统的直接参与者，于是来自黑白两道的各路人马铺开了天罗地网，47 不得不奋起反击！

追查元凶时，杀手 47 找到了影子总统的情妇妮卡。一系列交涉后，妮卡对他也由畏惧变成敬爱，杀手 47 身体里最隐秘的需求也在萌动，但他作为一名恪尽职守的杀手，他显然更愿意服从于规则，在真相大白后，杀手 47 也置身事外……

游戏中的 47 是名克隆人，作为基因工程的产物，他没有感情，甚至没有情欲，只为杀戮而生，但有意思的是这位杀手却有教会哺育的背景，这一对矛盾的集合不知出于何种考虑，但它又的确赋予了这位光头杀手在正义与邪恶间游走的神秘感。影片最终又回到了教堂，一面是庄重神圣，一面却是血腥与杀戮，有着鲜明的对比与强调。当然，影片没有刻意善恶，有的只是残暴与更残暴。

影片为了观影需要，除了游戏中杀手 47 的光头，光头上的条形码、黑西装、红领带，这些标志性元素，也把 47 降格到"凡人"，也就是说，除了凌厉的打斗，果敢的狙杀，杀手 47 也在女人妮卡面前流露了温情的一面，也即是说，他对这个脸上同样有刺青的女人保留了作为男人最基本的好奇。这些自然是影片编导为了让这个游戏人物立体化而进行的改良，只是从结果看，这些改良并不成功，反而有说教的嫌疑，当然，作为"杀手 47"的爱好者，除了会心一笑，大概也不会去过多地计较。

《第 36 个故事》：更完满的生活

英文名：Taipei Exchanges

导演：萧雅全

主演：桂纶镁　林辰唏　张翰

制片国家 / 地区：中国台湾

　　什么是少女的情愫，可能曾经少女的人自己都忘记了：清丽、寂寞、安静，娴雅，还有一丝淡淡的感伤或者惆怅……这些难以捕捉，如粼粼波光不可名状的情境，曾经在我们身边发生，也同样清晰地出现影片《第 36 个故事》中。影片是写少女的，当然它有个更大的主题是人生。当你获得一种人生时，是否意味着你失去了另外的可能？这是影片提出的问题。

　　台北市，一间雅致的咖啡店诞生了。老板朵儿虽有精巧的手艺，却发愁自己的商店没有顾客，而妹妹蕾儿却用以物易物的方式，为商店召来不少好奇者。这种既古老又新奇的经营方式，也让更多的观光客蜂拥而来，这间叫朵儿的咖啡屋遂成为一道风景……

　　有一次，朵儿相中了一位客人的物件，但又不想接受别人的馈赠，于是妹妹蔷儿替她讲一个故事来交换。故事其实就是她们姐妹俩的故事，她们的父亲过世后，母亲把财产分成两份，又让她们抓阄，一个读书，一个环游世界。妹妹抽到了后者，于是去了很多地方，但她却因不停地奔袭而苦恼；姐姐因为留在原地念书，对远行的妹妹也生出了许多的埋怨……有意思的是，蔷儿把同一个故事讲了两遍，一次站在自己的角度，一次站在姐姐的角度，于是都有了两种不完满。

　　慕名的客人中有一位 30 岁左右的男性，他带来 35 块产自 35 个城市的香皂，并附以 35 个故事，企望能换来某个女孩替他写一封情书。这样的事一直都没有发生，只有朵儿在这些故事的刺激下，绘制的配图在不停地增加，有一天，这位叫周群青的人反悔了，他收回了香皂，也带走了绘画……

　　有一天，朵儿准备去环球旅行，她要去弥补过去生活留给她的某种遗憾。她的商店多了一个人的等待，等待她带回属于自己的第 36 个城市的故事……

　　《第 36 个故事》多少有些小资，有一些唯美的造作，好在导演总算清楚这一点，为两姐妹设计不同人生的同时，也穿插了三个问题，问题很简单，答题者可能就是随机抽选的台北人，答案也是最真实的，影片用它们来强调人生选择的重要，但每一个选择，其实都会有一种不圆满，这也是弥补的重要所在。

　　影片《第 36 个故事》像一篇隽永的散文诗，平静而意味深长，也许它不仅和少女的心境相契合，也和每个观众的某个生命阶段有关联，因此，看它的时候，我听到了内心隆隆而遥远的回声。

　　影片荣获 2010 台北电影节观众票选奖和最佳音乐奖。

《第九区》：科幻版的《变形记》

英文名：District 9（2009 年）

导演：尼尔·布洛姆坎普

演员：沙尔托·科普雷

制片国家／地区：美国

卡夫卡的名篇《变形记》并没有解释主人公格里高尔为什么会变成虫子，这不是他想解决的问题。但电影《第九区》却不能不解释，作为大众艺术，电影的受众可能永远都生活在善恶世界，所以要正本清源。

这是一部科幻片，其实这么一分类，很多问题都可以解决，正如我们看到的，曾经风光无限的跨国集团成员，也即电影呼之为"大虾"的外来生命的管理者，因为一着不慎，他的基因，作为纯正而神圣的地球人的基因被一种外星能源污染了。结果，他开始变异，并按时间的次序，逐步变成一只"大虾"。这时候，这位名为威库斯的政府官员才注意到他的价值与意义已不再是那个风光的管理员所能表示，他已经成为地球上第一个异化者，一个叛徒，也是一个有价值的实验品而被人们追逐。

但这仅仅是灾难的开始。威库斯很快发现，他已经无法接近家人了，他的妻子被告知他的异变是因为他与"大虾"之间有不道德行为，他不得不再三解释，结果发现无效，他的妻子出卖了他，跨国组织正是藉此找到他的下落。"第九区"，一个地球人给外星生命划分的集中营！这样一来，至少威库斯在地理位置，已经和从前鄙夷的外星生命处在了一个水平线上。

有意思的是，我们很快发现，喜欢异化者的并不光是跨国组织、军事机构，甚至平民百姓也加入追逐威库斯的行列，他们崇拜他突然变出的有力的前爪，当然他们的爱就是打算将它吃掉，以吸纳那些想当然的神力。好在千钧一发，他被救出，并与外星人中一个高智商的"大虾"合作，成功地开启了28年来一直悬浮在南非上空那只巨大的外星飞行器……

作为一部美国电影，《第九区》自然少不了好看的特技，那些逼真的细节一向是美国电影的长项，但这部电影还是有些非好莱坞因素的纳入，比如一些纪录片的方式的采用，即时穿插的各色人物的采访，他们的意见五花八门，从不同侧面丰富了人类对外星生命的看法，当然也紊乱了传统的价值观。最后的结局也终结在人物采访，异化者的妻子收到一朵用垃圾做成的玫瑰，人们相信威库斯正在某个地方"隐藏"着，因为按异化的过程，他现在的外貌已经是一位"大虾"。

卡夫卡的格里高尔最终死掉了，这让所有人如释重负，而威库斯却还活着，并且如盐入水。按照影片的约定，飞船下一次返回的时间将在三年后，威库斯在等一个承诺的实现，彼时他的基因将得到重组，而他也将会作为一个体面的地球人回到过去的生活。

《飞越长生》：无可奈何花落去

英文名：Death Becomes Her（1992 年）

导演：罗伯特·泽米吉斯

主演：戈尔迪·霍恩　布鲁斯·威利斯　梅丽尔·斯特里普

制片国家／地区：美国

　　这是部老电影，1993 年，不超过 1994 年，我第一次见到，当时的感受大概只能用惊心动魄来形容，各位明星主角的演技是一方面，另一方面就是影片神乎其技的特效了，两者相辅相成，才使这部可视性极佳又不乏寓意的电影达到震撼人心的效果。

　　作家海伦携未婚夫恩尼斯至百老汇观赏好友梅德琳的表演，这其实也是海伦对恩尼斯的一次考验，梅德琳虽已走下坡路，但在许多人眼里却仍然明艳不可方物，恩尼斯就是其中之一，他视梅德琳为巨星，小心巴结着，加之梅德琳不失时机的挑逗，恩尼斯很快就拜倒在她的石榴裙下，两人即刻步入婚姻殿堂。这次打击对海伦却是巨大的，遭此乍变，她唯有暴食暴饮，此外就是看电影中梅德琳被人谋杀的片断度日，七年后她成了一名臃肿不堪的胖妇，被送到医院强制治疗。又过了七年，海伦的新书《青春永驻》亮相，恩尼斯夫妇惊奇地发现 50 岁的海伦，不仅身材窈窕，容貌也望之如二三十许，身为美容师，现沦为殡仪馆化妆师的恩尼斯更惊其为天人，他与海伦旧情重燃，两人还制订了一个杀妻重娶的计划。

此时落魄的梅德琳却意外地结识了一名隐居的女巫，靠着她的长生药水，她几乎一瞬间，回到了过去，她因此骄傲，志得意满。回家后却因此与丈夫争执，从楼梯上滚落而亡。闻讯来的海伦，却发现服过长生药水的梅德琳并没死，她自己反被梅德琳用猎枪打"死"了，但海伦也不会死的，她也是女巫长生药水的顾客。两个"女尸"大打出手，却又很快相互怜悯，惺惺相惜，并很快达成协议，要让恩尼斯也服下长生药水，以其精湛的化妆技术为她们服务。

但恩尼斯拒绝了，他不想看着所有的朋友亲人都先后死去，他不想一个人独自活着！他宁愿死也不愿意喝长生药水……

电影诞生在好莱坞有强烈的反讽意味，也许演艺圈对驻颜术的渴望较之其他领域更为强烈，他（她）们更不愿意接受自然规律，而是想尽办法，要求"长生"，当然永葆青春是全人类的话题，也并非女艺员们专有，只是虚荣、嫉妒等种种阴暗心理，才把这个命题变成不切实际的狂想。

这个貌似世俗却很宽松的题材，也让几位大牌明星有很大的发挥空间，不仅三位主角让人印象深刻，就是女巫的扮演者伊莎贝拉相信也让人过目不忘，20 世纪八九十年代她是一位著名模特，她的母亲更是大名鼎鼎英格丽·褒曼。伊莎贝拉在外形上与其母酷似，当然演技则不可同日而语了。

《疯狂之血》：谁为疯狂买单？

英文名：Wild Blood（2008 年）

导演：马可·图利欧·吉欧达纳

主演：莫妮卡·贝鲁奇　卢卡·津加雷蒂　阿莱西奥·博尼

制片国家／地区：意大利

这应当是一部难得的反思二战时意大利人整体处境与命运的电影。导演回避了硝烟弥漫的战争场面，而是选择了两位当时实有其人的电影明星作为切入，来探讨特定背景下，个体生命与民族命运抉择的可能性。

影片中的露易莎·菲里达和瓦尔多·瓦伦蒂是那个时代最负盛名的明星夫妇，导演选择他们，还因为时尚和浮夸一直是那个时代的主旋律，两位明星成了人们好狠斗勇与厌战的情绪中仅有的一点寄托。

露易莎·菲里达出身寒微，出场时尚不及登银幕，但超凡的气质已经让她鹤立鸡群，这时她身边有两位追求者，一位是年轻瘦弱的导演，一位则是长着屠夫面容、充满肉欲的明星瓦尔多·瓦伦。前者是反法西斯战士，后者则是狂热的法西斯信徒，这种有意的设计或许也暗示了露易莎的选择将直接决定她的未来。我们看到她选择了瓦尔多·瓦伦。

两人自此过着一种糜烂、醉生梦死的生活，他们的绯闻也被主流社会津津乐道，狂热追捧。瓦尔多或许对这种生活乐此不疲，露易莎则多少有些无能为力，又无力自拔。

临近解放，他们秘密地出现在一家医院，因为瓦尔多毒瘾发作，他们来寻找杜冷丁。结果这笔黑市交易被人发现，两人也意外地成了党卫军小队长的朋友。接着，又因为瓦尔多的一句玩笑，他们获准参观监狱。事实上，羞辱地下组织成员的是小队长的情妇，她以模仿露易莎为荣，当然她的模仿也相当成功，加之瓦尔多同行，所有人都认为对法西斯酷刑致敬的就是这对明星夫妇。

1945 年，意大利解放后第 5 天，人们在米兰市郊发现了这对明星夫妇的尸体，他们是作为清算对象被游击队枪毙的……

这种死，自然有些草率，愤怒是一回事儿，但其中是不是还有一种恶意消除的意思？也许比起法庭上的刨根问底，人们更愿意选择回避，以免触及更多无法承受的疼痛。

战争结束时，一些人总会被挑选出来，为人类的愚蠢承担责任，而这些人中最理想的莫过于那些名噪一时的文艺家，他们一度活跃在人们的嘴上，富丽堂皇，但又像肥皂泡一样经不起触碰，让他们消失应当有极大的快感……

导演曾这么解释自己的理念："他们的死其实是意大利人对自己的一种救赎！"据说，为了筹拍这部电影，马可·图利欧·吉欧达纳用了 15 年时间，从效果来看，这个等待应当是值得的。

《鬼妈妈》：灵气四溢的童话

英文名：Coraline（2009 年）

导演：亨利·塞利克

主演：达科塔·范宁　泰瑞·海切尔　珍妮弗·桑德斯

唐·弗兰奈

制片国家 / 地区：美国

动画片对我的诱惑力并不大，因为能与之相对应的心态出现得并不多，需要一定的"偶然性"。那天鬼使神差地看了几部，这是其一：

卡洛琳其实并不是个可爱的小姑娘，至少片子中没把她扮成白雪公主，可能一个时代有一个时代的可爱吧。卡洛琳话多，表达力强，要求也多，还有些神经质，至少她的这些特点是让她搞学问的父母有些头痛。

这样一个女孩（一个很真实的木偶）当然也会有梦想，而且并不奢侈，她只是希望得到别人更多的关心和爱护，不要老是对她说，卡洛琳，一边玩去。我猜这也是创作者，甚至每个人幼年时不高的要求，但通常我们都被别人忽略过。卡洛琳于是发现一个洞穴，通往的世界有另一个妈妈、爸爸，他们对她呵护有加，有求必应，绝对是现实世界的反面……当然，这个妈妈是女巫变的（很遗憾，一个更好的妈妈竟然是女巫，这只能说明更好并不存在），她要卡洛琳留下来，条件是把眼睛换成一对扣子！

精彩绝伦的想象，没有丝毫西方鬼片的血腥气。尽管电影叫鬼妈妈，我也做好了看恐怖的准备，但这种天才的构思还是让我首先赞叹不已。电影巧妙地用一对扣子来表示阴暗世界所有的险恶和不幸，连月食发生时，挡住月亮的都是一枚硕大的扣子。说到这儿，我真要感叹一下作者精致而强大的想象力。为什么国内的动画片还停在白雪公主的时代？人物平面而愚蠢，虽然制造者事先就定义给孩子看，但这种定义中的孩子是否存在？又或许我们自己就是看了太多无趣的东西，长大后再想寻找那些天马行空的奇思妙想已不可能。在这里我真要感谢一下我的父母，至少他们让我看到了《木偶奇遇记》《大林和小林》，看到了安徒生、格林童话，相信我仅有一点想象力也应当与此相关！

我的意思，《鬼妈妈》是大人孩子都可以看的，孩子学习一下卡洛琳的勇敢，当然也学习一下她面对乏味生活的勇气，而大人们则可以检讨一下如何给孩子真正的回馈，你看卡洛琳把自己父母从女巫的世界拯救出来，但他们待她与过去并无两样！也许美好生活永远都只能存在于想象中，而不切实际的世界又通常被女巫霸占着！

《黑暗中的舞者》：为母爱喝彩！

英文名：Dancer in the Dark（2000 年）

导演：拉斯·冯·提尔

主演：比约克 凯瑟琳·德纳芙

制片国家／地区：丹麦

冰岛歌后比约克在歌坛有许多追随者，最有名的莫过于王菲。比约克与她的追随者相比，似乎更具原生态，她不像一个都市人，更像一个小城镇居民，甚至一名农妇。导演显然也更看重这种本真的东西。

比约克在片中饰演一名由于家族遗传的疾病，正在失去视力的母亲，她要抢在失明前，赚更多的钱，好给儿子储蓄手术费用。她害怕儿子知道后紧张，影响手术，因此关于家族遗传疾病只是她个人的秘密，更多的时候，我们看到的是一个其实已经失明的人，她凭着残留的记忆，做着危险的工作。

她不乏追求者，但她没有时间，她要为儿子赚钱！甚至她对儿子都是苛刻的，他是班里唯一没有单车的人，是邻居送了他们一份生日礼物，正是一辆自行车。

邻居到此时无疑是好的，帮她照看家和孩子。邻居比尔是个警察，他的薪水支撑不了老婆的物欲，几至崩溃，但他得知比约克饰演的莎曼有笔手术费，便将它偷了出来。最惊心的场面出现了，莎曼执着地找到比尔要他归还自己的两千元钱，比尔把手枪交给她，说要钱的话先得把自己打死！争夺中，枪响了，比尔中枪，但没有死，他坚持莎曼要拿走钱的话，必须把自己打死！于是莎曼开枪了，比尔仍没有松手，于是她又拿起一块硬物，把他砸得血肉模糊……

下一段是关于法庭的，世界上最具法律意识的国度将捷克移民莎曼判处死刑！让人意外的是，法庭调查时，完全可以替自己辩解的莎曼选择了沉默，因为她答应过比尔，要替他保守秘密，外国人的诚信有时候真是天真烂漫，让我们中国人难以理喻。

同样是法律问题，终于有人发现莎曼的冤情，他们请来律师替她主持公道。但莎曼听说律师费就是自己替儿子动手术的钱，便毅然决然拒绝了。接着就是我们最不想看到的一幕，莎曼上绞架。我忽然明白，比约克为什么会决定永远不再触碰电影，那个场面，莎曼被执行死刑的场面其实就是比约克的死亡过程，她超强、发达的知觉，让她不是在"表演"，而是真正"经历"着死亡，任何人都只能死亡一次，而比约克比我们多一次。看到这一幕，任何人都会触目惊心的，我忘不了比约克"临死"前的抽搐。

抛开歌舞场面，比约克的表演可以说震撼人心，而歌舞在其中或许发挥了比约克的长项，但另一角度，也在不停地让我们同故事产生间离，幸好有比约克，她的"真实"仍在电影之后让我们心痛不已！

《黑皮书》：历史止于传奇

片名：Zwartboek（2006 年）

导演：保罗·范霍文

主演：德雷克·德·林特 约翰尼·德·摩尔 加里克·哈根

制片国家 / 地区：荷兰

知道导演保罗·范霍文的人并不多，但一提《本能》，大概很多人都会来精神。的确，作为好莱坞一名早有定义的情色导演，保罗·范霍文的每一部电影的推出，几乎都会招来物议，但往往一面是舆论的指责，一面却是不可思议的高票房。

这样一个人，如果把眼光投射到严肃而正统的题材，会是怎样一个情形？或者说保罗·范霍文将在其中谋求哪些斩获？

《黑皮书》据说取自一个真实事件。二战即将结束的荷兰，一位叫蕾切尔的犹太姑娘在与家人逃亡的过程中，不幸遭遇德国巡逻队的伏击，除了蕾切尔本人，她的家人与同行的犹太人全部遇难。为了生存更为了报仇，蕾切尔毅然参加了地下抵抗组织，并更名为艾莉丝。这时她被派往德国纳粹总部，并通过美色博得情报局头目蒙兹上尉的好感和信任，成了地下组织插入敌人内部的一把利器。但就在一次营救行动中，地下组织的计划被叛徒泄密，营救计划也被敌人利用，不仅行动失败，艾莉丝也被诬为告密者。这时荷兰解放了，艾莉丝却不得不逃亡，她和蒙兹上尉两人立场不同却彼此相爱，但此时都不得不为洗刷自己的罪名而奔波，谜底就要揭晓时，他们也被新政权逮捕。等艾莉丝历尽磨难，才得知蒙兹上尉已经死于德军溃败前的一次宣判。她忍不住痛心疾首地号啕："这些难道永远都没有尽头？……"

当然最终的结局还是皆大欢喜的，叛徒受到了惩罚，而艾莉丝也洗白了冤屈，最终她移民到局势动荡的以色列，也许终其一生，都将在一种残酷的背景中生活。

导演保罗·范霍文调度能力肯定是一流的，他不仅将一个复杂曲折的故事讲得合情合理，紧张刺激，人物的心理嬗变也亦步亦趋，尤其他擅长的歌舞、声色场面，更是拿捏得恰到好处，只是曲终人散，观众多少有些不满足，因为这些繁花似锦的大场面背后，应当还有某些隐匿的没有道出的东西。

于是想起一些同类型的电影，比如《色戒》无疑与此最接近，同样是打入敌人内部，同样是诱之以色，也同样的来自"真实事件"。不过，李安在处理这些被我们日益熟悉，甚至开始烂熟于心的谍战故事，只是倾力关注一个华丽的谎言下的悖论，色诱既可以束缚别人也可以困扰自己，于是，电影一下子探到了人性的脆弱处。而保罗·范霍文似乎只是安于把这个真实的故事"真实"地道出，传奇已经让他满足了，他就像一个放烟火的人，一场热闹过后，他赶着回家，把一地热闹的碎屑与尘埃留给了我们。

《坏孩子的天空》: 浪子回头

英文名：Kids Return（1996 年）

编导：北野武

主演：金子贤 安藤政信

制片国家 / 地区：日本

北野武的电影对坏与恶的理解一向是泾渭分明的。坏可能是与生俱来的本能，属于天然长成，恶则有文化背景，有预谋的部分。

小马和新志就是那种坏的代表，他们是坏孩子，但不恶，至少他们还愿意背着书包到学校，他们还在按一名学生的作息在生活。两人中小马自然是有主见的大哥，新志是随从。相声界出生的北野武害怕我们搞不清他们的关系（大概日本相声里也有逗哏、捧哏之分），特意在影片中穿插了不少相声段落，甚至他还不想让我们把他的作品当成社会电影，索性连两人的家庭和父母一概省略。

就是这两个人，在学校不上课，扰乱正常教学秩序，欺负同学并勒索财物，好像中学生能干的坏事一样不少。但就在这时，吊儿郎当的小马，在一次欺负同学时，却意外地被人暴打了一顿。心高气傲的小马消失了，新志茫然不知所措，几天后他才知道小马原来在一个拳馆练拳。新志于是又陪着小马去拳击馆，但他显然比小马更有天赋，这个看上去文弱，动静不大的孩子在与小马的对练中，把小马打得惨败。

这可能是小马最受伤的地方，他的一个哥们儿，一个随从，却比他更有力量。于是小马再次失踪，等他出现时，已经成了一名黑帮成员。他对新志说，我们再见时，你将是一名拳王，我呢，则会成为一个老大！

但这一天显然没有来临，新志尽管拼命练拳，但他新近结识的朋友阿林却是个拳坛油子，一个用心不良的老江湖，他不断地将一些阴险的招法和手段传授给新志，包括减重也让他用药物。新志因为减重过头，在拳击场上一败涂地；小马呢，在黑帮中如鱼得水的日子也一去不返，他毕竟年轻，比起真正的黑社会的流氓，他招法太过单纯，最终也因为得罪了黑帮教父，被清理门户，并失去一只左手……

片尾两个经历失败的人碰到了一起，他们再次像从前一样，骑着单车来到学校。在操场上，他们恍若隔世一般骑行着。尽管他们都已经失败，但失败对他们来说却是件幸事，也许这意味着在这个复杂的人世中他们不会再变恶，也不再有更坏的可能。

小马不无惆怅地问新志：我们是不是已经完蛋了？

新志说：不，我们刚刚开始。

《回归》: 父亲缺席以后

英文名：The Return（2003 年）

导演：安德烈·萨金塞夫

主演：弗拉基米尔·加林　伊万·多布隆拉沃夫　康斯坦丁·拉朗尼柯

制片国家 / 地区：俄罗斯

一个男人在失踪了 12 年后终于回家，对他的回归，不仅妻子感到不安和意外，两个儿子安德列和伊万欣喜之余也觉得万分的隔膜，他们都不知道如何跟眼前这个叫"父亲"的男人相处。饭桌上，母亲却向孩子们宣布，明天他们将有一次旅行，他们将在父亲的带领下度过一个假期。

这次旅行却注定是悲剧性的，父亲的强势和坚决，让两个从未体会到父爱的孩子倍感折磨，大儿子安德列尚能随遇而安，并且他小心地应对还能换来父亲的几分信任和肯定；小儿子伊万却桀骜不驯，他有自己的做事原则，绝不轻易迁就，并且他对父亲长达 12 年的失踪也是不原谅的，"你干吗来了？为什么带我们来这？"一次意外的暴发，让他直斥父亲的权威。

终于，父亲带着两个儿子来到俄罗斯北部的一个大湖，大湖中有一个岛，他们将登上小岛度假，其实那也是父亲的归宿。回程时，又是伊万的贪玩破坏了父亲的计划，他勃然大怒，却反而激起了两个儿子的叛逆，伊万虽然有恐高症，但盛怒中还是爬上了岛上的一座灯塔，并威胁随后赶来的父亲要从灯塔上跳下去。护犊心切的父亲坚持攀上了灯塔，但这时悲剧却发生了……

影片结尾，两个年幼的孩子艰难地把"父亲"拖上了船，并从岛上拖到陆地，但等他们上岸时，"父亲"还是永远地沉入了湖底……

这部电影是导演安德烈·萨金塞夫的处女作，但甫一推出，就广获业界好评，并获得 2003 年威尼斯电影节金狮奖、最佳处女作奖，2004 年金球奖最佳外语片奖等大大小小无数奖项。但对影片的解读却似乎一直存在歧义，有人将影片归入家庭伦理或者社会类型电影，把父子旅行称为疗伤之旅，似乎都忽视了影片开放的格局与预言性。导演不得不亲自阐述："它不是简单的父子情，很大程度上，它是从一个神话的角度去看人生的。"

的确，如果按现实题材要求，影片中许多因素是不该缺席的，父子三人为什么上岛，取走何物，尤其为什么要两个儿子陪同？这些问题到最后也未得到合理的解答。相反，小儿子伊万最后从汽车里找到的照片，与片头藏在圣经中的照片，最大的不同就是没有了"父亲"。或许这个细节也暗喻了父亲沉湖后，他的缺位，也导致了后辈"成熟"将提前到来。

《可爱的骨头》：身后事与谁说？

英文名：The Lovely Bones

导演：彼得·杰克逊

演员：西尔莎·罗南　马克·沃尔伯格　蕾切尔·薇姿　苏珊·萨兰登

制片国家 / 地区：美国

电影改编自爱丽斯·西伯德同名畅销小说，题目多少有些费解，据说是来自主人公苏西身后的一段感悟：一个家庭，犹如人的周身骨骼，即使有一块破损了，缺失了，但骨架终会长全，最后融溶和合。小说是以一个死后的女孩为主角的，电影继承了这个叙述角度。

畅销小说意味着受者众多，但也因此带来了改编的难度，因为很多原作支持者多半会将两种文本进行比照。导演彼得·杰克逊曾执导过《魔戒》《金刚》，相信这种问题不会不在他的考虑之中，但是否如小说读者的心愿则是另一个问题。至少我们没阅读过小说的人可以绕过去，把电影当作原创。

故事不久，女主角苏西就死了，"1973 年我死于谋杀，当时我不到十四岁……"，这似乎是小说惊悚的开头，电影则将它顺后了一些，而花时间帮我们塑造一个可知可感又可爱的小女孩苏西的形象。比如我们知道苏西喜欢扮漂亮，喜欢拍照，甚至在一个月间用光了 24 卷胶卷。她有一个心仪的男孩作为思慕对象，就在这段朦胧的恋情即将成形时，苏西却落入了坏人设下的陷阱。

但显然这不是个侦破题材，否则死者就该让位，警察就不应缺席。这部电影的华彩无疑是女主角死后世界的描述，给一个被奸杀致死的女童创造一个如此美轮美奂的身后世界当然出自创作者的爱心，但它还是让我想起佛教中的中阴世界，亦即人死后从一个生命体到下一个生命体之间或长或短的停留，我猜至少导演是从中得到过养分的，否则不会选择一个东方人来作为苏西的引路人。在我看来这是向东方文化致敬之举。

苏西的身后世界会随心境改变，或美妙如春暖花开，或严酷如滴水成冰的寒冬，这种情境随心而转变也刚好适合美国大片的特效制作，看上去的确有些震撼。但其余部分，电影显然不专注于破案，事实上从结果看这个案子也并未告破，虽然凶手意外地从一个陡坡堕落而死，却远非"罪有应得"那般痛快。实话说，观影的过程我们还是被导演想全方位照顾的想法弄得疲惫，据说原作是全美很多家庭阅读的对象，电影显然也想达到这个效果，成为一个举家欣赏的艺术品，亡者已去，亲情更重要。但我以为它讲述亲情愈合的过程并不成功，而我们也已经被苏西的身后世界分走了太多的关心，因此到最后颇有些不耐烦，感觉导演要述说的东西太多了，就像好好的一碗汤，被他弄成了糨糊。

《空房间》：因为懂得，所以隐形

片名：3-Iron（2004 年）

导演：金基德

演员：在熙　李丞涓

制片国家 / 地区：韩国

　　金基德的电影通常都是与票房无缘的，一方面他电影中的情色暴力元素会招致级别限制，另一方面也因为他的作品向来不以叙事见长。

　　《空房间》应当不是金导最好的电影，不过它可能更适合于谈论，滤去前面提到的暴力、情色，《空房间》在整体氛围上也一扫往昔灰暗、抑郁，而显出一种会心的轻松与明快，当然金基德的独特的语汇还是保留着。

　　比如两位男女主人公都说话，"失语"尽管是金氏电影的惯例，但每部电影的"缺失"还是强调不同。在《空房间》中，叫善花的女人是囿于长期的家庭暴政，男孩则代表一种天然自在的状态，金基德为他们找到一种新型的沟通方式，让他们像传说中的初劫时的人类那样，无须语言即心意相通，也顺便让他们成为我们这个时代的异类。

电影开场，叫泰石的男孩骑着摩托车挨家挨户往锁洞里塞传单，但这样做的目的，也只是为了发现一个暂时无人的临时住所，作为回报，他为主人打扫房间，洗衣服。也许泰石的举动更像一个行为艺术，因为他每次离开前都会在主人家留影。

遇到善花是个意外，泰石在他认为的空房间里发现一个眼角瘀青的女人，因为饱受丈夫虐待，性情也十分抑郁。这之前女人已经发现了泰石，并好奇地观察了他一段时间。泰石的行为意外地让她认同，因此他们的乍见并没有平常人的紧张。后来，等泰石再次潜入豪宅，却目睹了善花被丈夫虐待的过程，他忍无可忍，用高尔夫球将善花的丈夫击倒，善花也毅然出走，跟着泰石一起走进一个又一个空房间……

他们在空房间的流浪生活最后还是被警方发现了，两人的艺术生活也因此结束，泰石被投入监狱，善花也被丈夫领回。监狱中的泰石却出人意料地练出一套"羽化"功夫，他像一只隐形的飞鸟，在空气中消失了，于是成为隐形人的泰石成功地出现在善花的家中，只有善花丈夫发现了她的变化，因为他第一次听到善花对他说，其实是对隐形的泰石说的，我爱你！

"隐形"这个片断用常识，用科学自然难以理解，观众可以把电影后半部当成武侠片，泰石像很多落拓的武林人士，意外地成就了一种绝技；或者你也可以认为这个叫泰石的人其实已经死去，魂魄在他身后去寻访自己的意中人。但如果这两个答案你都不满意，你可能还是会去深究，一个正常人如何隐形呢？看看美国大片《透明人》，在我们接受"隐形"这个事实前，运用了多少科学手段？但东方的金基德却辟出另一条路，他让一个正常人在他的影片中的隐形成为事实，就因为他爱他们，他愿意在现实的真实空间之外，为他们提供这样一块宿营地！

《恐怖游轮》：轮回这样发生！

英文名：Triangle（2009 年）
导演：克里斯托弗·史密斯
主演：梅利莎·乔治　利亚姆·海姆斯沃斯　艾玛·朗
制片国家 / 地区：澳大利亚

　　类型电影，尤其恐怖片大多难以讨论，因为这多少会带出些剧情，而这些信息对那些未观影者有些不公平。好在，《恐怖游轮》在我感觉中并非纯粹以恐怖为目的，它更像一种概念的延伸，像哲学命题，因此可以拿来讨论。

　　影片有个看似平淡的开头：某天早晨，单身母亲杰西来到码头，准备和朋友乘游艇出海。同那些兴高采烈的同行者相比，她看上去显得心事重重。她的朋友，包括观众正在为她的精神状态担忧时，天边却乌云翻滚，暴风雨转瞬即至，这时他们收到一条求救信号，但不及弄清事情的原委，风暴就呼啸而至，游艇也在大浪袭击下倾覆了，一名同行者失踪，剩下的人历经艰辛终于幸免于难。

正当他们无计可施时，一艘游轮驶入视野，等他们如释重负地登上游轮，才发现这是一艘 1930 年就失踪的船只，神秘的游轮上竟然空无一人。但杰西却对这里的一切都似曾相识，她表示自己好像来过，接下来，杰西的朋友却先后死去，没有死的，见到她也如对瘟神，因为他们咬定，杀死他们的正是杰西！

杰西有口难辩，她能做的就是拼命追捕凶手。果然，她看到了一个貌似自己的人，另一个杰西。等杰西把仿冒者杀死，海面上，立即传来了呼救声。杰西看到了那艘在暴风雨中倾覆的游艇，她的朋友站在船头激动地挥舞着双手，关键是这中间杰西又看到另一个自己！

杰西于是走进一个悖论，她要救她的朋友，就要阻止他们上船，而阻止他们就必须把他们杀死，而杀死他们，就会有新的游艇，载着包括她在内所有人重新出现……一个牢不可破、几无缺口的轮回把杰西笼罩在它的阴影里，因为无论如何努力，杰西都发现自己其实只是徒劳无益地重复，解脱只是水中月、镜中花，是一种一厢情愿的幻觉……

电影显然受到佛教轮回思想的影响，只是影片把过程浓缩了，提速了，甚至把它变成一种残忍且不能改变的模式。影片中有一个"恐怖"的场景，杰西把一个濒临死亡的朋友扶到一个角落，那里竟堆满了这个人的"尸体"，足见她的被杀是每次"轮回"中的必然结果。

杰西最终厌倦了这种过程，她跳下海，但醒来时，等待她的不过是一个更为巨大的轮回，她属于那条船，早晚她要回到游轮上去的，这也是她，作为杰西的宿命。

《恐怖游轮》绝对算得上一部够精神的作品，叙事看似平淡，氛围也基本没有刻意营造，但恐怖却是来自内在的，即使事后，它也让人对整个人生从心里朝外面冒凉气。

《捆着我，绑着我》：强扭的瓜也甜

英文名：Tie Me Up！ Tie Me Down！（1990 年）

导演：佩德罗·阿莫多瓦

主演：维多利亚·阿布里尔　安东尼奥·班德拉斯　萝西·德·帕尔马

制片国家 / 地区：西班牙

　　《捆着我，绑着我》是西班牙名导佩德罗·阿莫多瓦的一部早期电影，尽管后来阿莫多瓦的电影从题材到手法趣味都发生了不小的变化，但其张扬、爽朗的气质却一以贯之的其足，如果单就力道而言，这部电影尤其体现明显。

　　影片开始，一位在精神病院和疗养院生活了 20 年的孤儿里奇就要进入社会。这里是他的家，他的避风港，他已经记不得多少次，溜到社会上，偷窃、打架，最后给他安慰和温暖的总是这家医院，但这一次他被告知，他再也不能回来了。

　　里奇离开医院做的第一件事，就是找到昔日，有过一面之缘的女友玛丽娅，而此刻玛丽娅已成为一位著名的情色电影明星，被众多的追求者包围，她显然已经忘记了那个属于孤儿院的少年。

里奇追踪玛丽娅，找到她的家，并武力冲入，向她示爱，他要和她结婚、生活并且生儿育女。这种暴力求爱法不仅玛丽娅反感，就是观众也可能不适，里奇把玛丽娅捆绑起来，然后耐心而固执地等着她回心转意。玛丽娅为了摆脱，不断地制造各种麻烦，以求解脱，但都被意志强大的里奇化解，他固执地认为玛丽娅是最适合他的人，如果玛丽娅跑的话，他将杀死她，随后自尽……

暴力最终也没有让玛丽娅屈服，她在姐姐的帮助下，从里奇的控制中逃离，恢复自由的玛丽娅却意外地发现里奇这位年轻人偏执背后隐藏的憨厚与忠贞，于是她在里奇的老家，一片废墟中找到了他，两人幸福地走到了一起……

佩德罗·阿莫多瓦的电影中似乎总有太多的不合时宜的东西，变性人、同性恋或艾滋病，是他喜欢讨论的伦理，这部《捆着我，绑着我》，尽管片名粗野，内容也涉及暴力，但较之后来的阿氏作品，还是显得相对"正常"，情节脉络也更单纯，没有繁复、嵌套式的结构，但无论前者还是阿莫多瓦的其他众多的影片，它们都在阿莫多瓦对人性积极地探索中获得了统一，也成为众多重口味观众的至爱。

值得一提的是男主角安东尼奥·班德拉斯，这位后来的进军好莱坞的大牌明星，最初的银幕形象就是在阿莫多瓦影片中诞生的，且作为阿氏电影的代言人，他一共参与拍摄了6部阿莫多瓦的电影，《捆着我，绑着我》中他成功饰演了一位为爱执着的年轻人，为影片增色不少。

《没有过去的男人》：比过去更重要的东西

英文名：The Man Without a Past（2002 年）
导演：阿基·考里斯马基
主演：马库·佩尔托拉　卡蒂·奥廷宁　萨穆利·瓦拉莫
制片国家 / 地区：芬兰

夜里，一个从火车上下来的男子，怀抱一只皮箱走进一个公园，他被三个流氓袭击，几乎一瞬间，他就失去了记忆，失去了记忆，当然也即意味着他没有了过去，他同时失去的还有姓名，银行账号，以及各种社会福利，因为在芬兰它们都和人的姓名紧紧相连。

失去过去的男人在一个"陌生"的地方成了流浪汉，先被一个流浪家庭收留，后又在福利院的帮助下找到了工作，并在集装箱找到安身之所。这时，我们发现，这个看上去倒霉透顶的男人其实很有感染力，在他的鼓励下，福利院的乐手开始演唱摇滚乐，尤其是福利院一名单身女员工和他发生了感情。失忆男子也在良性刺激中开始恢复一些记忆，比如他看到弧光，发现自己会做焊工。他于是被工厂录取，为此他进银行办一个账号，这时来了打劫者，抢劫后把他关进金库……

失忆者被警察逮捕了，理由却非打劫，而是因为他记不住自己的名字！这时候，他已经具有拒绝提供自己的姓名的嫌疑，他被怀疑成偷渡者。福利院给他派来一名律师，这是个很有意思的场面，律师与警察开始背法律条文，但律师的口齿是不清的，我们不懂芬兰语，否则应当更有意思，好了，警察到此不得不把男人放走。但很快他们又来找他，并告之，他的家人已经找到了。

失去记忆的男人惴惴不安地踏上了回程，在他即将与自己的历史，也即和他真实的身份对接时，失忆者还是有些犹豫和惶恐，毕竟他已经接受了无过去的现实，而"过去"这个谜团可大可小，还好，他见到了妻子，妻子告诉他，他们刚办完离婚，这也是他离家出走的原因，他与过去原本就是断裂的！找回过去的男人欣喜若狂，马上回到现在的城市，找到他的女友。可以说所有人，包括观众都因这个皆大欢喜的结局而满足。

《没有过去的男人》是导演考里斯马基"芬兰三部曲"第二部，他用一个失忆男子在高福利国家的处境，调侃了机制冷漠、专横的本质，但他同时也肯定了人自身的力量，乐观健康的心态或许更为重要，哪怕在你一无所有的时候。2002年《没有过去的男人》以其人道主义主题和乐观向上的人生态度荣获戛纳电影节评审团大奖、最佳女演员、普通评审团奖三项大奖。

《玫瑰人生》: 传奇永不熄灭

英文名 : La vie en rose（2007 年）

导演 : 奥利维埃·达昂

主演 : 玛丽昂·歌迪亚　施维泰·丝特　艾玛纽尔·塞尼耶　杰拉尔·德帕迪约

制片国家 / 地区 : 法国

　　我已经不记得在多少个场合，向多少位朋友推荐过这部作品。这部记述了法国著名女歌手伊迪丝·琵雅芙的传记片，也是我最喜欢的一部传记电影。

　　这部电影大致回顾了"香颂（法语通俗歌曲）女王"伊迪丝·琵雅芙的一生，尤其侧重于几个重要片断，在展示她歌艺的同时，也突出了她命运多舛以及情感的不幸。

　　伊迪丝·琵雅芙小时家境贫寒，她父亲一度把她送到祖母开的一家妓院，在一群心地善良的妓女中生活。有一次小伊迪丝突然失明，好心的妓女就带着她去求天使圣特丽萨的庇护。这应当出自导演的想象，他让这神秘的一幕散布到琵雅芙人生中最重要的几个时刻。

小琵雅芙在街头卖艺时展示了惊人的歌喉。接着，她遇到了第一个伯乐，由此进入一家夜总会，成了一名业界引人注目的流行歌手，但她不断引来麻烦，终于，她从前的朋友，一些地痞流氓引发命案，使她受到警方的传唤，她也因为无法立足巴黎，首次前往美国，并在美国认识了马赛尔，她"一生的挚爱"。

琵雅芙与拳击手马赛尔的爱情是凄美的，这种感情通常会在世俗的烟火气中变质，但这一次它来不及平庸，马赛尔的飞机就出了事，他消失在空中，这段感情也就此成为琵雅芙心头永远无法释怀的神话。于是她开始吸毒，寻求解脱……

导演有意给琵雅芙的悲苦人生涂上暖色调，让她戒毒，让她摇摇摆摆地出现在舞台上，用一首《没有遗憾》来告慰自己，告慰歌迷。最后的画面是琵雅芙弥留之际，她各个时期的回忆交织在一起，间或穿插她接受媒体采访时的精彩回答……导演显然不想按部就班地讲故事，也不想让琵雅芙的故事仅仅成为一个爱情传奇，他将她的一生重新拼接，这种貌似随意，却把人一生荒凉与无奈的主题点了出来。

需要说的是，有些震惊可能还是事后才出现的。记得影片结束时，看着上行的字幕，我才猛然想起里面的"香颂女王"，从小到大都是一个人扮演的，这一方面，当然说明我对西方人不熟悉，另一方面，是不是也能说明这个叫马丽昂·歌迪亚的演技出类拔萃？她骗过了我们的眼睛，琵雅芙尽管只活到 47 岁，但因为长期注射毒品，整个人已老态龙钟，望之形如老妪。马丽昂·歌迪亚除了形体上与琵雅芙接近，整个人物的精神气质也还原得让人信服。2008 年马丽昂·歌迪亚以此片荣获奥斯卡最佳女主角奖。

《秘密与谎言》: 相逢一笑泯恩仇

英文名: Secrets & Lies (1996 年)
导演: 迈克·李
主演: 蒂莫西·斯波　布兰达·布莱斯　菲利斯·洛根
制片国家/地区: 英国

有那么两年,《秘密与谎言》一直是我最喜欢的一部电影,但要说清为什么,似乎又不能够,它看上去并没有什么震撼人心的画面、惊心动魄的情节乃至炫人耳目的手法,一切都是那么朴实平缓,娓娓道来,但你忍不住会喜欢它的平静、自然。后来我想这或许就是一种人生的常态吧,淡定、从容,有一种内在的感动。

故事从一个黑人女验光师赫德丝的寻亲开始的。赫德丝的养母过世前,把收养的真相告诉她,赫德丝于是决定去寻找生母。出乎意料的是,她在约定的地铁站口见到的是一位白人妇女,她叫辛西娅,辛西娅的确有过弃婴的经历,但看到赫德丝,也坚信这是个错误。两人在路边一间咖啡吧整理各自的历史,随即辛西娅想起了什么，开始恸哭，原来被送出去的女婴她自己也没见过，赫德丝的确是她的孩子。

两人分手后，辛西娅找到自己的弟弟莫里斯落实一些细节。弟弟即导演饰演，一位有职业操守也很成功的摄影师，他是辛西娅一手带大的，也是她的骄傲，但囿于弟媳莫尼卡的关系，辛西娅与他也并不怎么来往。

辛西娅决定搞一个家庭聚会，目的是把赫德丝介绍给家人，日子就选在女儿罗克亚生日当天。尽管她和赫德丝事先有约定，但和缓动人的气氛还是让她忍不住把真相吐露出来，结果不仅让赫德丝尴尬，也让女儿罗克亚大发雷霆……

结局当然像我们希望的，是个大团圆，阳光下的屋顶花园，母亲辛西娅慈爱地看着两个不同肤色、不同阶层、不同文化背景的女儿聊着闲天，她感到从未有过的幸福！

影片中的每个人物都有来自自己阶层清晰的印迹，话语方式甚至动作，这当然来自导演合理的把控，再就是演员不俗的表演功力，母亲辛西娅是位饱经生活磨难的女性，她行事琐屑，语音游离不定，尤其乍逢大变，期期艾艾，反复无常，饰演者却精细地捕捉到角色复杂的内心活动，并将之还原成可信的细节，与之相反是她当环卫工的女儿罗克亚鲁直、粗暴的话语方式，另一个女儿赫德丝则受过很好的教育，举止得体、斯文，他们的表演都给影片增分不少。

1996年《秘密与谎言》荣获第49届戛纳电影节金球奖，母亲的扮演者布兰达·布莱斯也获得了戛纳电影节最佳女主角以及金球奖的最佳女主角奖，此外该影片还曾获得英国奥斯卡奖的最佳影片。

《摩洛哥女孩》：艳之罪

英文名：Fille de Monaco，La（2008 年）
导演：安妮·芳婷
主演：法布莱斯·鲁奇尼　罗什迪·泽姆　露易丝·布尔昆
制片国家 / 地区：法国

电影大多离不开某种理念或思想背景的，这部电影大致可以看作诠释"他人就是地狱"这句名言的试验田。

一位叫贝特朗的大律师从法国来到摩洛哥，他是来打官司的，为了保护他，委托人专门配备了保镖。但贝特朗对这种形影不离的保护满腹牢骚，但抱怨归抱怨，保镖克利斯朵夫还是恪尽职守，与贝特朗形影不离。

很快，贝特朗就体会到保镖的好处，一位或许是从前的委托人，却与之纠缠不清的女人出现在他的房间，身心饥饿的女人一边脱大律师的衣服，一边扬言与丈夫离婚。律师马上害怕了，立即抽空跑到隔壁找保镖。克利斯朵夫显然是这方面的行家，等贝特朗醒来，保镖说女人已经走了。再问如何让她走的，答曰安慰。很明显他的意思是用身体来安慰。贝特朗立即对这个叫克利斯朵夫的保镖刮目相看……

这个细节其实很重要，一是表现克利斯朵夫任劳任怨，除了保卫工作还做一些分外的事，二是他的情欲正常。接着，我们就要看到导演的险棋了。

一个叫奥黛丽的摩洛哥女孩出现了，她是摩洛哥电视台的气象预报员。性感、风骚、狂野，也非常的堕落。后者恰恰是导演的目的所在，她就是想把奥黛丽塑造成一个活生生的"地狱"的代名词！这个"地狱"对贝特朗这样的老男人天生具有杀伤力，很快他就坠入情网了。导演给的镜头也相当滑稽，贝特朗与女孩亲热时，只能看到他从黑暗中透出的半张脸，那张脸有些绝望，更多的则是窃喜！

麻烦却是克利斯朵夫带来的，因为这种状态下，他无法再继续工作，他跑到奥黛丽家检查她的房间，奥黛丽在一旁诡秘地微笑。很快我们就知道，在这个小地方，克利斯朵夫曾与奥黛丽有过一段恋情。

矛盾居然发生在他们两个之间。

贝特朗虽然深深地为奥黛丽狂野的性情所吸引，但那只是游戏，一旦奥黛丽说要与他回巴黎，他就不行了，老男人本色暴露无遗。于是，他把这种担心传递给保镖，说她在法庭出现会影响自己的辩论。克利斯朵夫不得不把放荡女拉走。在一个荒僻的郊外，奥黛丽告诉克利斯朵夫她的"野心"，她不久将现身巴黎，与众多名流共进晚餐，而你，她调侃昔日的情人，明天就将失业！

奥黛丽没想到这种平常话会要了她的命，总之它激起了隐藏在克利斯朵夫身体最深处的妒意……于是，我们最不愿意看到的一幕发生了，保镖杀死了放荡女，也是他昔日的情人！

这一幕当然是导演蓄谋已久的，她苦心孤诣中最不可思议的一幕，就是让一个沉稳且性欲正常的男人，为了另一个男人杀死一个还算可爱健康的女孩。不可思议的是这个故事居然讲得合情合理，但影片中强烈的存在主义的气息还是让我感到不适。

《摩托日记》：英雄诞生记

英文名：The Motorcycle Diaries（2004 年）

导演：沃尔特·塞勒斯

主演：盖尔·加西亚·贝纳尔　罗德里格·德拉·塞纳

制片国家 / 地区：阿根廷　美国等

　　格瓦拉，职业革命家、军事家，但我们最熟悉的或许还是那个印在文化衫，作为时尚标志的形象。因此观看一部格瓦拉的传记片，对了解这位传奇英雄不无裨益。不过，观影后你会发现，这部讲格瓦拉的电影并不是一部严格意义上的传记片，导演、编剧只是截取了格瓦拉生命中并不起眼的一段：一次貌似意义不明的远足，或许在艺术家眼里，这才是继往开来的关键时刻。

　　1952 年，两个年轻的阿根廷人踏上了他们向往已久的"拉丁美洲发现之旅"。其中 23 岁的欧内斯托·格瓦拉是一名"还有三次作业"就可毕业的麻风病学博士，但他显然已经无法抵挡那种来自大自然的召唤，他的身心都在回应巨大的热情。于是与好友，同样的冒险家、29 岁的阿尔伯特·格兰纳多相约上路。

如果分类，这部电影很容易被划入公路电影，或者拍成风光片。巴西名导沃尔特·塞勒斯，显然有预谋地规避了这些可能，而把重心放在人物性格塑造和内心世界观的变迁，而让我们渐渐体会，为什么喜欢长途旅行者千百万，唯独这个叫格瓦拉的人可以流芳千古……

影片开头我们就看到，格瓦拉其实和其他年轻人一样，喜欢体育，喜欢流行文化，他的女友切其娜想让他安静地待着，却也无法阻止他远行。她给了他 15 美金，让他从美国为她捎内衣。这 15 美金几乎成了象征，因为在近似颠沛流离的旅程中，他们遇到了无数的麻烦和磨难，小到饥寒交迫，大到各种欺凌，格瓦拉都"捍卫"着这有他体温的钱币，直到他们进入秘鲁，阿尔伯特再次索要这笔钱，他才告之，钱已经在智利时交给了那对矿区的共产主义夫妻。

应当说，格瓦拉比看上去的更坚持原则，他不会因为一顿饭去欺骗病人，不会因为一次招待，而选择违心的恭维。但他很有感染力，并用这种感染力突破一些陈腐的原则。后来，他们来到南美最大的一个麻风病治疗区，格瓦拉率先不戴手套即与病人握手（治疗中的麻风病不传染），渐渐，他们生活在一起，一起踢球，一起游戏，格瓦拉用他的平常心和爱心赢得了包括病人、医生、修女在内所有人的爱戴。在院方为他举行的生日晚会上，格瓦拉的一席发言，感染了所有在场的人，此时也许注定了他将为拉美解放事业献身的命运。

影片结尾，格瓦拉独自一人从哥伦比亚返回阿根廷，他的朋友阿尔伯特在机场，敬仰地望着好友离去，最后，阿尔伯特变成一名耄耋老人，但他敬仰的目光未曾改变！导演沃尔特·塞勒斯或许用这种方式告诉我们，一个为他人奉献一切的人值得我们永远尊敬！

《木兰花》：宽恕那些伤害

英文名：Magnolia（1999 年）

导演：保罗·托马斯·安德森

主演：朱丽安·摩尔　威廉姆·H·梅西　汤姆·克鲁斯

制片国家 / 地区：美国

正常的电影一般都会在 90 分钟之内结束，《木兰花》显然没有遵从这个惯例，三个小时的片长，并不是所有人都能毫不犹豫接受的，我自己也是抱着试一试的态度，随时停下来的想法开始《木兰花》之旅。

《木兰花》讲了一个繁复的故事，准确地说，是九个故事，九个故事大概由一档收视率颇高的电视节目"孩子也能做到"间隔，也顺势进行组合。

这些故事的主角有资深的节目主持、参赛选手、从前创纪录的选手、主持的家人、警察、濒临死亡的爵士以及他内心坚硬的儿子……这些人其实是从美国南加州成百上千的普通人中遴选出来的，导演在片头颇费周折，讲了三个神秘离奇的偶然案件，如此铺垫似乎也旨在说明，整部影片的偶然与随机，虽然故事只是社会的缩影，但把它当成当今西方主流精神生活来阅读也未尝不可。

九个故事中有两则是我印象深刻的，因为导演也在此倾注了笔墨：

一个是病入膏肓的帕特里奇爵士，弥留之际，对自己早年遗弃的妻儿心生忏悔。于是他的护理医生不得不为了完成老人的心愿，而四处寻找他的孩子弗兰克·迈基。而此时，弗兰克已是一名著名的电视主持人，因为对继母的憎恨以及幼时遭遗弃的伤害，他仇恨世上所有的女人……

另一则则发生在主持人吉米的女儿克劳迪与警察科林之间。克劳迪因幼年受到父亲的伤害，而性格怪异，甚至只有吸毒才能找到安慰。这时她又遭邻居投诉，于是与上门处理问题的警官科林相遇了。从见到克劳迪第一眼，科林就陷入了一场痛苦而绝望的相思……

导演在处理这些故事时有意模糊了主角与配角，有意把力量用得很均匀，尽量把每个人物都描述清楚、到位，立体、丰满，这或许很累，也很铺张。但就在你认为在一部现实主义的作品中理清思路，而渐渐自得其乐时，导演却让所有的演员都停下手里的事，一起和 AimeeMann 同唱一首歌：《Wise up》。他们唱得如此投入，仿佛一种宗教仪式。

最后电影在一场奇异的青蛙雨中结束。据说，这场"人为"的青蛙雨是与圣经某个场面遥相呼应的，它暗示着一种宽恕，一次爱的洗礼。又据说，电影中其实充满了 8 与 2 这两个数字，玄妙而引人遐思。当然没有宗教经验的观众，也会在最后突如其来的青蛙雨中获得满足、释然。

《木兰花》出自艺术导演保罗·托马斯·安德森之手，它在美国本土的票房十分惨淡，却于随后的柏林国际电影节斩获了金熊奖。汤姆·克鲁斯也凭本片荣获该年度金球奖最佳男配角奖，一洗往昔花瓶男的恶名。

《青少年哪吒》: 为无明的青春命名

英文名：Rebels of the Neon God（1992 年）

导演：蔡明亮

主演：李康生　陆弈静　陈昭荣

制片国家 / 地区：中国台湾

　　最近忽然想看台湾电影，找到一部《青少年哪吒》，系台湾当今名导蔡明亮的处女作。蔡明亮是台湾新浪潮电影的代表人物，好像也是一些国际知名影展的常客，出镜率颇高。但问题好像就出在这儿，有些人一旦成了名人、大师，在舆论的怂恿下，往往不是过于自恃就是过于放纵，结果都是自我的迷失。后期，蔡导的电影常不知所云，似乎于人生境况无意命名（或者不能够），整部电影也因为大量的长镜头而显得拖沓和暧昧，好像非如此不足以告慰艺术，也不足以回报电影节的邀约，所以看"大师"早期电影大概是一种不错的选择。

　　《青少年哪吒》算一部青春片，但电影里的青春不是张扬的，而是略微显得沉闷，盲目而铺张，甚至连影片的色调也因此昏沉，不过坚持住，过了头十分钟，你就能理出头绪了。主人公阿泽是个喜欢玩电玩的小混混，早晨醒来才发现自己家的卫生间里有一位陌生的女孩。女孩其实是他哥哥一夜情的女友，这时已是两不相欠的状态。阿泽送女孩上班的途中，砸了一辆出租车的门前镜，于是引出影片的另一条线索——李康生（蔡导的电影代言人，真名实姓）。再坚持一会儿，你就会发现电影片名的来历，原来出租车司机老李和儿子关系不好，他老婆去黄大仙处求签，得到的答复：他们的儿子是哪吒三太子投胎，无怪乎父子形同水火……夫妇间的对话碰巧被小康听到，他原本在补习班补习，这样一来，也无心再念下去，干脆退了学，在街上游荡。后来小康终于找到件"正"事，他发现了阿泽，并意识到这个人其实就是砸他父亲汽车的小混混，并在阿泽与女友在宾馆鬼混的时候，弄坏了他的摩托车，划烂了坐垫，又用胶水堵住了锁眼……旁边用红喷漆写上：哪吒在此。

我们可能都搞不清"哪吒"想干什么，他的真实意图，如果仅仅想享受行使惩罚的权利，这个小康却在事后很认真地问气头上的阿泽要不要帮忙；如果这是寻找组织那样的靠近（阿泽好像靠偷卖电玩的芯片为生），他又没能继续下去。青春像一摊污水，没有目的，没有方向。这时候，阿泽的偷盗却事发了，因为芯片他和同伙被一群人暴打，回家时碰巧又坐到"哪吒"父亲的出租车。阿泽认出来，于是坚定地认为自己很"倒霉"！这个倒霉当然是导演为他加上的，也可能是整部电影最有意思的地方，那就是导演对不幸、倒霉的理解，以前是不明物，现在却有了一个具象的载体，它叫"哪吒"。

《人工智能》：此时无情胜有情

英文名：Artificial Intelligence（2001 年）

导演：史蒂文·斯皮尔伯格

主演：海利·乔·奥斯蒙 裘德·洛 弗兰西丝·奥康纳

制片国家 / 地区：美国

斯皮尔伯格的视界可能与一般人真不一样，即如科幻片，他的诉求也与他的同行们趣味迥异。对未来，他似乎更为乐观，或许他相信，一个更强大的文明就需要一个更加强大的道德来支持，这也让他的该类型电影有一种难以抗拒的暖色，如同《辛德勒名单》中那个素色中的红衣女孩，只是它更不易觉察，它们藏在冰冷的未来世界背后。

《人工智能》一定不是斯皮尔伯格最好的电影，即使科幻片中也不是最巅峰的一部，甚至它是一部"合作"的作品，准确地说，它是另一位大师库布里克（《发条橙》的导演）苦心酝酿二十年的构思，只可惜受制于当时的电影技术，这部本该异彩纷呈的电影未能在库布里克手中诞生，1999 年库布里克去世后，它也成为另一位大师斯皮尔伯格的命题作文。

电影的情节其实很简单：一个生活在 21 世纪后半叶的母亲，为了摆脱即将到来的丧子之痛，而从机器人行业协会认领了一位从各方面都逼真近似人类的机器。这个机器人是真正为爱而生的，他不具备任何我们曾经看到的，已经想到的那些能力，他既不能上天也不能入地，更不会炫技式的变形，这些我们在科幻电影领略的功能"他"都不具备，因为"他"就是仿一个 5 岁男孩而生的，这就是全部的能力，而他全部的目的就是为了回应或者得到人类的爱，具体说，就是一位即将丧子的母亲的爱。

影片的设计无疑很残忍，我们看到，就在女主人慢慢接受这个机器孩子，甚至为"他"怜惜时，女主人的孩子却意外地起死回生。于是，我们看到了，一真一假两个孩子，为了得到母亲的爱，而产生了微妙的竞争。这也让女主人产生了丢弃机器儿子的想法，尤其一次意外，"他"几乎伤及自己正常儿子，这种忍耐也到了极限。于是狠心的母亲将"他"骗出，并弃于荒野。这时，我们才知道，在未来，在两位大师的想象中，人类的生活之外，还有许许多多被遗弃的机器的存在，他们即将被人类拆除、销毁……

影片套用了一部著名的童话《木偶奇遇记》，作为匹诺曹的对应，机器人也同样渴望变成真人，把匹诺曹从木头变成血肉的仙女也被他同样地信仰、崇敬，终于，"他"在已经被海水淹没的一座乐园里发现了仙女的塑像，然后，"他"把剩余的时间全部用来渴求、祈祷，"他"不知道的是，这种渴求和祈祷的姿势也成为人类世界最后的定格。两千年后，机器人的"他"终于被另一种新生命发现，"他"也因此成为两种生命交接唯一的媒介。影片站在更高级的位置这么评述人类，人类是伟大的。或许大师们想说的是，与人类的善变无常相比，机器人的"他"跨越两千年不变的执着才更加动人。

《入殓师》：给活人看的仪式

英文名：Departures（2008 年）

导演：泷田洋二郎

主演：本木雅弘　山崎努　广末凉子

制片国家／地区：日本

　　入殓师这种职业中国好像没有，这种工作，大多由亡者的关系较远的亲友完成。当然也可由火葬场代为处理，但好像没特定的名称，整个过程也是秘而不宣。

　　电影中的入殓师显然是个被诗意的职业，甚至工作场面也被大大地诗意化。入殓师来到死者家里，面前是死者，再过去就是一群死者的各类亲属，也是一群观众。众目睽睽之下，入殓师要用娴熟也是艺术的手法替死者净身，然后在布单下隐秘地替死者换衣，最后才轮到化妆。也就是说，入殓师的具体工作就是当着众亲友的面，把一具冰冷的尸体变成一个虽然冰冷却不乏生动的艺术品。这一过程，在中国自然是难以想象的，除了为亡者讳，谁又有心思把尸体化妆当成一门艺术来鉴赏？但在日本，或许就有了例外。

　　抛开 20 世纪两国的恩怨不提，中国人对日本人的印象，或许还是他们对传统那份近乎痴迷的保守，而这些传统又分明是对中国某个特定时期不走样地摹写，因此看着这些在国内早已绝迹的东西，中国人的感情总是相当复杂，认可不是，敬意不是，鼓掌不是，嫌弃也不是，于是只剩下调侃。

　　入殓师在中国人眼里肯定有些变态。但细想，它诞生在日本这种仪式化程度很高的国家也十分的合理。比如茶道，插花道，空手道……任一普通生活片断都有求道的可能性，矢溺既然是道，那么装扮死人又有何不可？况且导演在电影一开场就点题了，入殓师就是给人以"尊严"的职业，同时也要自己挣尊严（当然还有钱），电影告诉我们，这两样其实都不易。

　　故事开篇主人公小林大悟所在的乐团就因赤字解散。他因此有种"此身合是诗人未"的叹息，进而怀疑自己梦想其实并非梦想。这种情境下，他误打误撞地进入 NK 公司，唯一的职员也即社长，连哄带骗将他纳于麾下，小林犹豫地反问，一个没接触过死人的人能做好这份工作吗？

　　果然，他过了许多关口，好不容易才认可了行业的意义。故事最后，当年遗弃他的父亲也露面了，不过已经成为一具尸体，导演于是乎要小林从父亲的尸体上找回人间真情……

　　如果抛开后半部，这部奥斯卡最佳外语片还算不错，角度新颖，温情、睿智，但后半部对父亲的重新认识，命题显然过于庞大，以致感觉电影产生了变形，那个田野上拉大提琴的画面所产生的温馨已荡然无存，也许导演考虑得太多，装入了太多的东西，电影就此进入歧路。

　　导演或许还想告诉我们当一名入殓师其实是个不错的选择，至少收入不错，比拉大提琴更好。这当然是句玩笑话。

《手机》：都是手机惹的祸

英文名：Cellphone（2009 年）

导演：金韩民

主演：严泰雄　朴勇宇　朴率美

制片国家／地区：韩国

韩国导演金韩民是这么解释他拍《手机》的初衷的：“没有哪个时代的泄密会像现在这么彻底，而且通常的渠道就是你手边的通信工具手机开始的。”于是金导演选择一位电影明星的视频来诠释这个理念，因为只有明星才会有超乎常人的动力去掩盖一个秘密……

某天，当红女星尹真儿的一段情色视频出现在经纪人吴承民的手机里。发件人是尹真儿的前男友，他打算用此来敲诈尹真儿。不幸的是，吴承民在交接时，为了跟踪敲诈者，不小心将手机掉在了咖啡吧，而拾到手机的人却把归还手机当成了一个游戏过程，他不断地向吴承民提出各种奇怪的要求。吴承民为了讨回手机，准确地说是视频，不得不委曲求全，做出许多卑躬屈膝的事，甚至把自己的老婆也卷了进去。

为了讨回手机吴承民可谓绞尽了脑汁，甚至动用高科技手段进行定位，结果却进了警察局。且就在这时，尹真儿的情色视频也被人发送到网上，可以说吴承民辛苦经营的偶像一夜之间便声名狼藉……

照理整个故事应当结束，但捡到手机的人却并不知情，仍然在和吴承民交涉。偶然，吴承民发现拿他手机的人其实是某一大型超市的主任，并且是最优秀的员工，这个叫郑义奎的人，长得相貌堂堂，却因为每天要打发最难缠的顾客，承受他们的辱骂，甚至拳脚相交，以致天长日久，内心也扭曲失常。承民发现了这个秘密，他压制住内心的愤怒，并佯装不知，和对手把这个变态游戏玩下去，他发誓要把承受的一切都还给对方……

本片可以说也是韩版的艳照门事件，但它波及的又不仅仅是娱乐圈，家庭、单位甚至整个社会都在它的探讨范围。而且电影内在悬疑的设计又是非常准确到位，因此从观影角度，也十分的刺激诱人。它的好处是复杂，你以为这样了，它偏偏又来了变化，它写一个变态的人，却是一个人性复杂的合成，两个偶然相识的男人彼此的报复到了令人发指的程度，可以说导演前面的铺垫工作还非常充分的，当然从结果来看，韩国《手机》还是太臃肿，故事也太过复杂，可能导演的野心过大，才导致这部电影更像设计出来的，而非实实在在的生活。

《双瞳》：两种视角看灵异

片名：Double Vision（2002 年）

导演：陈国富

主演：梁家辉　大卫·摩斯　刘若英

制片国家 / 地区：中国台湾

双瞳，乃古相术中异人异相。影片中的双瞳其实生下来即已死亡，即片中双胞胎的姐姐，被泡在福尔马林液中制成标本，妹妹，也是一个双瞳，某一邪教的领袖，但她要等影片三分之二处才会出场……

当然电影的题旨并非渲染灵异事件，兴趣还是正常人面对不可知的事件时的态度，归纳起来于是乎就有两种明显的指向，导演陈国富把它们化身为"双瞳"：两只眼睛，两种视角，它们分别代表了来自东西方不同的探求。

东方以落魄的黄火土警官为代表，西方则是来自美国 FBI 的专家凯文。东方的认知自然是整体的、感性的，这与西方的科学、务实有着迥异的立场。

导演让美国代表顺利地在空调箱找到一枚钢珠，据说这便是一种特殊病毒进入病人体中的媒介，钢珠中的病毒由冷风进入受害者的呼吸道，再让他们一一产生溺死、火烧、开膛的幻觉，并在强烈的幻觉中死去，但同一种病毒，为什么会导致不同的幻觉？美国代表凯文则无法做出回答。

于是，导演让东方代表黄火土出场，他通过一张符，又由洛河图发现了三个遇害人名字的信息，并顺利地找到了第四个受害者的名字。最后他还在这些中发现了自己！于是东西合璧，破获此案。

导演陈国富其实用的求实务实的方式，也就偏西方的方式讲述这个灵异案件，东方代表出场他同样"要求"人证物证齐全。讲得不可谓不辛苦，也是这个原因，我发现陈国富导演还相当有诚意的，至少他不着急收场，不想仅仅讲述一个警察破案的故事，或者他想把一部商业片拍得更有文化内涵。但影片最诡异的地方还是导演自如驾驭镜头，让电影的末段充分地发挥了中国人对"人生如梦"的理解。

美国代表凯文不幸死去，黄警官已知这个案件最大的元凶，即地窖中那个貌似饱经摧残的瘦弱少女，她貌似正生着一场大病，但这场大病据说又是"成仙"所必需的过程。黄警官赶到现场时，双瞳已修行圆满，她让黄警官开枪送她一程……

在双瞳的诱骗下，黄警官开了枪，奇怪的是双瞳少女倒下时却依在他怀中，而黄警官正坐在送她去医院的路上，这中间他知道了双瞳少女的身世，他如释重负回到家中，打算好好过日子，重新生活，这时玄妙的梦境出现裂纹，黄警官发现离婚书上竟有他的签字和手印，老婆则不可理喻地训斥不说话的女儿，黄警官这才醒悟他的老婆其实就是双瞳少女，她抓起他的女儿做威胁。黄警官这一次毫不犹豫地开了枪！枪响之后，他发现他和双瞳少女其实还在那座道观，他们根本没有离开……

中国真是一个梦的国度，前有庄周梦蝶，后有黄粱美梦，聊斋中也有几个身处梦境痴迷不觉的故事。中国盛产造梦大师，陈国富是一个追随者、实践者。

《天使 A》：巴黎版的天仙配

英文名：Angel-A（2005 年）

导演：吕克·贝松

主演：加梅勒·杜布兹　丽·拉丝姆森

制片国家 / 地区：法国

　　影片一开场，男主人公安德烈就替美国人挨了一记耳光，因为他获得了绿卡，已经算一名美国人。"你们美国人也管得太宽啦！"但我猜这更像导演吕克·贝松自己的意思，送给想象中的美国人一记耳光。

　　娱乐过后，正戏开场，这个叫安德烈的小骗子因为债台高筑正在巴黎到处躲债，他到警察局希望被关几天，又到领事馆寻求帮助，结果在一无所获的情形下，他打算在塞纳河上投河自尽，结果他发现旁边还有一个女孩，也打算投河，且不听他的劝阻抢先跳了下去。情急之下，安德烈忘了自己不会游泳，他纵身跳进河里，把这个女孩背了出来。

这是个高挑性感的女孩，一袭黑衣，她告诉安德烈自己叫安琪拉。为了感谢安德烈的救命之恩，安琪拉表示她可以为他做他所愿意的一切。在漂亮的安琪拉面前，安德烈自惭形秽，但他还是接受了安琪拉的帮助。让她帮自己把最恐怖的一个债主打发走，又让她帮自己赚了不少钱。安德烈良心未泯，内心一直感到不安。这时候安琪拉告诉他，自己其实是天使，她从上面下来的目的就是为了让他重拾信心，且自己的形象就是他内心的投影。安德烈哈哈大笑，让她证明这一点，安琪拉先让一只烟灰缸飞起来，安德烈没看清要她再来一次。这一次是一支抽完的烟卷复原了。安德烈信了，他双眼噙满泪水，问："为什么是我？"

我也是这时候看进去的，因为我和安德烈一样，都有些感动，换成我也会问这个问题。甚至任何人都会问，"为什么是我？"我们都是这个世界身不由己的可怜虫，我们和奇迹应当没有任何关系。

之后天使安琪拉用不同的方法，让安德烈一点一滴地找回自我。而找回自我的同时，安德烈却发现自己爱上了安琪拉。最后，安德烈在安琪拉的帮助下，找到了昔日的债主黑帮头目弗兰克，也是他最害怕的一个人。弗兰克以为安德烈要杀他，安德烈却侃侃而谈，讲起他对人生对世界的与众不同的理解，而这一切从前他只会深埋在心里……结束时，安德烈却发现安琪拉不见了，因为他恢复了尊严、自信，天使安琪拉的尘缘也将结束……

《天使A》是名导吕克·贝松的收山之作，但也未必，毕竟从上一部电影《圣女贞德》低谷走过来也有相当一段时间，再说，食言在文艺界也是常事，至少，喜欢《这个杀手不太冷》《第五号元素》的人还是愿意看到吕克·贝松重出江湖的，那样的话，对世界的描述至少会多一种可能。

《跳出我天地》：令人激动的认同

英文名：Billy Elliot（2000 年）

导演：史蒂芬·戴德利

主演：杰米·贝尔　朱莉·沃尔特斯　杰米·德拉文

制片国家/地区：英国

励志电影作为一种类型片，或许最能够体现"寓教于乐"的精髓。当然它们中有一些只是图解概念，有一些则确能对观众产生正面的激励，《跳出我的天地》就是后者中的上品。

电影以撒切尔夫人时代为背景，塑造了一个生长在矿区，远离艺术却拥有不凡舞蹈天赋的孩子比利，他自身的命运，以及他对家人朋友产生的影响。

20 世纪 80 年代，撒切尔夫人主政下的英国爆发了煤矿工人大罢工。生活在北英格兰岛的一个小镇上的比利一家也卷入其中，父亲和哥哥都是罢工的积极参与者，当然 11 岁的比利还神游物外，除了上课，他关心的只是从父亲那儿得到一点钱，然后去参加每周一次的拳击课。

一个偶然的机会，比利对同场地的芭蕾舞发生了兴趣。尽管他知道，学这种舞蹈，要冒被人称作娘娘腔的风险，但还是忍不住参与其中。教授芭蕾舞的威尔金斯夫人貌似刻薄世故，但她却是比利的伯乐，她用极短的时间就发现了比利的天分，除了鼓励，甚至愿意免费教授。然而这一切都是瞒着比利的家人秘密进行的。

没有不透风的墙，比利跳舞的事还是被家里人发现了，在这个问题上，他的父亲与兄长态度惊人的一致，他们不是打击就是奚落。面对重重压力，比利甚至想到退出，但威尔金斯夫人却准备推荐他去皇家芭蕾舞学校学习，比利这才意识到，他的舞蹈在威尔金斯夫人心目中有多么重的分量。

但威尔金斯夫人与比利家人的沟通并不成功，他哥哥甚至认为这件事除了给家里丢丑，一无是处，而威尔金斯夫人完全是为了自己的利益，才编造如此可笑的谎言，谈话毫无结果。

圣诞节之夜，情况却发生了转机，比利和好友到练习厅游玩时和寻衅的父亲狭路相逢，比利于是在父亲发怒前跳起了舞，于是激动人心的事情发生了：父亲看完儿子的表演，一言不发，他转身去找威尔金斯夫人，询问去考舞蹈学院的费用。由于自己没这个能力，这个罢工的积极分子决定放弃自己的理想，为儿子的天才让步。

影片中还有个细节，圣诞节晚上，由于家里连取暖的煤都没有，父亲决定把妻子遗留下来的一架钢琴劈来烧火，当他把钢琴的碎片扔进火炉，这个老矿工却捧起了一根按键开始啜泣……比利父亲是影片中让我触动最大的角色，他偏执、暴力、没涵养，但天性中与生俱来的辨别力，还是让他一下子认出儿子身上同样与生俱来的天赋，哪怕他不喜欢，还是给予最坚定最直接的支持。到最后，他对伦敦的态度、对艺术的态度可能都没有改观，他仍然那么"土"，但他对比利的爱与支持一如既往。

《玩命记忆》：绝地游戏！

英文名：Unknown（2006 年）

导演：西蒙·布兰德

主演：詹姆斯·卡维泽　格雷戈·金尼尔　乔·潘托里亚诺

制片国家／地区：美国

在一栋废弃的仓库里，五名男子先后从昏迷中苏醒，但他们随即发现这个空间里的所有人，包括他们自己都失去了记忆……

这是一部貌似恢复记忆的电影，因为有生死的胁迫，迅速找出各自的历史，也即分清楚敌我就成为关键，这也是别的失忆影片不具备的紧张，电影正是顺着这个脉络展开的。讲失忆的影片很多，但五个人同时失去记忆却头一回看到，编剧、导演似乎有心为难自己，非要把故事设定在一间打不开的仓库，一群不知道正邪、敌我的人从零记忆状态，开始零零碎碎拼凑着事件的全貌，种种迹象表明这与一桩绑架案有关，但究竟是谁绑架了谁？哪个人是受害者？答案即将水落石出时，导演却武断地截断了他们的探讨，也顺便延缓了观众发现谜底的机会，只知道日落前外面还有一帮劫匪将要回来，恐怖开始漫延……

片中的最先苏醒的，应当是影片倾力打造的男主角，随着时间的推移，我们发现，这个人不仅不是劫匪，还是警方安插的卧底，但他显然也不是个好卧底，他比我们想象得要复杂、丰富，这么说吧，这起绑架勒索案与他有极大的关系（由他发起的，再由他收场），他唯一失算的就是自己会失去记忆，而此时前来会合的绑匪成员已从警方电话中得知，他们的成员中有一名警察，于是男主角不得不与劫匪们展开殊死搏斗……

要说电影的讲述是非常节制而到位的，只是从现有的节奏来看，观众刚好可以在观影的同时，理清人物关系、身份以及各自背景及故事脉络，但导演的野心显然比较大，他绝不想仅仅讲一个顺风顺水的警察打击劫匪的二元故事，他更想借此背景来挖掘一下男主角，也就是一名亦正亦邪的卧底内心的纵深及复杂，这也意味着电影将负责任地展示人性中的诸多种可能性，但这明显有些强人所难了，因为看这部电影的观众，大多数还是为生理做出选择，也就是说刺激是放在首选的，它应当更像一个游戏，善与恶孰输孰赢倒是其次，关键是痛快，显然，要这些人动脑筋是导演一厢情愿的地方。

《我配不上她》：哪个时代都有"灰姑娘"

英文名：She's Out of My League（2010 年）

导演：吉姆·费尔德·史密斯

主演：杰伊·巴鲁切尔　爱丽丝·伊芙　T. J. 米勒　迈克·沃格尔

制片国家／地区：美国

或许更多地考虑受众，美国喜剧大多是爆米花电影，粗野，有生殖力，这是银幕，下面的观众大笑之余还能大快朵颐。好像与欧洲喜剧电影无论从立意到效果都有极大的不同。

《我配不上她》讲了一个门不当户不对的爱情故事。本来门当户对是全世界都通行的一条情感，尤其是婚姻准则，但也有相当部分违背这条准则，于是种种磨难因此而生，来考验那些喜欢挑战约定俗成的人士。

柯克是匹兹堡机场运输部门的一名保安，他最好的几个死党也是他的同事，他们整天混在一起，不分彼此，肆意地谈论各自的隐私。柯克无疑是其中被修理得最厉害的，因为他一直梦想着和前女友玛妮重修旧好，而势利的玛妮却利用他的性格弱点，享受着他的家庭、父母，包括泳池等除开他的一切。

就是这么一个其貌不扬的小保安，一个偶然的机会却结识了一位天仙似的美女，有教养，诸多大场面的策划组织者。他们分属于两个不同的世界。这种貌似天仙配的组合，不仅柯克自己意外，就是他的几个朋友也忍不住"敲打"他，他们坐在机场的行李传送带上，轮番轰炸柯克的热情。

柯克的家人也用呆若木鸡的静场来欢迎这个意外降临的女孩。有意思的是，长期在柯克家混吃混玩的玛妮，突然间发现了柯克的好处，而对他重新发生兴趣，是莫莉提升了柯克的身价？

莫莉的女友却质疑她和柯克交往的动机，是不是柯克不会伤害她？总之一片怀疑，甚至我猜测导演自己在这个问题上也不是太自信，所以在这个问题上纠缠不清。

当然，电影最终是要解决这个问题，经过多次反复打击的恋人终于走到了激情时刻，柯克发现莫莉的脚有些小毛病，这反而让他高兴，因为这一缺陷让他们变得接近，莫莉也看出这一点，于是反问他是否太过自卑，两人于是争吵，不欢而散。

最终导演还是要解决两者貌似差距问题，他让那些外在的表象一一忽略，而强调柯克的善良与对爱的真诚，这一切当然是从柯克的朋友嘴里说出的，因为柯克一家即将外出休假，而向来像寄生虫一般的玛妮也打算与柯克走到一起。柯克所有的死党都反对他这种逆来顺受的消极，他们鼓动他与莫莉联系，甚至用权力让飞机滞留。终于，我们看到了两人忘情拥吻的大团圆式的结局，很开心，有情人终成眷属，以后怎么样，且不去管它，反正电影结束前这一切都发生过了。

《无畏上将高尔察克》：爱，一直在燃烧

英文名：Admiral（2008 年）

导演：安德列·克拉夫丘克

主演：康斯坦丁·哈宾斯基　丽扎·波亚尔斯卡娅　谢尔盖·别兹鲁科夫

制片国家／地区：俄罗斯

《无畏上将高尔察克》的主人公，俄国海军上将高尔察克是个至今都极具争议的人物。这部传记电影，从他建功开始，大致把高尔察克的一生勾勒了一遍。或许因为这也是高尔察克首次以正面人物的形象出现银幕，导演在人物定位上也显得十分谨慎，主要把他作为一个"政治上的无辜受害者和理想主义爱国者"来塑造，突出他的军事才能及政治上的不成熟。当然就人物而言，康斯坦丁·哈宾斯基所演绎的高尔察克，还是冷静沉稳的军人形象，同时也是发乎情止乎理的好男人。

高尔察克的情感生活是贯穿影片始终的另一条线索，或许这也

是本片最值得推荐的看点。

高尔察克与他的第二任"妻子"安娜的初识被设计得非常浪漫。源于一群高级军官的赌约，他们让高尔察克亲吻下一个从外面进来的人，无论他（她）是谁。结果，安娜从门外进来，这是他们情缘的开始。其实，高尔察克和安娜都各有家室，但他们的爱情生长的迅速远超想象，甚至在各自原配面前都无法控制。但作为一个成熟的男人，高尔察克还是首先约束住自己，并决定不再与安娜见面。

1917年3月2日尼古拉二世退位，大批旧时代将领被临时政府处决，高尔察克虽然贵为军界元首，也不得像下级军官那样被解除武装。由于他拒绝与临时政府合作，不得不流亡国外……一年后，一个偶然的机会，安娜得知高尔察克在鄂木斯克召集军队，便告别了丈夫，欣然前往，她正好赶上高尔察克宣誓就任俄罗斯"最高统帅"，但她并没露面，而是隐身在一家医院，成了一名战地护士。她实践着自己的诺言，"只要知道你还活着就足够了"。

战争却朝着不利于白军的方向发展，1919年高尔察克决定迁都伊尔库茨克，此时他和安娜正式重逢，时间留给他们的并不多，就在离伊尔库茨克不远，高尔察克解散了队伍，而他则与安娜默默相对，等着命运的终结……

这部电影如果是爱情片，它讲的是守望、理解与承担，尤其安娜最后请求当局逮捕自己，如果没有罪名，就以上将之妻作为罪名，但她并没有能和高尔察克在一起，并最终死在一起。最后安娜回到莫斯科，成了电影厂一名群众演员，但反革命之妻的名分还是让她背负终生。电影让我印象最深的就是晚年安娜的那张脸，那是张多少有些漠然的脸，但她幽深的眼神就像跨越历史投射而来。

《吴清源》：如何走进大师的内心

英文名：The Go Master（2006 年）

导演：田壮壮

主演：张震　伊藤步　柄本明　仁科贵

制片国家 / 地区：中国大陆

　　我读书时就接触过至少两种吴清源的传记，一本是他的口述史《中的精神》，另一个是国内作者的演绎。虽然同一件事同一个细节，但"仁者见仁，智者见智"，感受认知都截然不同。不过作为一名划时代的东方文化的集大成者，多维视角的研读可以辅助我们了解的不足，至少可以弥补单一或者自我角度带来的缺失，田壮壮的电影《吴清源》就是一个有益补充。

　　这部电影拍摄时，我就在暗忖它的难度，不仅吴大师一生曲折传奇，就是大师精湛的棋艺如何展现也是个难题（有一位国手说世上真正懂围棋的不过四五百人），就说十番棋，虽似擂台，也是听上去的热闹，比起身体打斗，大脑的较量如何让人理解？甚至，我有些担心，影片会不会把吴大师简单地理解成一名爱国主义者？这并非我多虑，一些传奇故事就是用这种方式来刺激读者的心跳的。

电影把这些问题都绕过去，创作者中有位重量级人物，阿城，同样是个文化异才，几十年前他的代表作《棋王》正与棋有关。我以为《棋王》中冲淡平和的道家智慧，也在影片《吴清源》中得到了延续。吴清源神游物外的至高境界，非常人能体验，同时他特殊的际遇，也不是后辈棋士所能经历的。如何抚慰灵魂的痛苦，又如何面对内心的执着？这显然是作家关心的问题。在这一层面上，吴清源与一位普通人没有差别，也是在这个层面，吴清源才是可以被理解的。

于是电影跳过了吴清源如何进入日本的经历，直接呈现的就是吴清源与秀哉名人的旷世对决，但这局棋的结果影片并没有交代，转而叙述吴清源因精神压力而开始投身于宗教的修行。

事实上，影片对吴清源威镇东瀛的历程，讲述都是蜻蜓点水，片断、印象似的，关注的笔墨一直停在大师的内心。从他追随一位日本民间教派教主，到与她分道扬镳，其间唯一的亮色就是遇到了他后来的妻子。

吴清源在传记中说自己一生只做了两件事，真理、围棋。而真理排在前，足见胜负世界不过是他求"道"的一个手段。事实上吴清源后来的一些赛事，也的确是"教主"为他安排的，而他自己一直视"修业"为第一要务，无论战时还是和平时期，包括生病，甚至下棋时，感觉中吴清源与自己的追求没有稍许的离开，或许这对吴清源个人来说，对他的灵魂来说至关重要，而对广大的观众，非棋迷，甚至"吴清源"都不知何许人的新新人类，这部分内容当然不足以形成刺激的。但这又的确是一位扎根于华夏文化，吸纳东瀛文明，最后经过苦修，而傲然成为东方文化集大成者，一位划时代的大师最最核心，也最为动人之处。

《香水》：气味的视觉狂欢

英文名：Perfume：The Story of a Murderer（2006 年）

导演：汤姆·提克威

主演：本·卫肖　达斯汀·霍夫曼　艾伦·瑞克曼　蕾切儿·哈伍德

制片国家／地区：德国

小说《香水》1984 年出版时曾经是轰动德语文坛的大事，二十多年过去，电影版的《香水》才迟迟露面，这种延误自然可以让人理解成一种慎重，也可以看作一种"难度"，所有文学名著改编影视时都可能面临的超越之难，而《香水》还要多一分难度，那就是如何让气味视觉化。

《香水》的主人公是位香水天才，准确地说是位气味天才，可以用气味左右他人。小说对主人公内心，自然还有气味，都有许多锦绣的描写，有些气象只属于文字，因此电影中，导演除了对香水的技术问题大量删削，也将气味引发的哲学问题淡化，相反，突出外

在的动作和情节线索。影片开头就扼要地强调了这一点：画面上已
是囚犯的格雷诺耶，从暗处走出，刚好在灯影下暴露鼻子时停了下
来，于是画面中，我们看到一只鼻子在翕动，在抽吸，那是个有阴
谋的鼻子……

　　自然格雷诺耶由香水大师演变成谋杀犯还是有个过程，这期间
他也由一个自然的嗅觉天才，慢慢地成长为一名顶级香水的创造者，
他发现最好的香水来自某些少女的身体，那些能激起爱情的极其稀
有的人的香味就成了他的牺牲品，于是猎杀她们就成为拥有这些馥
郁香气的唯一途径。小说中的格雷诺耶被塑造得很单纯，因为就在
他吸纳、研究那些香气时，连被害少女的相貌都没看清，也不在意，
而电影中的格雷诺耶显得工于心计，从一开始他就动机明确，直奔
终极。

　　最后，格雷诺耶的香水工程就要竣工了，但他所杀害的十多名
少女的尸体也被陆续发现，人们终于找到了凶手。行刑前，广场上
站满了观刑的市民，格雷诺耶将那些死去少女的精华洒在手帕上，
再让微风把它们送到每一个角落。奇迹发生了！所有人的内心都发
生了骚动，他们在香气的刺激下萌发了爱欲，他们忘我地裸露，进
而交欢，而对于格雷诺耶，他们的看法也瞬间改变，他不是凶手，
他其实是个天使！

　　这个盛大的群众场面，在小说中的分量不重，但在电影里却是
高潮，这几乎也是我看电影前最担心的。格雷诺耶的每个动作都伴
着广场上的阵阵欢呼，就是这一场，甚至有人这么写广告词，"他微
笑着洒下淫迷的处女香"。貌似切题，但原作中的批判精神也荡然无
存。因此在我看来，电影中格雷诺耶变得智勇双全，甚至他的相貌
也显出某种帅气，都是对票房，也即一种世俗情怀妥协的结果。

《小尼古拉》：充满慰藉和笑声的童年

片名：Le petit Nicolas（2009 年）

导演：劳伦·泰拉德

主演：马克西姆·戈达尔　瓦莱丽·勒梅西埃　凯德·麦拉德

制片国家/地区：法国

　　关于孩子的来处，每个人幼时都可能有自己的狂想。笔者就曾经在隔壁一个老女人的误导下，成功地认为孩子都是从公园里抱来的。好在这种臆想没有引出别的麻烦，但小尼古拉不同，他从同学处得知，一旦家里有个弟弟，自己就会被丢进丛林里。于是为了对抗这种命运，他和他的伙伴们必须行动起来……

　　《小尼古拉》改编自法国著名漫画大师让－雅克·桑贝的同名故事，小尼古拉自 1959 年"诞生"，即在法国成为家喻户晓的"人物"，同时在世界范围内也获得了无数的拥趸。影片即是围绕小尼古拉无中生有的"弟弟"展开的，这当然是个误会，因为按同学提供的意见，"爸爸向妈妈献勤，而且不吵架，毫无抱怨地倒垃圾"，那就表示小弟弟要来了。可怕的是，小尼古拉刚好看到这一幕。其实，这是因为他父母刚刚达成协议，为了加薪，打算请老板到家里做客。小尼古拉哀伤地认为自己就要被丢到丛林里，他决定离家出走，去中国，而且不当上尉军官绝不回来。

小尼古拉的伙伴们也同情他的遭遇，他们成立了一个团体，以"神勇无敌"为暗号，要帮助小尼古拉把他的弟弟清理掉。他们选择一位刚刚获释的囚犯，作为清理的最佳人选，他们在公用电话亭却查到另一位同名同姓的汽车修理工。修理工告诉他们全部"清理"要 500 法郎。小尼古拉倒吸一口凉气，他以为"清理"他"弟弟"要花这么多钱，但他上哪儿去弄这么一笔巨款呢？

又是小伙伴出的主意。他们开始卖一种自制的大力药水，并成功地卖给街上每一个想推翻汽车的孩子……

他们抱着 500 法郎，正准备和歹徒，其实是汽车修理工交易时，却意外地看到那位失踪的同学。原来，他出水痘在家里休养了一阵，并没有被抛弃。此时同学推着他可爱的弟弟，并宣称照顾弟弟的种种好处，每天他的父母都会给他更多夸奖，小尼古拉于是改变了初衷，他回去告诉父母，他其实还是喜欢这个弟弟的，他可以来了。谁知大人们的事总是不能让他如意，不久，小尼古拉有了一个妹妹……

作为一个陪伴法国人半个多世纪的虚拟人物，2009 年小尼古拉再次红遍法兰西，不仅创造了多项票房纪录，年终还从各路豪杰的围剿中杀至榜首。法国人进影院，当然是想重温往昔的快乐与温馨，而我们这些远在异国他乡的人，我们也可以从小尼古拉异想天开、充满童趣的生活中得到慰藉和笑声。

《夜车》：越走越孤单

英文名：Night Train（2007 年）

导演：刁亦男

演员：奇道　刘丹

制片国家 / 地区：中国大陆

　　刁亦男不是个耳熟能详的名字，作为编剧，他曾写过《洗澡》《爱情麻辣烫》。后来转行当了导演，一前一后拍的两部电影，《制服》和《夜车》都在国外的电影节上获奖，尤其后者获得第 23 届华沙国际电影节上新导演、新电影两项大奖，这对新晋导演来说无疑是种鼓励。

　　影片一开头便是刘丹饰演的女法警便衣坐在平川开往兴城的列车上。我们不知道这是她第几次前往兴城，她的目的很单纯，参加婚介所组织的联谊舞会，她的丈夫去世已经十年了。在一个陌生的城市，包括便衣装束或许都能让人忽略她的身份，而将她看作一个纯粹的女人。这种"制服"情结应当是《制服》的延续，所不同的是，《制服》是"穿"，《夜车》是"脱"，但无论"穿"还是"脱"其实都是一种企图改变自身的愿望。

影片为我们呈现的交友却并不成功，第一个男友纯粹为了发泄，第二个则是婚托。这一切都给女法警一种很深的挫败感，尤其她每日的工作、执法过程（她要承担执行死刑的任务）郁积的压力，也很难靠自身的力量予以排遣，以致她对隔壁的脱衣舞女都有一种难以克制的羡慕和欣赏，同样作为女人，别人有这么多的追求者，而她却没有。

转变来自一次舞会。女法警发现有个工人模样的人一直在身后尾随，她窃喜自己终于有了一个恋慕者……

跟踪者叫李军，不久前他的老婆因为杀人被法院处以极刑，执行者就是前面这位女法警。老婆死后，李军的生活发生一系列变化，房子被缴，工作被贬，他把这一连串厄运都归结到执行者，他要杀了她，与她同归于尽……

他们就在这种情境下相识的，短暂的接触却互生情愫，李军把法警带到他的单位，他正帮单位看水库。女法警甚至喜欢这个地方，对李军说，她下次来就可以直接在这里下车了。其实李军早有阴谋，他打算在船上杀死这位才结识的女友，也是这个法警。但就在水边备船时，他忽然念及女人的好处而心软。此时，女法警也发现了法院的判决书，知道了李军其实是想杀死自己。女人本来有逃生的机会，却放弃了，她打算面对自己该承担的一切……

《夜车》让我想起美国电影《两颗绝望的心》，同样是不可逆转的绝望之旅，不可改变，又无能为力。前半部导演为男女主人公做了精心的准备，然后再哗啦一下子把背景拉到一个杳无人迹的地方，这一切或许都暗喻着人世的道路从此孤单。

《异能》：武侠化的人体潜能

英文名：Push（2009年）

导演：保罗·麦奎根

主演：达科塔·范宁　克里斯·埃文斯　卡米拉·贝勒

制片国家/地区：美国

这部电影好像争议很大，观后感大都很极端，各执一词，说烂片者众，但也有相当数量的人批评他们没有看懂。

近几年欧美电影，尤其好莱坞大片都爱拐弯抹角地挂上中国元素，善意的理解，这是中国国际形象隆升的一种体现，但你也可以说与此无关，仅仅是影视表述的趣味而已。《异能》也许是跟风作品，但它更进一步，更直接，已经不再是浅尝辄止的试探，从架构到形式再到理念都逃不出中国文化的影响，导演把几乎所有的场景都选在香港，此外就是随处可见的东方信息：禅堂，街边供养僧侣的信众，更有甚者，《功夫》里的狮吼功也被普及，不再是顶尖高手的专利。

当然《异能》还是好莱坞电影，它要追求极端的视觉效果，不仅从前的《赌神》里用于偷牌的特异功能已经可视可见，而且电影中的西方逻辑，这种能力也是可以用药物批量生产。这也或许是东方观众别扭的地方，同样的飞行，东方的只需"御风而行"，但西方的则必须装上一对翅膀，神仙概莫能外，这是一种以己度人的婆婆妈妈，是源自某种不信任还是体贴？不得而知，《异能》中也有很多这种貌似"科学"的婆婆妈妈。

男主角尼克为了报杀父亲之仇，与有预知能力的少女凯西联手寻找一只重要的旅行箱，但凯西的预知能力显然不是最强的，因此他们不断地被杀手组织找到。最后，为了避免预见者的预见，尼克想出了一个办法，他把未来的安排写在几个中国请柬上，然后请人抹去自己的记忆，于是让所有的预见者都失去了目标！似乎，电影的逻辑是预见者只能预见个人的思维，而不是未来发生的一切！这个电影的核心，似乎也成了最大的逻辑错误。当然，在一部武侠式的电影中，逻辑是微不足道的。而最厉害的那个预见者，始终没露面，但她无处不在，香港发生的一切都是她52年前就预见到的。她就是小凯西的母亲，正是她让杀手组织溃败于无形……

我想补充的是，这部电影如果单就热闹而言，已经具备了炫人耳目的一切，足以作为令人放心的消遣。此外，不知为什么我总觉得片首是在俄罗斯而非美国，是不是那个演凯西的小女孩更像一名俄罗斯人？她的名字叫达科塔·范宁，这是个值得记住的名字，感觉中，她会有个相当不俗的未来。

《银河系漫游指南》：都是拆迁惹的祸

英文名：The Hitchhiker's Guide to the Galaxy（2005 年）

导演：加斯·詹宁斯

主演：马丁·弗瑞曼　佐伊·丹斯切尔　山姆·洛克威尔

制片国家／地区：英国　美国

　　一幢房子要被拆迁了。房主亚瑟匆忙跑出向拆迁者抗议，却被好友福特劝阻。福特是位隐居地球的外星人，他告诉亚瑟一项更大的拆迁工程就要来临，几分钟后，地球就要被销毁，它即将成为银河高通道拆迁办的牺牲品，于是很快，地球在银幕上化作了尘埃。

　　通常我们熟悉的好莱坞电影，类似的桥段总会出现在片末，三分之二处，爆炸场面既煞有介事又震撼人心，偏偏这部英国电影中，地球消失不过是开场的噱头，英国式的调侃和幽默为这部类型片带来了异趣，正规地说，它是部穿了科幻外套的幻想电影，"幻想"多过"科学"，它不按常理出牌，也不愿意落入情节的俗套。

　　亚瑟和福特在逃离地球时，不小心搭上了拆迁地球的沃刚人的飞船。据《银河系漫游指南》提示，沃刚人是银河系最讨厌的人种，因为他们的官僚主义，并非常热衷于为他人朗诵诗作。由于亚瑟在听完诗歌后，态度暧昧，于是他和福特又被厚嘴唇的沃刚人扔到了太空，但就是这么巧，他们就像换乘一样，一不小心落到了另一艘太空船。影片的解释，这是因为这个概率，数字刚好是亚瑟家的电话号码！太空船上的银河系总统查福德，正是抢走亚瑟女朋友的外星人，又是他不久前签署命令拆迁地球的，于是因祸得福，亚瑟又与特瑞莲重逢了……

我已经发现要用文字把这部影片描述清晰非常困难，因为就情节而言，电影也显得枝蔓而随意，比如我搞不清电影里非要有那台用来计算人类、宇宙及万事万物终极答案的电脑，又为什么它的答案是 42 我猜这部不以讲故事为目的的电影中有许多不可解释的规定，目的就在于破坏观众头脑中早被成型的各种约定俗成，其中不乏来自科学的逻辑，这一努力不仅让打着科幻旗号的电影充满了反讽，也同时破坏了电影的连续，至少在这一点影片与好莱坞拉开了距离，而呈现出一种另类的丰富。

影片即将结束时，亚瑟遇到了一位自称更高级的生命代表，他说地球是他们创造的，而定制者是貌不惊人的小白鼠，亚瑟当即反对，表示小白鼠常常被人用来做实验。智者说，有些事的确不像你看到的。于是他们来到了行星制造车间，看到了惊心动魄的一幕：一个地球的复制品，那个被摧毁的地球的替代品马上就要竣工，而亚瑟也回到了被毁坏前的地球……

《饮食男女》：错位的喜剧因子

英文名：Eat Drink Man Woman（1994 年）

导演：李安

主演：郎雄　杨贵媚　吴倩莲　王渝文　张艾嘉　赵文瑄　归亚蕾　陈昭荣

制片国家／地区：中国台湾

今天与同事聊到李安，因为才看了《饮食男女》，联想到还看过的《喜宴》《卧虎藏龙》，评价是"有诚意"的，"有诚意"在我心目中该算不低的评价。2002 年看张艺谋的《英雄》感觉被他愚弄，此人与李安最大的差别就是缺乏诚意，从来没喜欢过电影里的人物，他们都是工具，与工具感同身受显然是不屑的。

《饮食男女》当然是部老电影，不知是喜宴前还是后，反正是喜宴三部曲之一（另一部是《推手》）。早期作品在语汇与表达上大抵不会像后来李安进军好莱坞后的大片那么精致，结构也不是非常紧凑的（老三的线显然有些多余），但电影里的质朴的人文气息还是扑面而来，这种"教养"应当不是技术问题，也非哪个电影学院可以学得到。

电影的关键词应当是"错位"，错位导致老大朱家珍凭空妄想出一段恋情，从此艰涩地应付封闭的老处女生活。老处女的神经质，导演是怜惜之余，又不禁要调侃一下，所以才会有学生为她写情书的笑话，却偏偏又弄假成真，促成了有情人的好事；老二朱家倩起的是视角作用，但她对感情的理解也是错位的，情人需要结婚，却暗示他们还可以继续这种关系，这对骄傲的人来说无疑是种伤害。错位得最厉害的当然要数三姐妹的父亲了，父亲老朱是位失去味觉的大厨（这已经有些荒唐），表面上他为三姐妹，为一个失去母亲的家庭操心劳累，但内心其实一直焦虑着自己的晚年生活，而这种焦虑又无时不刻不辐射到他的亲人身上。末尾大团圆的宴席上，大家（包括观众）都以为他要选择一位从美国回来的老太太续弦，正在为他担心，将来会有吃不完的苦头，谁承想老人家最终的选择却是老太的女儿，大女儿的同学锦荣。

锦荣的母亲空欢喜一场，忙碌半天到头来却是竹篮子打水，当场大发作。她是那种很"阳光"的人，从不曾有过压力，压力总能够成功地分送出去，所以这个喜剧性的收场也算小小的惩戒。饰演老太的归亚蕾操着一口地道的长沙话，把一个自我感觉良好到极致的老太婆饰演得真实可信，也是我印象中她诠释最成功的一个角色。

《月球》：被无限繁殖的孤独

英文名：Moon（2009 年）

导演：邓肯·琼斯

演员：山姆·洛克威尔　卡雅·斯考达里奥　马特·贝里

制片国家 / 地区：英国

　　如果补个副标题，《月球》其实还可以叫作"一个人的月亮"，当然，也是一个人的电影。如果告诉你电影里只有主人公自己，你会担心它乏味吗？这也是我迟迟不愿看《月球》的原因。

　　当然《月球》之旅终于还是开始了。同我预想的一样，色彩单调，节奏平缓，五分钟没有出现外星人！不过电影并不沉闷，很快你就会把过往所有科幻片给你强加的那些概念、模式通通放下，被一种内在的惊悚震撼……

　　这应当是一个叫山姆·贝尔的人的故事。同许多科幻片一样，它讲述距离现在 N 多年后的一种现实。这时候人类已经从月亮上发现了一种叫氦 –3 的崭新能源，这些能源由机器开采，再由机器发回地球。而所有这一切的操作者，也即唯一的人类就是山姆。影片开始时，山姆的三年工作期即将圆满，还有两周时间，他将返回地球。于是所有的悲剧都是在这两周内发生……

　　山姆的月球生活非常单调，除了工作、运动、健身、睡觉，他只能做房屋模型，并反复地看妻子的留影（因为"故障"，他们不能实时通话）来打发光阴。陪伴山姆的只有一个机器人（机器人被故意做得更像机器而不是人），可见这三年山姆内心郁积着如何炽烈的情感，但这些他暂时还只能密闭在心里，就像他自己被密闭在基地几百平方米的空间。终于有一天，这个空间再也无法容纳他，而所有的疑惑也会全部爆发出来。

　　山姆在一次外出检查能源样本时受了伤，等他苏醒时，发现自己裸身睡在手术台上，机器人正在与能源公司进行实时通话，但它却在山姆追问时否认了这种可能性。山姆发现他生活的空间有许许多多的陌生与不适应，终于，他忍不住返回事故地点，才发现其实"他"一直待在原地。也就是说月球上同时有两个山姆存在！这个发现并没有让他们高兴，虽然他们有相同的面貌与性情。新山姆认为基地一定藏有秘密，旧山姆则跑到很远的地方，终于用实时通信的方式联系到自己的女儿，他知道妻子已经过世，并最终意外地知道地球上，他家里还有一个山姆！

　　真相最终被新山姆揭开，他在基地发现了一间克隆人仓库，里面装满了成百上千的"山姆"，只是此刻他们没有被唤醒，他们将具有同样的记忆，同样的爱好和性格，甚至，同样的生存时间，3年，每到3年工作终结时，旧山姆也将被新山姆替换。这也意味着，一个新的轮回中，一个与月球有关的孤独的故事将再次重演。

　　这是一个让人绝望的故事，一个被复制的人，与被复制并不断上演的孤独包围着。影片貌似科幻，却也不过借它的翅膀，顺理成章地到广寒宫遨游，或许这一点古今中外都是一样的，说起孤独时，都愿意拿月亮当背景……

　　值得一提的是《月球》是导演邓肯·琼斯的银幕处女作，影片甫一推出，即因其人文色彩而广获好评，2009 年该片获得了英国最佳独立电影奖和最佳处女作导演奖。

《爱》：无可奈何的真相

英文名：Amour（2012 年）

导演：迈克尔·哈内克

主演：埃玛妞·丽娃　让－路易·特兰蒂尼昂

制片国家 / 地区：法国　德国　奥地利

　　我印象中，无论东西方，以老年人为主角，老年生活为情境的电影都不多，这一方面或许由于电影受众的审美兴趣所决定；另一方面也因为老境较之人生其他阶段少有变化，也少有观赏性。所谓夕阳无限好，只是近黄昏。这样一想，似乎又发现，从古至今，人们对老年生活都有些轻视，乃至回避的，不仅仅电影。巧的是，几乎同一年地球上东西半球不约而同诞生了一部谈老年人生活的电影，《爱》与《桃姐》。可能因为这种稀缺，它们在不同的电影节上都有不俗的表现和斩获。

　　先说说《桃姐》。电影用一种冲淡、平和的散文笔调，展示了一对主仆，在老境陡至时，仍然不舍不弃的关爱。它是写人生的，是写尊严的，也因此是写社会的。《爱》则不同，它的社会性被导演有意降到了最低，《爱》中的"爱"固然是爱，但却非我们耳濡目染，又司空见惯之男女情爱，也不是传说中少年夫妻老来伴的相濡以沫，导演在关注生命里的东西，这种东西不会因人而改变，因此尖锐！

影片讲了两个耄耋老人相依为命的故事。因为女儿不在身边，两位孤独的老人须独立面对"老"之胁迫。电影里的时间，几乎与现实等同，漫长而压抑：妻子安妮吃饭时忽然失忆，揭开了老年人可悲可叹的中风生活的序幕。丈夫格杰斯决定不把妻子送到养老院，甚至女佣也被他辞退，他独自照顾瘫痪在床的安妮，想替她保留一点自尊和私密，但妻子不堪病痛的呻吟也终将他逼至绝望，于是格杰斯不得不亲手来结束妻子残败得只剩下痛苦的余生……

电影赤裸裸，也是血淋淋地把死亡来临前的那段沉重得让人窒息的段落，用写实的手法一一呈现，残忍得近乎绝情，有一刻我甚至疑心自己在看一部恐怖片！没有哪部电影这么翔实地，甚至冷酷地表现一种逝去，生命是软弱的，挣扎是无效的，这些都没有被其他，社会学意义上的细节来干扰，因此，生命本身的痛苦，清晰而彻底，这种揭示很要命：我们对此很无奈，对这种处境其实从来没有任何办法的，而这时，观众与男主角一样无法回避！

我相信很多人这时候都会联想起一些事，至亲在我们注视下纷纷离去，尤其生离死别发生前，每个痛的瞬间。我们无法改变，甚至任何一点有益的帮助都不能够给予，因为这种痛苦是与生俱来的，是生命里带来的，注定了我们要各自承担，又互不相干。

影片中老人用"爱"来结束痛苦，他的处理方式，相信很多人都不能苟同。但这时候任何一种选择都是值得尊重的，所以我不会责备。

之所以要提《桃姐》，是因为最终在香港电影中女佣桃姐也中风了，《桃姐》却没有渲染病情，桃姐身体所受的伤害，都在我们眼里一晃而过，外貌上她看上去至少还可观瞻，这种美化既是导演的善心，也因为影片的重心不在此。这种文学化当然在一定程度上美化了人物，也把我们屏蔽在真相之外。

《充气娃娃之恋》：玩偶见真情

英文名：Lars and the Real Girl（2007 年）

导演：克雷格·格里斯佩

主演：瑞恩·高斯林　派翠西娅·克拉克森　艾米莉·莫迪默

制片国家／地区：美国

很多人因为电影的名字发生了误会，中文名尤甚，充气娃娃自然有所指的，目的不言自明。观影者不是趋之若鹜，就该退避三舍，总之都会产生误会，但不管何种误会，影片另辟蹊径，甚至化腐朽为神奇的能力还是让人刮目相看。电影一直就不是我们猜想中的闹剧。

这是一个叫拉斯的 27 岁美国年轻人的故事。

我们看到拉斯时，他的身体已经进入了青年，但他的心智还停滞在童年期。也许为了保护这层脆弱的感受，拉斯拒绝了现实中真实的一切。这种孤僻，也让他周围所有想靠近他的人，都感到了疑惑与为难，尤其与他比邻而居的哥嫂，甚至邀约他吃顿饭都成问题。

但拉斯有一天宣布，他有位网友来了，来自巴西的毕恩卡，结果出现在兴高采烈的哥嫂面前的却是一只玩偶，一个叫毕恩卡的充气娃娃。

借替毕恩卡看病为由，拉斯和玩偶一起被送到医院。小镇医生建议拉斯的哥嫂接受现实，按拉斯的理解和愿望，把毕恩卡当成一个真正的、有残疾的巴西姑娘。他们为她沐浴，梳洗打扮，一起用餐，并和想象中的"她"进行对话。影片还考虑观众的感受，故意让毕恩卡和拉斯的哥嫂住在一起，回避掉它的"原始"用途，而突显它的精神作用。

有趣的是，整个小镇都很配合地加入拉斯的想象，他们友善地把充气娃娃当成他的女朋友，而小心地维护这种其实很脆弱的梦境。终于，到了该结束的时候，毕恩卡在拉斯的想象中"生"了重病，她被送进医院抢救，最终不治。人们在毕恩卡的葬礼上，看到了拉斯的回归，他其实是把自己的过去，他曾经纠结的一切全部放下了。

电影让我想起塞林格的《康涅狄格州的维格利大叔》中的那个不存在的小男孩米吉，只是小说里，除了有心理问题的小女孩，别人都看不见。毕恩卡虽然也是来自拉斯内心的想象，但这个投影具象化，外在化了，尽管她有一个最"卑微"的出生，但在电影里却被赋予了最美的寄托。

影片《充气娃娃之恋》以构思取胜，讲了一个物欲横行的世界不可能发生的故事，或者它只能发生在善良人的内心，它是由很多成年人，甚至观众一起参与完成的童话。而且它诞生在一个商业化程度如此超迈的国度，尤为让人惊喜。2008 年，《充气娃娃之恋》以其独特的视角和人文气质，获得第 80 届奥斯卡金像奖最佳原创剧本奖的提名。

《后会有期》：你的过去就是你的缺陷

片名：Hast la Vista（2011 年）

导演：Geoffrey Enthoven

主演：约翰·海尔登贝格

制片国家 / 地区：比利时

又一个残疾人的故事，它自然是讲尊严的，但首先要从身体开始。

电影有意把三个有残障的朋友安放在一起，让他们通过实践而获得自信，并赢得他人的尊重……有点绕吧，甚至语焉不详。是这样，中国人来描述这部电影会有些障碍，因为限于文化和国情，我们会觉得这个故事如雷区。而意识到这一点，我们就明白，电影里的问题我们一直是规避的。鲁迅先生曾劝大家离腹下三寸远一点，其实也是劝大家少一些戏谑，多一些正视，但片中所叙对我们来说应当是盲点。

某一天，在比国，有三个残障朋友在聚会中碰头。他们能成为朋友或许是应了物以类聚那句老话，反正不管吧，这三个人成了死党。三位朋友的情况不尽相同：约瑟夫是位盲人，拉斯是半身瘫痪，而菲利普则是高位截瘫。菲利普给人的感觉很像大物理学家霍金的效仿，他的智商最高，能说会道，是三个人的领袖。这天的聚会上菲利普爆料西班牙某地有家妓院，专门为他们这样残疾人服务，可以让他们变成真正的男人……于是他鼓动两位死党一同去"破处"。

一位叫克劳迪据说有护理，又有驾驶经验的女人出现在他们面前。她将送他们去西班牙。背后几个年轻人称女人猛犸象，因为她的体重和形象。只有盲人约瑟夫天性纯良，对克有好感。第一次出远门并不顺利，表面看起来，他们都锐利，有朝气，语言刻薄，富有攻击，但其实不过为了掩饰内心的虚荣和脆弱，以及接下来行程的种种担心。他们不小心向克劳迪泄露了此行的目的，出乎他们意料的是克意外的体贴。这时他们也知道了她有次不幸的婚姻，此次送行也是在保释期。

他们到了西班牙。约瑟夫决定不进妓院，他向克劳迪求爱，并成功。两位有了"第一次"的年轻人，在银幕，准确地说，在观众眼中，昂首阔步，象征他们人格的独立，和精神上的"站立"。遗憾的是，同来的拉斯却在第二天一早被发现病发身亡……

据说这部电影改自真实，它的原型是英国的一位残疾者。BBC曾对此过程做过全程跟随采访。现在想说的是，这部电影站在人性的高度而对整个事件进行观照，其对残疾人的精神抚慰也可见一斑，也许对拉斯，我们可能会有另外的，例如质本洁还质去的要求，但我们把他当成一个生命个体，也许又会觉得这个结局是适得其所的。

影片以其精准的人性度量，达观的精神气质获得了2011年蒙特利尔国际电影节的最高奖，以及观众大奖。

《简单的西蒙》：今天你自闭了吗？

英文名：Simple Simon（2010 年）
导演：安德瑞斯·奥曼
主演：比尔·斯卡斯加德　马丁·沃斯特罗姆　苏珊妮·托尔松
制片国家 / 地区：瑞典

过去，我一直对讲精神残疾的电影很排斥，我清楚，这主要是因为我身边有不少这样的人，我有成见，如果是部正剧，电影里大致会搜刮出骨头缝里的痛，比如《雨人》，而喜剧，这种人身上难道还藏着我不曾发现的欢喜？

《简单的西蒙》得益于一个朋友的推荐，他的一个亲戚便是这种自闭症，又叫阿斯伯格综合征。有一次他看到亲戚对着镜子梳头，头发早已一丝不乱了，还在有板有眼地梳下去，知道吧，他心里在数数，一定要梳到规定的数目。和一个"规定"这么近距离一定是痛苦的。朋友却说《简单的西蒙》有意思，是部喜剧。

果然，一开头与痛苦可能相关的东西全部被过滤掉了，西蒙藏身于一只巨桶中，幻想中那该是遨游外太空的飞行器，只是长达18个小时"飞行"，他的父母已疲惫不堪，不得已向另一个儿子求救。唯有兄弟情深的山姆才熟稔他们的联络方式：他们捂住口鼻，模仿对讲机的声音。但山姆仍没有将弟弟从铁桶中弄出来，最后不得不将他带回家，让他和自己及五年的情人生活在一起。

这种相处具有毁灭性，但这恰恰是电影需要的，一个五年的情感也抵不住一个自闭症者的横冲直撞。终于，有一天西蒙惹恼了哥哥的情人，迫使他们分道扬镳……我不知道，西蒙更喜欢被他破坏的"三人世界"，还是心痛他哥哥失恋后的无奈和沮丧。他开始用自己的方法弥补、恢复，接着替山姆征婚，于是电影真正的看点从西蒙替哥哥找对象开始。

前面，我们已经知道西蒙是有智力的，他只是有自己一套独特的规则，这些规则被电影总结成"平衡"，"如果时间、质量、方法出错，我们就有脱轨的危险。"为了避免脱轨，西蒙精心地安排自己的时间，并服从这种安排，最大限度地减少与现实的碰撞。

西蒙为哥哥遴选女友的方法也是"科学"的，这种标签式的科学方法除了招人耻笑，还是跌跌撞撞地，替他哥哥（其实是西蒙自己）找到一位理想的女性。此时山姆已对弟弟的举止失望透顶，也对他干预自己生活的举动厌恶透顶，他拒绝参加西蒙为他精心炮制的约会游戏，为了让他们变成有情人，为了让他们见面，西蒙不得不从爱情电影里移植了各种浪漫的片断，并由他的工友们配合着上演……

终于，这种固执，在美轮美奂的经典重现中，还是将某人打动了。

电影并没有向我们展示高福利国家对残疾人的关爱，因为居高临下的"底层关怀"即使存在，对类似西蒙的人来说也是隔膜的。

所以电影一直企图在西蒙身上，一个自闭者身上找到一种"正常"，它的动人之处，就在于除了疾病，我们还看到了来自另一个世界的华彩。

《少年情事》：变革时期的浪漫

英文名：Jaime regarder les filles（2011 年）

导演：弗瑞德·洛夫

主演：皮埃尔·尼内　德尔芬　璐·德·拉格

制片国家 / 地区：法国

这是部怀旧的电影，时间直逼 1981 年。也许我们并不知道，在 20 世纪 80 年代中国大陆发生大变革的时候，其实在欧洲，一个重要的文明的国度，法国同样也发生着大变革。因此我相信，几十年后诞生的这部电影，也像一次回望，被赋予了编导深深的寄托。

当然这一切都是从一个叫普利莫的年轻人开始说起的。

普利莫，一个外省人，父母亲不过是开花店的小业主。他本人在巴黎半工半读，正准备参加即将到来的大学升学考试。影片开场他正准备回家参加平生第一次选举，邻居追问："希望你的票是投给密特朗的。"显然这是开宗明义的一句台词。

不过，巴黎给外省人的机会并不多。当时的法国正处于困难时期，失业人数与通货膨胀都居高不下，整个国家就像一艘随时搁浅的航船。本来作为一名"北漂"，普利莫应安于本分，踏踏实实地活在底层，但一个意外，让他喜欢上一个叫嘉柏丽的巴黎女孩。女孩显然属于另一个阶层，按现在的话，这是一位"白富美"。既然是"白富美"，自然非他这样一个草根族可以奢望的。但爱令智昏，青春永不言败，普利莫偏偏不信这个邪，他变着法也要把自己装扮成"高富帅"。

这种僭越是不允许的！普利莫的风头引来了真正高富帅保罗的妒意。在舞会上，保罗拿普利莫的烂鞋子出丑，被普利莫机智地化解；第二次舞会，他又让普利莫带一瓶"极好"的酒。普利莫用自己几个月的房租，换来一瓶昂贵的葡萄酒，结果，去舞会前，他却和邻居一扫而光。两人坐在屋顶，说着昂贵的酒话，发泄着对现实的不满（我真喜欢这段少年轻狂的胡言乱语）……最后，普利莫还是坚持出现在舞会上，但大家喝到的好酒，其实是赝品，保罗当然很乐意也很容易就把它戳穿了……

普利莫要面临的不仅仅是自己贫寒的窘境，还有来自上流社会的鄙视、戏弄和嘲讽，但除了青春的轻狂，他好像也有足够的韧性和毅力向这种高高在上又自以为是的权威们叫板，甚至他对这种权威都持轻视的态度。不过，他的这种桀骜不驯的姿态倒是为他赢得了更多女性的关注。

"改变，是否足以创造历史？"当年的高考命题透露出彼时的主流思想，一切都在变革之中，也必须变革，将固有的秩序和地位全部打破，把社会上的各种力量重新组合，成为新的合流，才能产生社会前进的动力。活在这样的时代，加上一个年轻的心，自然免不了顺应时代的节奏而跳动。普利莫就是当时这种新生力量的代表。

《圣诞探戈》：当爱发生在别离时

英文名：Christmas Tango（2011 年）
导演：尼克斯·康特利达克斯
演员：亚尼斯·贝佐斯　范吉利斯·罗米斯
制片国家 / 地区：希腊

1970 年，希腊一个荒僻的军营里，一名英武的中士爱上了上司年轻貌美的妻子。这场爱情来得既激情澎湃又悄无声息，以致这位硬朗的军人也无法克制，他决定向这位女士坦露心迹，时间就定在圣诞节之夜，晚会上他将请自己的心上人跳一曲探戈，这便是片名《圣诞探戈》的由来。

印象中，《圣诞探戈》是我看的第一部希腊电影，不过因其地理位置，我还是习惯地将其纳入"欧洲电影"。而欧洲电影，尤其以爱情见长的文艺片，又无不是集热情、奔放、浪漫于一身，如色彩斑斓的织锦，闪烁着与东方世界迥异的光芒，但《圣诞探戈》却显得内省而自制，某种程度上它的气质还显现出一种与东方相似的关联。

首先，我们可以不去考虑影片的历史背景，导演把时间定格于1970 年，这是他额外的考量，但影片的描述已经足够，这时候风雨飘摇，形势紧迫压抑，如片中阴霾的天气和连绵的雨水。军营里枯燥单调的生活，正促使上校调往雅典，而他年轻的妻子卓依却无动于衷，除了年龄的不般配，上校丈夫的专制，也是这个叫卓依的女人不满的缘由，但她虽负美貌，却非隔墙而开的红杏，因为安分体面，所以也过得平静。

这一切自然也落到中士尼克的眼里，他爱慕卓依，甚至不得不到上校家附近窥视，他的踪迹也几乎被细心的女仆发现，尼克终于决定走出这场属于个人的相思，他要接近卓依，并与之在圣诞晚会上共舞一曲。

有意思的是，这时候尼克还不会跳舞，他找来正在排练节目的士兵，问之，那种男女的双腿绞来绞去的舞蹈叫什么？并命之在晚会前教会自己，否则就不许回家探望生病的母亲……

一个讲述爱情的故事，在这里来了个小小的转弯。美少妇卓依此刻已退身幕后，仰慕者的尼克的舞蹈训练才是影片推进的悬念。这时的尼克是无情的，他粗暴而生硬，因为无论教授的士兵，还是他自己都不能确定，能否在圣诞夜前学会这种叫探戈的舞蹈……好在导演是仁慈的，卓伊穿着簇新，姗姗来迟，刚好有机会被尼克邀约。那两分钟尼克没有出错，他也刚好说出自己久藏于心的秘密："我叫尼克，我爱你。"

没有人体会到发生在他们之间那种秘密的交流，直到卓依随夫离去，尼克还在大风中剧烈喘息着，平息着爱情在他心底掀起的波澜。让人意外的是，这也是他们的最后一面，第一次认识，第一次探戈，正如片中所说的"两分钟"。从片末的交代来看，卓依并没有离开自己的丈夫，但几十年中，她都在惦记当年的舞伴，他们没有彼此忘记。

如果说意外，或许还是影片在观众心里唤起的巨大的落差，我们看了那么多电影，"真爱"来临有多少是被放弃的，多少个婚姻解体，又有多少个誓言被放弃，不都是因为有了新"爱"的来临？但《圣诞探戈》恪守着一种尺度，既没有背叛，也没有无动于衷，"发乎情，止乎礼"，是古中国圣人的准则，或者同有古文明的渊流，所以我们能在希腊电影中找到类似的礼仪片断。

《圣殇》：救赎还是复仇？

英文名：Pieta（2012 年）

导演：金基德

主演：李廷镇 赵敏秀 伍基洪

制片国家 / 地区：韩国

金基德又拿奖了。2012 年他把耀眼的威尼斯国际电影节金狮奖握在了手中，本来，对韩国来说，这是件大喜事，毕竟韩国电影已经 7 年没进入正式竞争单元了……但问题是，大概整个韩国影坛都没这个准备，大钟奖让《圣殇》绝收，但它仍然能咸鱼翻身，墙内开花墙外香。这个突如其来的荣誉的确有点捣乱，这样一来，好像韩国影坛都不得不抱歉一下子，包括那些大钟奖评委，大概都会有段时间不舒服。

当然，金基德电影问题由来已久，他不够主流，不关心故事，没有情节，看半天不知道所以然，题材又往往是重口味，非暴力即情欲，乐此不疲的人性恶，甚至直接挑战观众的生理，片级制为他挡了不少观众，而能接受进而再喜欢他的人少之又少。不过，金导总有时来运转的时候，这在中国也不乏先例，从前的张艺谋，还有同样在今年得诺贝尔奖的莫言，也都经历过毁誉参半的口水战，重要的是，你获奖了，别人就会为你找理由，好处究竟在哪儿？

《圣殇》是金基德第 18 部电影，虽然延续他一贯的暴力风格，但这一回连过往那些对韩国山水、民俗带咏叹的描述统统消失殆尽。电影里只有小街巷的破败和拥挤，堆积的金属零件、机床、齿轮，犹如一个即将拆迁的工场。故事很简单，两个小人物：一个以伤害他人肢体骗保索债的讨债者，凶狠，残忍；另一个则是突然出现，自称他母亲的女人。经过一番粗鲁的试探，他们建立了信任，但这个"母亲"却在确定"儿子"的依恋已经很牢固后，佯装被人逼迫，坠楼而死。"儿子"江道意志随之坍塌，他把自己挂在一辆事主的卡车上，慢慢地在公路上消融，那条漫长的血线可看成这个内疚的年轻人最后的痛悔……

有人说这部电影讲了救赎。某种意义上，这似乎是获奖的秘密，在西方，因为宗教的渊源，救赎几乎就是文学或电影的一个喜闻乐见的母题，光说那幅类似圣母子造型的海报，就有借光之嫌，难道是它打通了民族、文化和种族的隔膜，赢得西方观众先入为主的好感？

但恰恰这幅海报图让人想入非非了，我看了一些人的评价，他们都以为自己看到了禁忌：金导此次又以突破道德禁忌获奖！显然这中间有人打了瞌睡。这位着红裙的中年女人，只是自称江道的母亲，她儿子尚久其实在片头就已经死了。女人冒充仇人的母亲，只是想让他看到自己亲人的死，因为这种痛苦能让他"精神泯灭"，如此说来，中年红裙女人的所为非但不是救赎而是复仇了。

这种似直实曲，虽远犹近的叙事，在金导的电影中很多，套句老话，就是不按套路出牌，《春夏秋冬又一春》中的庙宇居然修在一座浮坞上，《萨玛利亚女孩》里父亲不直接劝阻越界的女儿，却要杀死嫖客，"母亲"的报复也是精神性的！当然，我们既然进入金氏的世界，还是尊敬他的逻辑吧，如果他的创造足够让我们佩服，并暂时放下成见和世故：

　　不过，就《圣殇》而言，我还是觉得金基德在他的救赎或者复仇的路上收手了，他的伦理观还是小心地迁就了一下我们的洁癖。

《无耻混蛋》：用电影方式解决历史

片名：Inglourious Basterds（2009年）

导演：昆汀·塔伦蒂诺　伊莱·罗斯

主演：布拉德·皮特　梅拉尼·罗兰　克里斯托弗·瓦尔兹

制片国家／地区：美国

　　我的印象中，导演昆汀是不喜欢讲故事的，至少那种替老实人着想，本本分分地讲故事，这种事他不会做。昆汀的早期电影大多由极端的暴力片断构成，凶案即将发生，当事人还在絮絮叨叨找感觉。到了《无耻混蛋》，你会发现，昆汀终于向不喜欢用脑的大多数低了回头，但很快，他就借演员皮特的嘴找回来："故事太完美，就不像是真的。"所有没价值的东西都被他留在电影院的那把大火里：纳粹，希特勒，戈培尔，当然包括一些多情的观众可能惋惜不已的异国恋组合。

　　有人说，这电影是两条线，一条爱情线，一条暗杀线，两条线最后在影院里重合在一起。苏珊娜显然也不是昆导演的钟情所在，她和德国士兵的交流也克制而有限，这种入侵者与原住民的微妙情感在电影史上早已有精深的挖掘。所以片中美少女苏珊娜只是负责逃命，负责把她的影院，也就是埋葬敌人的墓穴搭建起来。但她又是从谁的眼皮下逃命，又是在谁的眼皮下把影院搭起来？巧合的是，这两件事的对手，都是有"犹太猎犬"之称的德军上校汉斯。

这是个厉害的角色。片头我们就和壮硕的法国农夫一同领教过了他的循循善诱和步步紧逼，原来，喋喋不休的追问竟有如此大的力量，而保有秘密竟是如此艰难！终于法国人崩溃了，他满眼含泪，出卖了他护佑的犹太人……

汉斯上校应当是电影史上的新形象，他思维缜密，学养丰富，机警风趣，自然也残酷无情，其实美国人，以美国陆军中尉奥尔多·瑞恩为首的、号称"混蛋"的暗杀小分队的行踪已经被汉斯上校识破，他从边境小镇一次小规模的枪战中，找到了这个暗杀行动的蛛丝马迹，并很快就在即将举行首映的电影院控制住了他们。就在我们以为这个暗杀行动即将无疾而终的时候，汉斯上校突然选择了投诚，当然，他是投机分子，他向美国政府、盟军提出种种条件，于是影片峰回路转，暗杀行动终于付诸实施。

戈培尔的纳粹电影也在影片后半段进入尾声，天真的德国士兵想在影片结束前看到自己心仪的姑娘，他率然走进放映室，却被复仇心切的苏珊娜乱枪打死，而她自己也被德国士兵击中，双双殒命……但仇恨之火已经不可阻止。

电影最精彩的还是暗杀队初到法国时，在小酒馆与德国宪兵狭路相逢的段落。他们的口音引发怀疑，为了证明自己的身份，美国人开始拼命圆谎，结果露出更大的破绽，一场枪战在所难免。昆汀将这场对峙，当成文戏来拍，层层推进，步步设防，悬念迭生，再悉数化解，再次显示他对复杂场面的调度能力。

　　而片中另一位著名的艺人布拉德·皮特，如果不是结尾处，那个凶狠近乎无赖的举动，我几乎又一次把他当成一个可有可无的大花瓶。

《锈与骨》：让我们面对彼此的柔软

片名：De rouille et d'os（2012 年）

导演：雅克·欧迪亚

主演：玛丽昂·歌迪亚 马提亚斯·修奈尔 席琳·萨莱特

制片国家 / 地区：法国 比利时

看《锈与骨》前，我找到一条最简要的信息：这是一部讲一个没落的拳击手如何在残疾女友的鼓励下获得新生的故事。又一部励志片！这是我的第一念，也是我迟迟没看《锈与骨》的原因。

当然，我并不反感励志片，梗概同时也说明不了什么问题，尤其影片产自人文气息都更加浓郁的欧洲，我们大可以把脑子里早已成型的好莱坞模式丢在一边。此外，女演员玛丽昂·歌迪亚也是诱因，我猜很多人都是冲她去的，毕竟《玫瑰人生》里的香颂女王的形象太过完美，期许的同时，也很想知道她还能有怎样的发挥。

果然，玛丽昂出现了。在一段对男主角阿里潦倒生活的描述后，她神情亢奋地出现在一家夜总会，与一个酗酒的醉汉厮打在地，满脸血迹。作为保安的阿里将她送回家，路上，他调侃她暴露的穿着是不是为了寻找艳遇？但到了家，阿里才发现这个叫斯坦芬妮的女孩是个训鲸师，一个掌控着大舞台，有着众多观众和拥趸的风光人物。不幸的是，斯坦芬妮却在随后的一次表演中，因事故而失去了双腿……

当然，失去双腿并非为了让两个阶层的人拉得更近，我猜编导的意图只是让两者刚好来到了属于自己的人生的窘境。灾难都发生在他们独自的时候，却在最低潮的时候想起了对方。斯坦芬妮因为这个有些粗野的阿里，恢复了生趣，她被阿里带出了房间，下海游泳，甚至做爱。他们的做爱也并非因为有了爱，而是让失去双腿的身体找到感觉……总之，修补她世界中被毁坏的一切。等到她站到地下格斗场那些男经纪中间，她的金属两腿的确让她像刀锋战士那样卓尔不群。

影片是散淡且随意的，都像一股生活流，并没有朝我们预料的大团圆走去。因为种种原因，阿里不得不离开他的暂居地，成为一名新的流浪者。儿子却一不小心落进了冰窟，是他，在千钧一发之际，用裂骨的力量击碎厚重的河冰，把儿子从死神掌中重新夺回。"他三个小时没有醒过来！"这个刚猛的人却在电话里向斯坦芬妮发出悲鸣，此刻的他就像一个孩子裸露着无助。

电影结局尽管给了阿里象征胜利的金腰带，但他和斯坦芬妮并没成为一对情侣，因为他们并不像一对情侣，至少不是那种生死契阔又心气相通的，但他们会在最危难的时候相互挽扶，把自己最柔软之处亮给对方。

《一次别离》：选择之惑

英文名：A Separation（2011 年）

导演：阿斯哈·法哈蒂

主演：蕾拉·哈塔米　佩曼·莫阿迪

制片国家 / 地区：伊朗

　　《一次别离》是我从所有的伊朗电影中遴选出来的，它之所以能成为代表，唯一的理由是我也写过差不多同标题的小说：别离，总是让人伤心的，如果再加上选择的疑惑，肯定要凑出痛苦且无奈的结局，当时并不知道这部电影已经拿了奥斯卡最佳外语片奖，所以这种无准备，倒让我们的相遇显得非常自然。

　　回头想，我几乎一开始就被电影的情境所控制：一对夫妻在法官面前陈述离婚的理由，女方要移民，因为这个国家让她过不下去；而男方，则不愿意抛弃自己患痴呆症的父亲……但故事展开的并不是我们想象中的离婚线索，而是这件事引发的两个难处：男主人公纳德的痴呆父亲如何料理，女儿特梅在他们夫妇中又如何取舍？而后者，或许才是编导的用心所在，但至少这个时候，特梅是迷茫的。

一个叫瑞茨的已婚妇女走进他们家，她将成为西敏缺席时，纳德老父亲的看护。

很快，我们就知道，瑞茨接手的并不是件轻松的活儿，照顾老人的饮食起居，甚至换洗衣裳，这也意味着她不得不面对一位老男人的裸体。对一个严肃的穆斯林妇女来说，这是无法逾越的，万般无奈，瑞茨给阿訇打电话，询问这种情况是否犯戒……瑞茨此次外出工作，并没有征得丈夫同意，并且她还向雇主隐瞒了怀孕的事实，她只是想帮自己命运多舛的丈夫偿还一笔债务，但她的身体反应，让她几乎无法胜任这份工作。

有一次瑞茨外出看病，出门前她将老人捆绑在床，而纳德回家却发现父亲滚落在地，折叠的身体几近丧命。纳德大怒，将随后赶来的瑞茨轰出家门。而好强、较真的瑞茨一定要理论清楚，气头上的纳德失手将瑞茨一推，都是这一掌惹的祸，瑞茨去医院做检查，发现肚子里的孩子已经胎死腹中！

一场盛大、漫长的官司由此开始。纳德被诉谋杀，而要证明清白，他首先必须证明自己并不知道瑞茨怀孕……成功后，两方互换位置，纳德反诉瑞茨在看护过程中，对他父亲实施谋杀……

被告、原告角色的转换，让电影到这里，跌宕起伏，导演的功力，让我们只能为即将受损的一方担忧。尤其，瑞茨在调解接近胜利时，忽然放弃发誓，因为她想起流产的头天曾出过车祸，这与纳德的失手并无直接关系……影片的道德景观让人感叹，而这或许就是现今伊朗日常生活的缩影，这个国家即便有再多的艰难，民众有再多的不易，他们都恪守着自己操守的底线，这也是那些身处信仰荒漠的人既惊且羡的地方。

最后，法官问特梅是否在父母中已经有了选择，特梅含泪点头说是，特梅在片中某种意义上代表着未来，就像老父亲代表着那个可能老态龙钟，却不失可爱可信的国家。有些人注定会与之相依厮守的，当然，也会有人远走他乡，只是他们首先要割裂一段感情，这是痛苦所在。

《狩猎》：把清白还给我！

片名：Jagten（2012 年）

导演：托马斯·温特伯格

主演：麦德斯·米科尔森　托玛斯·博·拉森　亚历山德拉·拉帕波特

制片国家 / 地区：丹麦

萨特名言："他人是地狱。"

同意这种说法的人不会很多，因为我们身边的"他人"不是自己的亲人就是朋友，他们是我们活下去的理由。不过，看完《狩猎》，你或许会对前面的提法多一层理解，"他人"，并不足以信任，因为"他人"随时都在改变，那些来自"他人"的爱戴、欢喜和亲近也一起改变，地狱将会在下一个时间段降临，就像片中的卢卡斯经历的。

故事发生在丹麦，一个森林中的小镇。男主人公卢卡斯人到中年，刚刚从离婚的阴影中走出，有了一个新的女友，并且儿子也获准来与他小住。一切都看起来都是这么的平静，令人满足，但就在那天，卢卡斯带着往常一样的笑容地出现在他工作的一家托儿所，他却被所长告之必须回家，等待检查。因为有人告发，他曾在未成年人面前裸露自己的性器官。

其实告密者卡拉就是卢卡斯好朋友的女儿。两家人交往甚密，卡拉每天还要带卢卡斯的一条叫芳妮的狗外出散步。但就因为做游戏时，卡拉亲卢卡斯的举动没有得到许可，于是在等妈妈时，她告诉所长，她不喜欢卢卡斯，因为他傻，有小弟弟，而且小弟弟像木头一样硬……

所长大惊。出乎职业习惯，她停了卢卡斯的职，又请来心理专家，最后还惊动了警察，事情朝着不可控的方向发展，卢卡斯性侵女童案以最快的速度传遍了全镇，他本人甚至不及为自己辩解（此时尚不知是谁投诉的），不及安慰远道而来的儿子，就带着满腹的冤屈被警察带走。平安夜，他在警局凄凉地过了一夜。这时候，不利于他的口供越来越多，当然这些彼此矛盾的证据从另一面证明了他的无辜，最终，警方也不得不将他放回。

但这并不能说明卢卡斯就是清白的。卢卡斯发觉自己再回不到原来的生活了，他被好朋友拒之门外，即便超市也宣布他为不受欢迎的人，他的爱犬被人勒死，儿子被打，他周围弥漫着敌意，凡与他有关的都受到排斥，他不再被接受，被信任！一个昨天的好人，本质上并没有改变，却突然成了人人嫌弃的罪人，这一切全来自一个小女孩的陈述，而没有人怀疑这一点，因为所有的人都先入为主地相信：孩子是诚实的，不会撒谎！

其实导演在片头就在为卢卡斯的为人做着铺垫，他对朋友、家人，甚至小卡拉都是极尽友善，全力付出，而这种貌似的和睦却经不起触碰，会在一则不确实的传闻中迅速地崩溃。而小卡拉，影片也未对之有过多的责备，她略显无辜，作为始作俑者，她的谎言只是因为她的早熟和幼稚的嫉妒，她并没有意识自己的"蠢话"会给别人带来灾难……

影片中没有"坏人"，有的只是脆弱的信任，一群貌似道德的人想当然地维护着正义……

值得一提的是卢卡斯并没有像我们想象的那样离开这个是非之地，也许这与他勇敢、坚毅的性格不合，即使没有人为他正名，他也要勇敢地承担起这一切因他而来的辱骂和欺凌，他用自己的坦然来面对各种不期而至的打击……

他会重新获得人们的尊重、爱戴吗？我怀疑，对这一点影片也无法确定。

狩猎是指在丹麦的一个节日，它是一个成人仪式，这一天一个男孩将由孩子变成男人。影片末尾，卢卡斯欣慰地将一把祖传的猎枪交到儿子手里。这个仪式有很强的象征性，一方面儿子已经在他的期待中长大，另一面，卢卡斯也希望自己勇敢的人生态度能随着这把枪在儿子身上传下去。

《太阳照常升起》：光明梦魇

片名：太阳照常升起（2007 年）

导演：姜文

主演：房祖名　周韵　姜文　黄秋生　陈冲

制片国家 / 地区：中国大陆

　　《太阳照常升起》作为文学作品曾经是海明威的名篇，它又是来自《圣经》的一句话：大地永存，太阳升起，太阳落下，太阳照常升起。

　　我不清楚姜文是否读过这部"迷惘的一代"的代表作，但早期《阳光灿烂的日子》，镜头频频使用绚烂几近燃烧的阳光，我的理解，光明之源中应当藏有姜文所有对生活的认知与激情。尤其经历了《鬼子来了》的定点失败，《太阳照常升起》里的姜文又还复成那个率性如孩童般的创作者，其清澈而跳脱的个性，也是这部颇具自由度的电影妙不可言的趣味所在。

　　先来说一段《阳光灿烂的日子》中最终被删除的片断，我有幸看到这部电影公演前的版本，马小军送米兰回农场后，即在路边睡着了，连做了两个梦，其一是他和米兰一起的战争场面，第二个梦接着第一个梦，米兰摇身变成冬尼娅，闪身从他穿皮袄的父亲背后出来……姜文对梦境的展示和利用让我赞叹不已，包括对苏联文学形象的迷恋也可说深到了骨髓，可惜不知是出于什么考虑，最后公映时两个梦都被删除，于是它们转移到《太阳照常升起》生根发芽。

《太阳照常升起》改编自江苏作家叶弥的短篇《天鹅绒》，我看过小说，姜文的电影和小说相干之处，或者说残留下的痕迹，不过那句话，他老婆的皮肤摸起来像天鹅绒，身为农民的小队长搞不清什么是天鹅绒，于是满世界寻找……

我想说这部电影之所以给人巨大的期望落差，除了电影公司过度的宣传，主要还是因为电影的风格违反了观众的审美习惯，而挑战进而企图破坏这种习惯的，不言而喻就是姜文自己，我们于是看到了一个收刹不住的姜文，一个疯狂的姜文，一个想和从前不一样的姜文。当然观众对癫狂是不买账的，既然你背离了他的趣味，他就拒绝为你捧场，少一部分人，其中包括我，对姜文花团锦簇似的发挥还是相当激赏的，甚至，过去我一直认为姜文是中国最好的导演，到了《太阳》，我几乎要脱帽致敬，围棋名将赵治勋独霸天下时也会下一些不入流的棋，震惊世界棋界，姜文的对一种"不可能"的探索也有这个意思。

电影分成四部分。第一部是"讲"出来的，描述一个有理想的疯子的生存状况，演她儿子的房祖名也无须演技，姜文让他在银幕上上蹿下跳，飞来跑去，这段故事拍摄的地点，我疑心在云南，因为有红土，干净近乎深邃的蓝天，这些都是云南特征，而云南素来又爱把自己比作文学意义上的拉美，讲魔幻故事大概是最适合的背景。于是我们看到绣花鞋，绣花衣从河面平平整整地流过去，第一部没什么太出彩的地方，问题就出在讲述，不同的是姜文用镜头在讲述，用电影来讲故事，这其实已经在犯忌了。

第二部分是电影最精彩的地方，几大影帝、影后飙戏，绝对过瘾。尤其陈冲，洪晃认为这是陈冲最好的一部电影，我也以为如此，陈冲把一个滥情女人的辗转反侧，演得丝丝入扣，实在让人叹服。需要补充的一点是，这个片断大多是在云南大学，也即我的母校会泽院取的景，黄秋生吊死的位置即是老物理系大楼，去年我们毕业二十周年回学校，路过物理系时，我还指给同学们看，那就是黄秋生吊死的地方！

第三部讲"姜文"下乡与房祖名饰演的小队长发生冲突。这一段是过渡戏，归入第一部也未尝不可。

到了第四部，姜文的梦幻气质终于控制不住，犹如一次太阳黑子大爆发，《阳光灿烂的日子》里删除的梦境变本加厉，并以一种井喷的方式呈现，比如苏联歌曲，俄罗斯味十足的狂欢舞会。女演员到新疆寻夫，她于是到了天尽头，姜导演像摆着图说话，用一只大手外加"尽头"来标示，偏偏这种笨拙，在这里收到了奇效，就像片尾，女主角把孩子生在火车，再落到铁道上，铁道上没有血腥，却是繁花似锦，就像一条幸福之路……

总的来说《太阳照常升起》还是太复杂了，盛不下这么多高浓度的想象，尤其看惯好莱坞特技的人，很难有耐心把头绪一一理清楚。于是，姜文在公演时，要大家再看一遍，这显然过分。我的看法，他"胡"拍，我们也可以"乱"理解，误读未尝不是一种尊重。

倒是我对姜文的下一部电影有种担心，电影毕竟是需要回报的，观众乃至投资商有几个人能够理解进而容忍这种个人化的呓语甚至梦魇？所以，我预计，那将是次商业片的回归，姜文将会向所有人证明，他也是拍商业片的一把好手！